『コイビト』

椎崎 夕

幻冬舎ルチル文庫

CONTENTS ✦目次✦

『コイビト』

✦カバーデザイン＝久保宏夏（omochi design）
✦ブックデザイン＝まるか工房

イラスト・三池ろむこ✦

『コイビト』

0

「おれはヤだよ」

放り出すように、そう答えていた。

「そんなの最低じゃん。そんくらい、あんただってわかってんだろ？」

僚平《りょうへい》、と呼ぶ声音に宥《なだ》めるような響きを感じて、間を置かず言い切った。

「どうせそう長く続けてられるようなもんじゃないんだし、ちょうどキリがよかったんじゃないの？」

「……本気か」

「どっちのセリフだよ。あんた、自分が今何言ったかわかってんの？」

「僚平」

「結婚するんだろ。いずみちゃんの旦那《だんな》になるんだろ？　オマケに親父になるのまで確定してんじゃんか。それを、この期《ご》に及んで何考えてんだよ」

「僚平……」

繰り返し名を呼ぶ声は、聞き分けのない子どもをあやしているように穏やかで優しい。

「何もそうムキになるほどのことじゃないだろうが。子どもでもあるまいし」

「都合よく大人扱いすんなよな」

首を捩《よじ》って窓の外を見たまま、意地になったように相手の顔を見なかった。

昨日一日降り続いた雨は見事に上がって、晴れ渡った空には雲ひとつない。深い青の中を、初夏にふさわしい鮮やかな日差しが落ちてくる。

まるで、何もかもが嘘だったように。

「用がそれだけなら帰れば。式の打ち合わせか何かあるんだろ？　いずみちゃん、待たせてんじゃねえよ」

「――――」

返ってきたのは深いため息だった。

病室の壁の色に染まったように、真っ白い沈黙が広がった。

靴音が染みのように落ちるまで、どれだけの時があったのだろう。永遠のようにも思えたし、わずか一刹那《いちせつな》に過ぎなかったような気もする。

「……また明日、来る」

そんな言葉を残して、足音はドアの向こうに消えた。

身じろぎひとつせず、僚平は窓の外を見ていた。

終幕、という言葉が脳裏をかすめた。

割れた硝子《ガラス》はけして元通りにはならない。それと似て、二度と修復できないものは確かにあるのだった。

そう、例えば——敷布に投げ出された右足を眺めて、僚平は皮肉な気分になる。

例えば、奇妙な器具で固定されたこの足が、けして完治しないように。退院し、器具が外れて歩くことができるようになったとしても、もう二度と以前と同じには走れないように。

ひとつ息を吐き、視線を転じて初めて気づく。見舞いのつもりだろうか、私物の片付けられたサイドテーブルの上に、覚えのない紙袋が置かれていた。

流れるような横文字のロゴは知っている。以前、何かの雑誌にも載ったことがあるとかいう、女の子に人気の駅前のケーキ屋の袋だった。表向き僚平の「年の離れた友人」として家に出入りしていた「彼」の、定番の手土産《てみやげ》。

「……さいってー……」

こぼれた声音は我ながらひどくこわばりひしゃげていた。

洋菓子は苦手だと、何度も言ったはずなのだ。

「彼」はいつでもそうだった。僚平の言葉など覚えないし、きちんと聞いてすらいない。

きれいさっぱり片付き過ぎたこの病室に、何の不審も抱《いだ》かない。

込み上げてきたのは笑いだった。ずいぶん久しぶりに、声を上げて笑った。直後に迎えにやってきた父親が、怪訝《けげん》な顔付きで何があったのかと尋ねたほどだった。

行こうか、と言われてただ頷《うなず》いた。準備はもうすんでいたから、僚平は車椅子に乗り、荷物を手にした父親についてて病室を出るだけでよかった。

ナースステーションで主治医と看護師たちに挨拶《あいさつ》したあと、受け取った紹介状を手に、今度は一階の受付に向かった。父親が退院時の精算をしている間に、車椅子をこいで待合室のすみを目指す。

（また明日、来る）

もう、その明日はない。

今日限りで、僚平は遠く離れた町の病院へと移る。高校もやめ、名前を変えてこの町を出てゆく。

耳の奥で響く声を振り切るように、持ってきた紙袋ごと、「彼」からの見舞いをゴミ箱に放り込んだ。

ぐしゃりと中身がつぶれる音を、聞いた気がした。

それが、決別の合図だった。

1

夢の余韻でか、一瞬甘い匂いを嗅《か》いだような気がした。

暗闇の中、手探りでベッドヘッドの明かりを灯《とも》す。広がったうす明かりを一瞥《いちべつ》するなり、菅谷《すがや》僚平はぴくりと右の眉《まゆ》を上げた。

暦は七月に入ったばかりとはいえ、閉め切ったうえにエアコンが切れた室内は暑い。

……にもかかわらず、もっと暑い物体が、僚平にへばりついているのだった。

絡みつくのを邪険に払ってやっても目を覚ます様子はない。汗でベタつく身体《からだ》に辟易《へきえき》しながらおもむろに身を起こし、狭いベッドの半分以上を占領して眠りこけている物体を蹴落《けお》としてやった。

地響きをたてて落下したにもかかわらず、未《ま》だ寝穢《いぎたな》く鼾《いびき》をかいているソレを斜めに見やり、寝直そうと横になりかけて、湿った感触にギクリとする。しぶしぶ部屋の明かりを点《つ》けてみて、心底気分が悪くなった。

一昨日《おととい》取り替えたばかりのシーツが、即席のキャンバスと化していた。汗やその他で盛大に描かれた模様を眺めて、最中で記憶が途切れているのに気づいたのだった。

元凶をじろりと眺めやった視線は、さぞかし殺人的だったに違いない。ひっぺがして丸めたシーツを抱えて部屋を出るまでの間、恨みを込めて片手の指の数だけ踏ん付けてやった。みぎゃ、と上がった呻《うめ》き声を無視し、二日ぶんの汚れ物とシーツを一緒くたに洗濯機に放り込む。蓋《ふた》を閉め、スイッチを入れて、今度は自分も丸洗いすべく浴室へ向かった。

そもそも、大の男がふたりしてシングルベッドに寝ること自体が大間違いなのだ。しかも一方はとうに成人式を終えていて、もう一方は来年参加する予定である。暑くて狭いのは自明の理というもの――にもかかわらず、そこでふたりして一種の運動に励んだのだから当然の結果と言えば言えるのだが。

……やっぱり全部アイツが悪い。

僚平にとってはごく論理的な結論に達したのは、すっきりさっぱりと着替えをすませたあとだった。少しばかり伸び過ぎた濡《ぬ》れ髪をタオルで拭《ぬぐ》いつつ廊下に出ると、いつのまに目を覚ましたのか、自室の床で寝こけていたはずの元凶がフローリングにじかに座り込んでいた。大きな図体を丸めるようにして、上目遣いに見上げてくる。無視してキッチンへ向かうと、金魚の何とかのごとく背後にくっついてきた。

「……せんぱい、踏みましたね？」

「暑かったんだよ」

「踏みましたね……」

「オマケに何かおまえやたらとひっついてきて暑いったらないし」

「踏んだんですね……」

「おかけで夢見まで悪かった。最低最悪」

「足蹴《あしげ》にするんですね……ひどいい。オレ、スリッパじゃないっすよー」

「人を抱き枕代わりにしないだけ、スリッパのがマシだ。――で、ミギヒダリ。おまえいつまでいる気？」

タオルを被《かぶ》ったまま、取り出した缶ビールを片手に冷蔵庫に凭《もた》れるようにして僚平が訊《き》くと、ミギヒダリ——正確な苗字《みょうじ》は左右田《そうだ》というが、正しく呼んだことはほとんどない——はその場で面白いようにぺしゃりとつぶれる。

「オレってスリッパ以下っすかー？　それすげえ悲しいんですけどー……」

「泣きたかったらここじゃなくて帰って泣け。鬱陶《うっとう》しい」

「せっかくもうじき夏休みなのにー」

両手で顔を覆うようにして、わざとらしく泣き真似《まね》をする。身長が百八十に届くうえ、ほとんど「熊」と表現するしかない体格でやるのは一種の公害に近い。大学の入学式から三か月以上経《た》っても柔道・プロレス両同好会からの勧誘がひきもきらないこの後輩は、実際柔道は黒帯なのだという。

「朝から晩までずずずーっと一緒にいられる滅多にない機会なのにー、そんな追い返すようなことー」

「まだ大学あるだろうが。それと、ここはおれとおれの親父ん家《ち》。野良熊拾って養うスペースはないの」

「ンな。ここ広いじゃないっすかー、何たって三ＬＤＫだし。それに親父さん出向中で、実質的にはせんぱいの一人暮らしでしょ？　寂しくないすか？　だったらこのオレが是非ともお傍《そば》に」

「おまえ暑苦しいからヤだ。第一、何でおれがおまえとずっと一緒にいなきゃなんないわけ」

「えー。そりゃ、だってオレとせんぱいってコイビト同士じゃないすかー」

胸を張って言ってのけた後輩を、冷ややかに見返して言い切ってやる。

「学習能力が欠如してやがるな。言ったろうが。おれはコイビトは作らない主義なの」

そんなあ、と左右田は大仰に声を上げた。

「じゃあオレは何なんすかー。さっきまでせんぱいのベッドでやってたことは」

「タダの本能行動。メシ食ったりトイレ行くのと同じ。たんに手頃なところにおまえがいただけ。第一、どっちもバイトが休みだからって昼間っからサカったのはおまえだろうが」

全国的に休日の日曜日、ためていた家事を片付けているところに左右田がやってきたのだった。ふたりして遅めの昼食をすませ、さてと続きに取り掛かったところをほとんど強制連行のノリで自室のベッドに放り込まれて、結局何回無茶をされたのだったか。

「……数えとくんだったな」

ぼそりと言うと、心底イヤそうな顔付きになる。

「だからー、そのカオでそういう情緒のない台詞《せりふ》はやめてくださいってば」

「――母親の腹ン中で細胞が勝手に作った骨格に勝手に張り付いた表皮と、本能的な衝動の間に何か因果関係でもあるのか。二百字以内でまとめて述べてみろ」

「ないっす。ただオレがせんぱいの顔、気に入ってるだけっすー」

両手を肩の高さまで上げて首を竦《すく》めるのは、降参の合図だ。自信満々に「コイビト」を詐称した後輩をじろりと一瞥し、僚平はぼそりとつぶやく。

「腹減った。素麺《そうめん》食いたい」

もちろん、そのあとの後輩の行動パターンは予測済みである。

「すぐ戻りますんでっ、チェーンもかけてお待ちくださいっ。あ、風邪ひくからその髪ちゃんと乾かしといてくださいよっ」

夜の中、心配性なセリフを残して後輩は買い物にかっとんでいった。行き先は最寄りのショッピングセンターかコンビニか、いずれにしても十五分は戻るまい。

中身が半分ほど残ったビール缶をキッチンに放置して、僚平は続きの居間のすみ、点滅する留守録の赤ランプに近寄る。

個人的に好きじゃないのと必要性を感じないという理由から、僚平は携帯電話を持っていない。そのため自宅の電話は常時留守電に設定し、まめにチェックするようにしている。

どうやら、左右田と部屋に籠《こも》っている間にかかってきたらしい。ディスプレイに表示されたメッセージ件数は四、着信履歴も同数だ。

再生ボタンを押そうとして、ふと僚平は躊躇《ちゅうちょ》する。ここ一か月の間に両手の指ほどの回数で残されていた、とある人物の声を思い出した。

（……また電話する）

名乗りもせず、ぽつんと残されるメッセージは判で押したように同じ繰り返し――。息をついて、僚平は頭を振る。指先に力を込めてボタンを押した。

最初の二件は無言で切れ、三件めに耳覚えた声が響く。

『僚平？　元気か』

この四月から長期出向で、寒冷手当がつく土地に単身赴任した父親からだった。仕送りは足りているのか、足の具合はどうか――相変わらず心配性な物言いについ浮かんだ苦笑が、四件目のメッセージでぴきりと固まった。

『会いたい。また電話する』

「――！」

再生の終了を告げる電子音を聞きながら、いつもとは違う言葉に背すじが跳ねた。

またしても名乗らなかった相手の顔が、くっきりと脳裏に浮かんだ。

ドアベルの音がしたのはその直後だった。

反射的に目をやった時計は午後十時過ぎをさしていて、あの後輩が戻ったにしては早い。相手によっては居留守を使うつもりでインターホンを取らず玄関へ向かいドアスコープを覗《のぞ》き込んで、思わず眉を寄せていた。

丸く切り取られた視界いっぱいに、泣き腫《は》らした子どもの顔があった。まだ赤ん坊のようなまん丸い顔に、トレーナーと続きらしいフードを被っている。

奇妙さにそろりとドアを押し開けて、僚平は絶句した。

「久しぶり。ずいぶんご無沙汰《ぶさた》しててごめんね」

どこか途方に暮れたような顔付きの女性が、子どもを抱いて立っていた。

記憶にある声とその顔が一致する前に、僚平の視線はその背後に立つ男に吸い寄せられていた。相手もまた、食いつくような顔付きで僚平を見つめている。

刹那、時が逆行した。

硬直が解けたのは、子どもがむずがる声がしたからだった。

「留守録、聞いてもらえた？　ごめんね、本当にいきなりで」

「いずみちゃん、？……」

ぽつんとこぼれた言葉に、高階《たかしな》いずみは——かつての義理の姉は、強張《こわば》った色白の頬《ほお》に無理やりのような笑顔を浮かべる。

三年前に別れたきり、年賀状のやりとりしかしていない相手だった。

……それでは、この子があの時の？

そう思い、改めて眺めたいずみの腕の中の子どもは、確かに年賀状で見た顔だった。母親譲りらしい大きな瞳で不思議そうに僚平を見上げたかと思うと、ふいにくしゃみをこぼす。

「あれ。せんぱい？　お客さんっすかー？」

ふいにかかった能天気な声に目をやると、白いビニール袋を下げた左右田が立っていた。突っ立ったままの僚平の様子に、不思議そうに首を傾《かし》げて見ている。

瞬間、僚平の中で現在と過去とが大きくブレた。

「立ち話もなんですし、入ってもらったらどうですか？　どうせこれからメシ作るんだし」

「ああ。……ええと、もう遅いし。とにかく入って？」

ひどく大きなものを飲み込む心地で、僚平はいずみとその背後の人物を——いずみの夫であり、それ以前には自分の恋人でもあった男を、部屋の中に誘《いざな》った。

2

左右田がいてくれたのは、果たして幸運だったのか不運だったのか。

少なくとも、過去に引きずられかけていた気持ちを現在にとどめておくには不可欠な存在だったに違いない。

「本当にごめんね。勝手ばかりで」

「気にしないでよ。それより、近くに越してくるんだったら連絡くれたらよかったのに」

「……だって、驚かそうと思ったんだもの」

拗《す》ねたように言って、僚平の手からカップを受け取る。小柄な義姉には僚平のパジャマは大きすぎて、まくり上げた袖《そで》からは指先しか覗いていない。その背後では、いくら何でも大きすぎる僚平のアンダーシャツを着せられた子どもがきゃあきゃあと悲鳴を上げながら、初対面の熊男と仲良くじゃれあっている。

半年前に二歳になった子どもはいずみと高階の間に生まれた長男で、僚平にとっては義理の甥《おい》に当たる。翔太《しょうた》という名前も顔も知ってはいたが、直接に顔を合わせたのは初めてだ。

「転勤が決まったのも急だったし、どうしようかって考えたのよ？　だけど、どうせだったらいきなり驚かそうと思って。今日中に片付けて夕飯に誘うつもりだったのに」

軽い食事をし風呂を使ったおかげか、再会直後は蒼白《そうはく》だった頬に赤みが戻ってきていた。それでも恐怖は拭えないのだろう、いずみの色白の頬にはわずかにこわばりが残っている。

「まさかあんなことになるなんて思ってなかったもの——」

引っ越し先のマンションの、入居予定の部屋の真上でガス爆発があったのだそうだ。怪我《けが》人《にん》こそ出なかったものの、スプリンクラーが作動したせいで運び込んでいた荷物は壊滅状態になり、入居どころの状況ではなくなった。

「災難だったよね。部屋探しもあるんだろうけど、とりあえず明日はゆっくり休んだら？」

「それが、そういうわけにもいかないの。彼は明日には出社しなきゃならなくて」

「でもまだ引っ越し以前の問題だろ？　いくら明日は月曜だって言っても」

僚平の言葉に、義姉は記憶より痩《や》せた頬に苦笑を浮かべた。

「そういう命令らしいから、仕方ないの。それでなくても時季外れの異動だし」

ああ、と返しながら浮かんだのは「栄転」という言葉だった。

正式にはシステムエンジニアというらしい、コンピューターを扱う技術者の高階は、実は業界内でも群を抜く腕前で、かなりの出世株らしいのだ。

気楽な大学生の身では何とも答えようがなく、僚平は話を切り替える。

「だけどお義兄《にい》さんの着替えは？　ジーンズで出社ってわけにはいかないだろ」

「銀行が開くのを待ってお金を下ろして、それからスーツを買いに行くわ。他にやりようもないし、そのくらいはお目こぼししてくれるはずだから」

いずみも高階も翔太すらも、着のみ着のまま着替えすらもないのだった。日曜日だったのと、警察の事情聴取が長引いたせいで現金を引き出す暇が取れず、引っ越し代は先払いだったから手持ちの現金も少なく、転勤してきたばかりで頼る相手もない。

その時、いずみが僚平を思い出したのだという。

「でもよくここの住所覚えてたね」

「彼の手帳に引き写してあったのよ」

「……へえ」

いずみたちと入れ替わりに風呂を使いに行った高階の、もの言わぬ瞳を思い出す。ほとんど言葉は交わしていないけれど、突き刺さるような視線は痛いように感じていた。

——何でもないフリで翔太とじゃれ合う左右田が、妙に高階を意識していることも。

あれから当然のようにキッチンに立って素麺を作り、来客に食事を出して片付けまでこなした後輩は、いずみを「義姉」だと紹介した時に一瞬不思議そうな顔をしたものの、その場では何も言わなかった。どちらかといえば「義姉の夫」に過ぎないはずの高階の反応の方が、よほど過剰だった。

(コレ、高校からの後輩。同じ大学に行ってる。サユウダっての)

(「そうだ」ですってば。あ、どうも。菅谷せんぱいにはいつもお世話になってます)

うっそりと頭を下げた後輩に、不躾《ぶしつけ》なほどの視線を向けていたのだった。

それに気付かないほど、左右田は鈍い男ではなかった。

「ごちそうさま。じゃあ、これはわたしに洗わせてね?」

「あ、いいよ。おれがやる」

「駄目よ。僚ちゃんは動かないで。このくらいはさせて?」

腰を上げかけた僚平を制して、いずみはふたり分のカップを手にキッチンに入っていった。

義姉が、何も知らないことだけが救いだった。それきり住所の件は話題に上らず、数メートル離れてさわりのない世間話をしているうちに湯上がりの高階が居間に戻ってくる。

さりげなく腰を上げて、僚平は父親のパジャマを着た男とすれ違いにキッチンへ向かった。

「いずみちゃん、親父の部屋使ってくれる? しばらく開け閉めしてないんで空気がこもってるかもしれないけど、掃除だけはしてあるし。布団も出しておいたから。――明日の朝、おれが起きるの遅かったら適当にキッチン使っててていいからね」

「え、もう寝ちゃうの？」

タオルで指先を拭っていた義姉にまだ話し足りないと言いたげな顔で見上げられて、思わず苦笑がこぼれた。

「ちょっとおれ用があって、これからアイツと出てくるから。鍵は持って出るから、気にしないで先に寝ててよ。話は明日か明後日《あさって》にでもゆっくりしよう」

「でも、……わたしたち、ここにいてもいいの？」

一拍、答えに詰まったのは、先ほどすれ違った高階の、何か言いたげな顔付きを思い出したせいだ。その僚平を見上げて、義姉は思い切ったように言う。

「僚ちゃん、本当は怒ってない？」

「何を？」

しばらく逡巡《しゅんじゅん》したあと、いずみはようやく顔を上げる。

「三年前。事故の後、わたしに何も言わずに菅谷に帰っちゃったでしょう？　結婚式にも出てくれなかったし、電話もなくて。だから、本当は無理して石原《いしはら》にいてくれたのかもって」

「違うよ」

即答だった。

「母さんがいないのに、おれだけ石原に居座るのもどうかと思っただけなんだ。いずみちゃんや石原のお義父さんがどうこうってわけじゃない」

「でも」

「走れない陸上選手なんか、特待生でいられないじゃん？　学校も変わってやり直すんだったら、全然知らない土地の方がいいと思っただけなんだよ」

「――」

「次に住むところが決まるまでは、ここにいてよ。親父は盆まで戻らないし、いずみちゃんがここにいたって気にしないと思うしさ。いずみちゃんたちが気兼ねなんだったら、おれは友達のとこに泊まりに行ってもいいから」

　黙ったまま、義姉は僚平を見ている。ひどく心細げな、今にも泣き出しそうな顔付きに、三年前の記憶が蘇《よみがえ》った。

　高校生の時、僚平は交通事故で陸上選手生命を断たれた。その時、あまりの出来事に呆然《ぼうぜん》とするだけだった僚平の代わりのように、この義姉は号泣したのだ。泣き腫らした顔でずっと付き添って、どうにか失わずにすんだ僚平の右足を、夜通し撫《な》でさすってくれた。

「戸籍上は他人になったけど、おれはいずみちゃんを本当の姉貴《あねき》だと思ってる。だから、変に遠慮なんかしないでよ」

　繰り返し言うと、いずみは泣き笑いのような顔付きで頷いた。

三年にもなる音信不通を一気に飛び越えてしまえるのは、それだけの繋《つな》がりがあるからだ。

母親が再婚し生活環境が大きく変化した時、戸惑う僚平を気にかけて助けてくれたのは、新しくできた姉だった。高校から大学に、その後は叶《かな》うなら実業団にと長く抱《いだ》いていた夢が見事に砕け散った三年前のあの事故の時、自暴自棄になりながら崖《がけ》っぷちで踏みとどまることができたのも、いずみが傍にいてくれたからこそだ。

……高階とのことは、もう終わってしまったのだ。あの男にとっても、僚平にとっても。

僚平の部屋にいた左右田を呼び出し、揃《そろ》って玄関を出た。無言のままエレベーターを待っていると、隣に立った熊男が拗ねたように唇を尖《とが》らせる。

「せんぱい、泊めてくんないんすかー？」

「優先順位からいくと、おまえに貸す布団はない」

「いらないっすけど。せんぱいのベッドで一緒させてもらうし」

「——馬鹿かおまえは」

言うより先に手が出て、高い位置にある刈り上げた頭をはたいていた。「いて」とつぶやいたかと思うと、強い指が僚平の手首を摑《つか》む。え、と思った時には開いたエレベーターに連れ込まれ、壁に押し付けられて呼吸ごと唇を覆われていた。

「ば、……」

時刻が時刻とはいえ、エレベーターの中である。反射的に腕を突っ張ったものの力で敵《かな》う相手ではなく、結局なし崩しに長いキスを受け入れる羽目になる。ようやく解放された時には息が上がっていた。

両の手首をエレベーターの壁に押し付けられた格好で、僚平は後輩を睨《にら》み上げる。

「……っに考えてやがんだ、てめえ色情狂かッ」

「そうっす。ただし、相手はせんぱいに限りますけど」

あっさり肯定されて、かえって気が抜けた。それでも剣呑《けんのん》な目で見上げていると、壁に張り付いた僚平に覆いかぶさる格好で、大柄な後輩はぼそりと言う。

「せんぱい、ひとりっ子じゃなかったでしたっけ。何でいきなりお姉さんなんですか」

「ウチの両親、おれがガキの時に離婚したんだよ。おれは母親に引き取られて、その母親が石原って人と再婚して、その石原のひとり娘がいずみちゃんなんだ。初めて弟ができたって、あの時はいろいろ構って助けてもらった」

いつになく饒舌《じょうぜつ》なのは、その奥に知られたくないことがあるからだ。自覚しながら、僚平は言葉を重ねる。

「高二ん時にその母親が事故で死んだから、おれは石原と養子離縁して菅谷の親父ンとこに戻った。今は戸籍上でも他人だけど、気持ちとしては未だにおれの姉貴なんだよ」

とたんに、間近の左右田が眉を顰《ひそ》めた。

「……事故って、あの、せんぱいが巻き込まれたやつですか」

「そ。おれが走れなくなった元凶。無試験入学と学費免除の特典つきの特待生やめなきゃならなくなった理由。利き足が使いものにならないんじゃどうしようもないからな」

「菅谷」に戻って編入した高校で、僚平はこの奇妙な後輩と出会ったのだ。親しくなったのは編入後間もない頃だったが、それから現在に至るまで、この男に個人的事情はほとんど話していない。特に訊かれた記憶も、ない。

もっとも、僚平の足の事故は学内でも知られた話で、この男もおよその事情は耳にしていたはずだ。案の定、左右田は「ああ」と頷いたきり追及をやめ、顔を近づけてきた。

「そんで、いつまでせんぱいンちにいるんすか？　あの人たち」

「次の住まいが見つかるまで、だな」

「えー。本気《マジ》っすかあ？」

「いずみちゃん、放っとけないだろうが」

「んじゃオレはイッタイどうすりゃいいんですかー？　せんぱい、携帯も持ってないのにー。ウチにあのお義姉《ねえ》さんがいたんじゃ、下手に電話もできないじゃないっすかー」

盛大に嘆く左右田は、赤貧のくせに一人前に携帯電話を所持している。

胡乱《うろん》に、僚平はじろりと後輩を見上げた。

「何でできないんだよ。聞かれてまずい電話する気か？　イタ電まがいの真似しやがったら、本気ではったおすぞ。それと、くれぐれも断っとくが、ウチはおまえの別宅じゃない。てめえはとっとと自分のアパート帰って、布団でも被って寝ろ」

「そんなあ。せんぱい、オレと義理のお姉さんとどっちが大事なんですかー」

「返事して欲しいのか？」

「……いや、いいっす」

殊勝に返しながらも、僚平を抱き込む腕は緩まないままだ。またしても顔を寄せてきたかと思うと、たっぷり三分以上にわたるキスをされた。さすがに辟易した僚平がごつい顎《あご》を押しのけると、名残惜しげに拘束を緩めた。往生際悪く僚平の腰に腕を回したままで、傍にあったエレベーターの一階ボタンを押す。直後に起きたかすかな浮遊感に、初めて自分たちが乗ったエレベーターがずっと静止していたことを知った。

「せんぱい、これからオレんち来ません？　寝床と目覚ましと朝メシと大学までの送迎つきですけどー？」

エレベーターが一階に着くと同時に、左右田がわかりやすい猫撫で声で囁《ささや》いてくる。

「馬鹿者。お客が来た早々留守にできるか。あれだけつきあってやったんだ、てめえはとっとと帰って寝ろ」

「ンな。せんぱいフェチの色情狂が、あの程度で満足してるわけないでしょうがー」

「……絶倫なのは大いに結構だがな、勝手におれを巻き込むな」

「もちろん今度はアフターケアーもしますってば。風呂にも入れて髪も洗ってパジャマも着せて、さらに添い寝つきで、オマケにせんぱいが満足できなかったら第二・第三ラウンドも追加しますっ」

「……おまえ、少しは恥って観念持ったら？」

エントランスを出て駐車場へ向かいながら、毎度ながらの左右田の臆面《おくめん》のなさに顔が熱くなってきた。

父親の車は出向先にあり、僚平自身は免許はあっても車を持たないため、菅谷家の駐車スペースは三日に上げずやってくる左右田専用となり果てている。ちなみに愛車は流行《はや》りの四輪駆動だが、この後輩の購入動機は至って単純明快だった。

山道を走るのに一番適しているから、なのだそうだ。

車高のある運転席に乗り込みエンジンをかけた左右田が、ふと思いついたように窓を開ける。上から僚平を見下ろし、いつになく真面目な顔で言った。

「あの高階サンて人、お義姉さんの旦那サンでしたよね？」

「でなきゃウチには入れねえよ」

不意打ちの問いに、即答できたのは我ながらさすがだった。わざと真正面から見返すと、左右田はわずかに眉を上げた。軽い口調で言う。

「だったらいいんす。んじゃ、また連絡します」

——やっぱり気づかれたか。

遠ざかるテールランプを見送りながら、苦い気分になった。自宅へと引き返す足取りは、我ながらおそろしく重い。

鍵を開けて戻った自宅は、やけに静まり返っていた。

いずみたちは部屋に引き上げたらしく、居間は無人だった。明かりが点いたままだったのは、戻ってくる僚平への気遣いなのだろう。

「僚平」

それだから、キッチンへ向かい冷蔵庫からポカリスエットのペットボトルを取り出すなり聞こえたその声に、手にしたコップを取り落としそうになった。

低い声の染み込むような響きは、厭《いや》になるほどよく覚えている。

振り返らずに、平然とした素振りでコップの中身を飲み干す。たったそれだけのことに、おそろしいほどの集中力が要《い》った。

「説明しろ。あの男は何なんだ？」

続く声を聞きながら、僚平は洗ったコップを水切り籠《かご》に伏せる。息をついて振り返った。

「……早く寝た方がいいんじゃないですか。明日も仕事でしょう」

「おい」

「それと。アイツが何だろうと、『お義兄さん』には関係ないことだと思いますが？」

「――」

苛立《いらだ》ちを露骨に含んだ顔で、高階が僚平を睨みつける。その顔付きを眺めて、そういえばこの人には癇性《かんしょう》なところがあったのだと思い出す。

高階の年齢は、三十を越えているはずだ。百八十近い身長とそれに見合ったしっかりとした体格の持ち主だが、それでも左右田と並べば小柄に見えかねない。

顔立ちは整っている方だろうが、左右田とは趣きが違う。あの後輩の容貌《ようぼう》には猛禽類《もうきんるい》を思わせる鋭さと荒さがあるが、高階のそれは神経質で人工的な雰囲気があった。

きちんと切りそろえられた髪が見た目よりも柔らかいことも、やや濃い色の肌がどんな匂いなのかも知っている。けれど、それはもう過去の話だった。

「話があるんだ」

「おれはないです」

言うなり傍をすり抜けようとした、その腕を摑まれた。

肌に触れる手を、おそろしいほど熱く感じた。振り払う前に長い腕に囲い込まれ、身動きが取れないほど強く抱き竦められる。懐かしい匂いに目眩《めまい》がした。

「高階さ、――ッ」

「ずっと気になっていたんだ。どうして俺に何も言わずに逃げた？」

囁きと同時に、うなじに濡れた感触を覚えた。ぞっと全身が粟立《あわだ》った次の瞬間、逃れようと突っ張った腕と顎を取られていた。

「た、――……」

抗議は声ごと奪われた。反射的に食いしばった歯列をぬめった感触が這《は》いまわり、執拗《しつよう》に合わせを探ってくる。顎を掴む手に痛いほどの力がこもった。

「な、……っ」

必死に腕を突っ張りながら上げた拒絶の声は、歯の間を割った煙草の匂いに丸ごと飲み込まれた。遠慮のない動きでさらに奥を探り、硬直したままの僚平を捕らえて巻き込んでゆく。

薄れかけていた記憶と、寸分たがわぬ動きだった。頬を掴んでいた指がいつか明らかに意図を変え、擽《くすぐ》るように喉《のど》を撫でて、パジャマの襟《えり》の合わせからすべり込んでくる。

突き放すどころかいつの間にかその腕に縋《すが》りついていたと、後ずさった背中が壁に当たった瞬間に気づいた。同時に耳の奥で、つい先ほど聞いた舌足らずな音声が蘇る。

（しょー、しぇー、しゃん？）

いずみに教えられた僚平の名を一生懸命に繰り返していた、翔太の声。

ざっと音をたてて、集まりかけていた熱が冷めた。

絡みついてくる他人の体温に、容赦なく咬《か》みついていた。悲鳴じみた声を上げて離れた高階――義姉の夫を、冷ややかに見返した。

「……いいかげんにしろよ」

血の味がする唾《つば》をこれみよがしに吐き捨て、手の甲で唇を拭う。

「僚、――」

「あんた何者だよ。翔太の親父だろ。いずみちゃんの旦那だろうが。あんたをここに泊めてやるのはそれだけの理由だ。妙な勘違いしてんじゃねえよッ」

唸《うな》るように吐き捨てて背を向けた。呼び止める声を無視して自室に飛び込み、閉じたドアに背を預けるようにして、こぼれかけた吐息を無理やり飲み込んだ。

こつん、とドアをノックする音がした。

びくりと全身が跳ねた。

二度三度と続いた音がやがて途切れ、気配が遠ざかってなお、その場で息を殺していた。

高階に言ったのと同じ言葉を、今度は自分自身に叩きつけていた。

かつて「恋人」だったあの男はもう、いずみと翔太のものなのだ。

わかっていながら、先ほどの接触を快楽と感じた自分を自覚した。もう三年にもなるというのに、肌はまだ高階を覚えている……。

ドアに背をつけその場に座り込んで、僚平は大きく息をつく。

ついさっき別れたばかりの、左右田の顔が脳裏に浮かんだ。

(お義姉さんの旦那サンでしたよね?)

「……決まってんじゃん……」

つぶやきは、自分のものとは思えないほど低く耳に届いた。

3

翌日、左右田と合流したのは二コマめの講義が終わる寸前だった。

大教室の後ろの席で、教壇から聞こえてくる念仏にも似た教授の声を聞きながら欠伸《あくび》をかみ殺していると、空いていた隣に人が座る気配がしたのだ。

何げなく目をやって絶句した。

「……おま、……何やってんの？」

経済学部二年の僚平と理学部一年の左右田では、重なる講義はほとんどない。にもかかわらず、ラフな私服姿の左右田が平然と頬杖《ほおづえ》をついて僚平を見ているのだった。

「お誘いに来たんです。昼メシ、外に食いに行きません？」

「パス。おれ今、金ないし」

「オレが奢《おご》りますって。旨《うま》い食堂見つけたんすよ、自慢がレバニラ定食六百五十円ってとこなんですけど」

言うなり、左右田は僚平の腕を掴んで腰を上げる。ぎょっとしたのとほぼ同時に、講義終了のブザーが鳴った。見れば、教壇からはとうに教授の姿はなくなっている。

「ちょっと待て、レバニラって——おれは今日は学食でAランチを食うつもりで」

「そんな量もスタミナもないもんばっか食ってるから、せんぱい太れないんですよー。大丈夫っす、バイト料が出たんで何でも好きなもの奢ります。ってことで、乞《こ》うご期待っ」

反論する間もなく、キャンパス内をずるずると引きずって行かれる。途中、同期の友人の斉藤《さいとう》と出くわした。確か先ほどの講義を取っていたはずだが、どうやら寝坊か何かしたらしい。半分眠っていた顔付きが、僚平を認めてふと変わる。

「あー菅谷ー、悪いけど坂谷《さかたに》教授のノートー……」

「すんませんが、菅谷せんぱいはオレとメシ食いに行きますんで。お話はまたのちほど」

大柄な後輩の人懐っこい笑顔に、小柄な斉藤は呑《の》まれたように「はあ」と目を瞠《みは》った。ちなみに身長差は二十センチ近く、傍目《はため》には大人と子どもに見える光景だ。

意味ありげに僚平に目を向けて、斉藤はひらひらと手を振ってくる。

「あー……そっかー、んじゃまたあとでなあ。タイヘンだよなあ、オマエもー」

そう言った友人に顔を顰《しか》めて見せたものの、反抗する気が急激に失《う》せた。

何でも、左右田の笑顔は核弾頭に近いのだそうだ。

けしておそろしげではないのに、見た瞬間に反論及び抵抗する気が失せるのだという。威力はすさまじく、入学してわずか三か月ですっかり有名人となり果てているのだった。

もっとも「有名」の具体的な内容については、僚平も無関係とは言い切れないのだが。

左右田の車で連れて行かれたのは、車で十分ほどの距離にある大衆食堂だった。

どうやら左右田は顔馴染《なじ》みらしく、店の主人が威勢のいい挨拶を投げてくる。笑顔の威力は年齢性別を問わないようで、客らしいおっちゃんの何人かにも声をかけられ、水を運んできた給仕のおばちゃんに女の子のような笑い声を上げさせた。

じきに僚平の前に運ばれてきた野菜炒め定食は値段のわりにボリュームたっぷりで、食べ切れるだろうかという疑問が浮かぶ。箸《はし》を割りながら、ぼそりとつぶやいていた。

「……ミギタさあ、自分が学内で何て噂されてるか、知ってるか？」

焼肉定食に箸をつけた後輩が、「へ？」と顔を上げる。

「何すか。何かオレ、噂されてんですかあ？　まだ一年だし、悪さした覚えはないのにぃ」

「一年にしては、図体が目立ってて態度がでかいんだろ。物言いには容赦ってもんがないし、傍若無人だし」

「えー。こんなに可愛いオレに何てーことをっ」

両頬に手を当てて、首を傾げて見せる。女の子ならともかく、熊と見紛《みまが》う大男にやられるとつくづく寒気を覚える仕草だった。

「で、オレ。何て言われてんすか」

「菅谷僚平の専属ストーカー。ストーキングする理由として推測されるのは主にふたつ。ひとつめはおれがおまえに何か恩義を感じていて、仕方なしに我儘《わがまま》につきあっている。ふたつめはおまえがおれの弱みを握っていて、おれを脅して引きずり回している」

「……せんぱい、何かオレに恩義感じてます？」

「恨みなら山ほどあるが」

「そんなあ。ってえと、残るはオレが何か弱み握ってるってことに……握りたいなあ、せんぱいの弱みー。教えてくれるんだったら全財産はたいてもいいんすけどー」

「おまえまだ車の借金山盛りだろうが。そんな奴の全財産なんざ信用できるか」

むっつりと言った直後、先ほどの給仕のおばちゃんがやってきた。湯気を立てるコロッケが載った皿を、どんとテーブルに置く。

「あたしの奢りだよ。ミキちゃん、しっかり食べて仕事頑張りな。そっちの細いお兄ちゃんもねッ」

「ありがたく御馳走《ごちそう》になりますー。おばちゃん美人っ」

「ヤだねえこの子はッ」

きゃっきゃと声を上げたおばちゃんを見送って、すぐさまコロッケに箸を伸ばした後輩のフルネームは、そういえば左右田幹彦《みきひこ》というのだった。

……これだけの大男を相手に、いくら何でも「ミキちゃん」はなかろうに。

「せんぱい、食わないんすか？　旨いっすよー？」

「遠慮しとくわ。おまえと同じだけ食ってたら、こっちの胃袋が破裂する。おまえ、よくここに来るのか？」

「バイト先の親方の気に入りの店なんすよ。何しろ、安くて旨くてできたてが出るんで」

体力自慢の左右田の定番のバイトは、夜間の土木作業だ。これまでこぼれ聞いた話でも、かなり気に入られているふうだった。

どうしても奢ると言い張る後輩に伝票を預けて時計を見ると、あと十五分ほどで午後の講義が始まる時刻だった。ギリギリではあるが、急いで戻れば十分に間に合う。

「あれ。そういやおまえ、月曜の午後は講義入ってないんじゃないのか」

揃って店を出て車に戻り、助手席に乗り込みシートベルトを締めている間にいきなり思い出す。返答のなさに怪訝《けげん》に振り返ると、運転席の左右田は数秒前とはがらりと顔付きを変えていた。無言のまま、ひどく奇妙な表情で僚平を凝視している。

「おいこらミギタ。人の話聞いてんのかよ」

「……例のお義姉さんたち、今日はどうしてるんすか。旦那さんの方は？」

「買い物。差し当たって着替えとか日用品とか用意するって聞いたけど。旦那は着替えたらすぐ仕事行くんじゃねえの？」

「何がありました？」

左右田は、しばらく黙っていた。ややあって、いきなり言う。

「へ？」

「あの人——お義姉さんの旦那とです」

瞬間、心臓がぎくんと跳ねた。気づかれないよう怪訝な顔を作って、僚平は「何だそれ」と訊き返す。

「いや。——何かちょっと、せんぱいヘンだし」

「ヘンってな、おまえ脳味噌《のうみそ》あるんだったら少しは考えろよ。おれは疲れてんの。昨夜は遅くまでゴタゴタしたし、今朝は朝イチから講義だし。——昨日は体力の余りまくってる誰かにさんざんに扱われたしで」

不機嫌な声音は、我ながらわざとらしかった。

突然、何も言わず左右田が車を出した。硬化した気配を感じながら、僚平は敢《あ》えて自分からは何も言わないことにする。

もっとも、その決心は五分と続かなかった。

やがて突き当たった交差点で、車はふと右折した。え、と思った時には大学へ続く道を大きく外れ、郊外へと向かう道へと乗り入れている。

「おい、おまえどこ行く気——」

「どこにします？　せんぱいの好みに合わせますけど」

「好みって」

「この先五、六軒固まってンじゃないすか。どこでもいいんだったら、一番笑える名前のところにしますが」

左右田の意図を悟ったその瞬間、思わず目を剝《む》いていた。

窓の外に近づいてくるいくつもの派手な看板は、郊外に特有の——要するにラブホテルの類《たぐい》のものだ。

「ばっ、……おまえ何言ってんだよ！　おれは午後の講義が」

「一回くらい欠席しても大丈夫っすよ。せんぱい、ふだん真面目なんだし。あ、そういえば斉藤さんから聞きましたけど、せんぱいのノートって高く売れるみたいっすね。タダでコピーさせて儲《もう》けさせるのも業腹なんで、今度からオレと組む気ないっすか？　雑務及び面倒事はオレが引き受けますんで、純利益をオレが三でせんぱいが七で分配するってのは」

「引き返せ」

食いつくように、左右田の声を遮っていた。

「大学に戻れ。冗談じゃねえよ、講義休んでンなところに行ってどうすんだっ」

「あれ。イヤですか」

「決まってんだろがッ。大学に戻るか、おれを即刻ここで降ろすかどっちかにしろッ」

絶対に無理強いはしない、というのが僚平と左右田の間での不文律なのだ。

左右田との関係を「レンアイ」と呼ぶ気はない。身体の関係があったところで、僚平は左右田を「コイビト」として扱う気はない。それは、左右田も承知していたはずだ。

「仕方ないっすね」

左右田のその言葉に安堵《あんど》したのは、そのせいだ。このまま引き返してくれると思った、その思惑は数分後に呆気《あっけ》なく打ち砕かれた。

車が停まったのは、両側を林で囲まれた、人気《ひとけ》もなく舗装されてもいない道の待避所だったのだ。

考える前に、助手席のドアに手をかけていた。外し忘れたシートベルトに引き戻されて焦った時、今度は強い腕に肩を摑まれ背中ごとシートに押し付けられている。

「そう……っ」

顎を摑む指が、いつになく荒っぽかった。反論を封じるように襲ったキスは略奪するように強引で、僚平は短く息を呑む。シートの背凭れがぐくんと倒されたかと思うと、抵抗を封じるように大柄な身体がのしかかってきた。

「な、に考え、……はな、せって」

返事の代わりのように、着ていたシャツの前を剝かれた。喉許《もと》に食いつかれ、大きな手のひらに性急に肌を探られて、奥底に残っていた快楽がじわりと浮かんでくる。必死に抗《あらが》った腕はひとまとめに取られて、頭上のシートに押し付けられた。

「……っ、おい！　てめ、いい加減にし——っ……」

怒鳴りつけようとした、その瞬間にいきなり額同士をぶつけられる。眉を顰めて見上げたとたんに左右田ともろに目が合って、抵抗する気が失せた。

いつも笑っているような男だ。締まりがないという意味ではなく、何をしていても面白がる風情がある。もちろん真剣になることもあるが、そういう時には男前率が五割増しになる。

けれど、今の左右田は怖いような無表情だったのだ。ただの先輩後輩だった三年前から――「恋人」とは呼べないまでも身体を合わせるようになって二か月。トータルしても初めて目にする貌《かお》に、ただ困惑した。

「おい、?……」

「観念した方がいいんじゃないすか? 言っちゃ何ですけど、せんぱいの体力で抵抗しても疲れるだけですよ」

「てめ、――ッ」

反論は空しく喉の奥で掠《かす》れ、声にならない。その唇を塞《ふさ》がれて、さんざんに口の中を探られた。酸欠状態になった僚平がようやく我に返った頃には、後輩のキスは喉から鎖骨へ、その下へと辿《たど》っている。

薄い肌を濡れた体温で探られ、反応する箇所を選んだように齧《かじ》られて、ずっと背すじを竦めていた。そうしている間に器用に動いた手にベルトの前を外され、ジーンズの前を緩められている。ひき剝《は》がそうと摑んだはずの後輩の手首の動きと、下肢の合間から滲《にじ》んでくる色濃い悦楽とがシンクロしているのを知って、僚平は小さく息を呑む。

「や、……馬鹿、ここ、どこだと思っ……」

「平気っすよ。この時間帯はほとんど車は通りませんから」

「そ、――っ」

そういう問題じゃないだろう、という反論は声にならなかった。昨夜、高階に煽《あお》られた名残か、それとも身体が左右田の指を覚えてしまったからか――全身の感覚はじきに僚平の意志を無視し暴走を始める。

馴染んだ匂いが身体の奥に割り入ってくるのをきつく唇を噛んでやり過ごしながら、僚平は三年前、初めて左右田と会った時のことを思い出していた。

4

――あの時の声は、今も耳に残っている。

新しい高校に編入して間もない放課後だった。鮮やかに澄んだ秋晴れの空の下、ぽかりとあいた時間を持て余して、僚平は中央棟の屋上にいた。

部活動をする気にはなれなかったし、そもそもできる状況でもない。家に帰って、ひとりでぼうっとしている気分でもない。当時の僚平の折衷案の暇つぶしが屋上から風景を眺めることで、その日はフェンスに凭れるようにして高い青空を見上げていた。その背後から、いきなり声がしたのだ。

（飛び降りるんだったら予告してくださいね。記念に一枚撮りますんで）

（あいにくそんな気はねえよ）

振り向きざまに言い返した僚平の顔付きは、さぞかし剣呑だったに違いない。まだ右足の怪我は完治しておらず松葉杖が手放せなかったし、周囲から腫れ物扱いされてもいた。

勝手な噂が広まるのは早い。転校して一週間と経たないうちに、僚平が有名な私立高校の陸上部員でスポーツ特待生だったことや、事故で右足を痛めて走るのを禁じられたことが学校中に知れ渡った。大会を通じて顔見知りだった陸上部員たちは仕方がないにせよ、知りあったばかりの教師やクラスメイトまで、妙に気を遣って遠巻きにしてくる。それだけならまだしも、一部教師を含む生徒の間では僚平を「悲劇の主人公」扱いで祭りあげようとする手合いまでいて、あまりの鬱陶しさに当分はひとりがいいという気分になっていた。

（走りたいんですか）

臆することなく言った相手は、小柄で童顔の、むしろ「可愛い」と言いたくなるような下級生だった。むやみにごついカメラを手にして、じっと僚平を見上げてきた。

まともに目が合った瞬間に、興味が湧《わ》いたのだ。

これまで、誰も直接僚平には言わなかった――間違っても言われたくなかった台詞だ。なのに、その時の僚平は素直に頷けた。背後のフェンスに寄りかかりながら、下級生の静かで、不思議なほど詮索《せんさく》の色を感じさせない瞳を見返した。

(走れるもんならな。まあ無理だけど)

(そうすか？　怪我が治ってその杖が取れたら何とかなるんじゃあ？)

(馬鹿たれが気楽に言うな。これでも切り落とさずにすんだのが幸運ってくらいの重傷だったんだよ。第一、膝《ひざ》やっちまったもんはどうしようもねえだろ)

はははあ、と感心したような声を上げて、下級生は隣に並んだ。構えたカメラのファインダー越しにグラウンドを見下ろし、ぼそりと言った。

(でも、よかったっすね)

え、と思わず眉を寄せた僚平に、下級生は人懐こい笑顔で言った。

(いや、足を切り落とさずにすんで。ほら、人間の身体ってトカゲとかとは違って、一度切ったらもう生えて来ないじゃないすか)

あっけらかんとした物言いに最初はぽかんとして、その後でじわじわと笑えてきた。喉の奥で始まった笑いはやがて小さく声になって、それを聞いた時にずいぶん久しぶりに笑ったのだと思い——何となく、救われた思いがした。

その時は名前すら訊かずに別れた下級生は、次には校外学習という名の学内行事のハイキングの時に声をかけてきた。怪我への配慮で教師の車に乗って参加した僚平が、どこでもいいから適当に弁当をすませようとぶらぶら歩いている時に、背後から「菅谷せんぱい」と呼ぶ声がしたのだ。胡乱に振り返った先にいた相手はまたしても重そうなごついカメラを首から下げていて、当たり前のように僚平の肩にかかっていたバックパックを取り上げた。

（あっち行きませんか。見晴らしも日当たりもいい特等席があるんで）

（……何なんだ、おまえ）

（おまえはやめてくださいよー。オレ、左右田と言います。左右に田圃《たんぼ》で左右田っす。ていうか、一緒にメシにしましょうよー）

ハリネズミ並みに棘々《とげとげ》しかったはずの僚平の言葉にまるで怯《ひる》まず笑顔で言ったあの後輩は、高校一年の時からそんなふうに飄々《ひょうひょう》としていたのだ。結局、呆気に取られている間に拉致《らち》されて、僚平は帰り際までその下級生――左右田と行動をともにすることになった。

以来、左右田は学内でたびたび声をかけてくるようになった。当初は鬱陶しい、面倒臭いと思っていたのが毎度ペースに巻き込まれるようになり、半月後には学校外で一緒に遊びに出た。いつの間にかそれが恒例になり、休日にはつるんで過ごすようになり――そうしている間に噂も気にならなくなって、いちいち腹を立てることもなくなった。クラスメイトの中にひとりふたりと親しい相手ができていって、卒業する頃にはそれなりに、自分のクラスでも当たり前に笑って過ごせるようになった。

あの時、左右田に会わなかったらどうなっていただろうと、時折考えることがある。

自分の殻に閉じこもって、失ったものばかりを見つめて過ごしていた。肥大していく疎外感や膿《う》んでいく傷口を後生大事に抱え込んだままで、もしかしたらずっと「ひとり」でいたかもしれない自分を知っている……。

「今日はまた、ずいぶん機嫌が悪いみたいだねえ」

「そうでもないです。大丈夫です、ちゃんとやりますんで」

裏口から入ってすぐの、三畳ほどのスペースがバイト先の更衣室であり休憩室であり、荷物置き場でもある。そこでお仕着せのエプロンの紐《ひも》を結びながら、僚平は自分の声が切り口上になっているのを自覚した。

「駅裏」という、立地条件そのままの何のひねりもない名前の店が、大学入学以来一年以上続く僚平のバイト先だ。十五人も客が入れば満席になるほど小さい店だが、本格的なコーヒーを飲ませるとかで常連客の年齢層は奇妙に高い。

コーヒーに対して病的なほどの情熱を持つマスターは、顔の下半分が髭《ひげ》で埋まった名物男だ。眼鏡までかけているため完全な年齢不詳で、慣れるまでは表情を読み取るのに苦労した。

店へと続くドアから顔だけ覗かせたまま、更衣室にいる僚平に苦笑してみせる。

「いいけどね。コレだけは貼っといてくれる?」

差し出されたありふれた絆創膏《ばんそうこう》を受け取って、怪訝に眉を寄せていた。鼻の頭に皺《しわ》まで寄せてしまった僚平を無言で眺めてから、マスターはかりかりとこめかみを指で掻《か》いて言う。

「うちも一応、客商売なんでね。菅谷くん目当てのお客さんもいることだし、菅谷くんのプライバシーでもあるし」

「プライバシー、ですか」

何を大仰なと思った後で、殴りつけられたように気づいた。よろしくと手を振ったマスターが店に戻るのを見届けてから、僚平は壁にかかった鏡に向き直る。そこに映った自分を見るなり、全身から血の気《け》が引いた。

黒のスタンドカラーのシャツでも隠れない耳の下の肌に、小さいけれどくっきりとした、鬱血の痕《あと》が残っていたのだ。

「……あの野郎っ……」

つい先ほど別れたばかりの後輩を思い出して、心底腹が立った。もう四、五発蹴りを入れるか、この際だから袋叩きにしてやるべきだったと拳《こぶし》を握る。

それでなくとも、無理強いでしかない行為だったのだ。車の中でさんざんに扱われたあと、結局はなし崩しにホテルに連れ込まれた。バイトの定刻ギリギリまで好き勝手されて、おかげで午後の講義はまるまる自主休講する羽目になった、
それだけでも十分許せないものを、こんな真似までされた日には完璧にペナルティだ。

「人目につくところには痕を残さない」というのが、左右田と僚平の間では暗黙のルールだったはずなのだ。

「菅谷く一ん、オーダーよろしく一」

ドア越しのマスターの声に返事をし、鏡を睨んで絆創膏を貼りつける。見るからに「隠しています」といったていだが、実物をさらして歩くよりははるかにマシだ。むかむかした気分を極力おさえつけ、営業用の笑顔を貼りつけて店に出た。

客のオーダーを取り、コーヒーやケーキセットを運びながら、いつになく神経が尖っているのを自覚する。

夕刻も六時を過ぎると、仕事帰りに一服してゆくサラリーマンやOLで席は八割がた埋まってしまう。満席になる寸前、滑り込みセーフで入ってきた客を見るなり、営業用の笑顔が勝手に剝がれて落ちた。

昼に、大学構内ですれ違った斉藤だった。僚平を見るなり笑顔になって、すみのカウンター席につく。水入りのグラスを出してオーダーを訊くと、とたんに全開の笑顔になった。

「菅谷いて助かったー。ていうかさあ、いい加減携帯持つ気になんないかー？　いろいろ不自由だろうにさあ」

「あいにく当方に不自由はありませんので、ご心配なく。ご注文はお決まりですか？」

営業用スマイルと営業口調全開で、僚平は斉藤の前に水の入ったグラスを置く。すぐさま手に取ったその中身を一息で半分にして、斉藤はおもむろに僚平を見た。

「なあなあ。ひとまず、交換条件ってのはどう？」

「……あいにくそういうメニューは当店では扱っておりませんが」

「だから裏取引ですってばー。本日のアナタの午前中のノートとワタクシの午後のノートのコピー、交換しませんかって話。もし乗ってくれちゃうんだったら知り合いに口利いて、携帯電話を安く手に入れてやるけど、どう？」

無邪気に言って、斉藤はにっこりと可愛らしく笑う。

大学の入学式以来のつきあいだけあって、陰で「顔だけ女子高生」と囁かれるこの相手の本性は知り尽くしている。童顔を武器にした無邪気そうな笑顔が無償でばらまかれることは滅多になく、必ず何らかの下心とセットで発揮されるのだ。

学部学科が同じとはいえ、斉藤と僚平が取る講義の曜日がものの見事に一致しているのは、明らかにこの友人の画策による故意なのだ。

「遠慮する。おまえのノートは役に立たない。ついでに、おまえの安いは反義語だ」

「ええっ。ナゼ、ドウシテそんなことっ」

「暗号解読は趣味じゃないんだ。せめてちゃんと目を覚まして講義を受けた上で、人類の文字でノートを取れ」

う、と斉藤が言葉に詰まる。

自動二輪が趣味のこの悪友は、出た講義の半分を机を枕にした睡眠時間に変換している。どうしても買いたいマシンがあるとかで、バイト三昧《ざんまい》の日々を送っているらしいのだ。

これだけ小粒な身体で、写真で見ただけでも巨大とわかるマシンをどう扱うつもりなのか、非常に不思議ではあるのだが。

「や、じゃあさあ、これからノート見直して作り直しとか」

「さらに遠慮だな。おれは他当たるから、おまえもそうすれば？　それと携帯の件、おれはいらないものはタダでもいらないんで、持ってきても受け取らないからな。あと、余計な世話だろうけど。おまえ、あんまり阿漕《あこぎ》な真似やってるとそのうちしっぺ返し食らうぞ」

「う」と返事に詰まった斉藤を放置して皿洗いに戻った時、テーブル席から声がかかった。応じて取ってきた追加オーダーをマスターに告げて、僚平は再びカウンター内に戻る。マスターの前に温めたカップを人数分置いてから皿洗いを再開すると、カウンターに肘《ひじ》をついていた斉藤がやけにまじまじと僚平を見つめていた。

「オーダーは？　決まったのか」

「んー。菅谷さあ、カノジョと喧嘩でもした？」

「何だそれ」

予想外の方向に話をすっ飛ばされて、僚平は眉を顰める。それを罪のなさそうな可愛い笑顔で見上げて、斉藤は言った。

「何か、いつにも増して機嫌が麗しくなさそうだから。あ、それとも、アレかなー。嫉妬《しっと》にかられた左右田に、とうとう襲われてしまったとか？」

「――注文する気がないならとっとと出てけ。商売の邪魔だ」

「あら、もしかして図星ですかあ？」

面白がるような笑顔で言われて、頭の中で何かが切れた。すっと表情がなくなったのを自覚しながら、素っ気なく言う。

「もう二度と絶対、おまえにだけはノート貸さない」

「きゃー嘘、待ってえッ」

背を向けたとたんに、エプロンの紐を摑まれた。ぐいぐいと引かれて不機嫌さもあらわに振り返ってやると、斉藤は相変わらずの笑顔でこちらを見ている。

「なあなあ、先に謝っちまえば？　したら、カノジョも許してくれるさあ。昨夜とか、かなり熱々だったんだろー？」

「……何の話だ」

「やあねッ、シラ切らないでよッ。コレよコレッ」

自分の首すじを指で撫でて、斉藤はしたり顔で頷く。

「隠すんだったら朝のうちにやっとけばよかったのにさ。剝き出しで構内歩いたもんで、すっかりウワサになっちゃってるよん。『あの菅谷にとうとうカノジョができた！』ってさ」

「……朝？」

「もしかして、幸せのあまり気づかなかったとかー？　いいねえ、若いってー」

他人事《ひとごと》でここまではしゃぐことができるのも、おそらく一種の才能だ。思考の半分でそう思いながら、残り半分に冷水を浴びた気がした。

つまり、この痕は「今朝」の時点であったということなのだ。

「一部じゃマジに噂だったんだよ？　左右田があそこまでおまえのこと追っかけてんのは、絶対本気でそっちのケがあるからだとか何とか。いくら高校の先輩後輩だったたって言っても限度があるし、今だって学年どころか学部も全然違ってるじゃん。サークルもあいつはあのガタイで無所属のバイト野郎でおまえはＵＦＯ研究会の幽霊部員って、まるっきり接点がないのにあそこまで懐くってのは絶っ対にストーカー入ってるってさ」

「……妙な噂を振り撒《ま》いた張本人は、もしかしておまえか斉藤アキノリっ」

「懐かれてんのは事実じゃん？」

未確認飛行物体研究会、というわけのわからないサークルに僚平を引きずり込んだ張本人は、けろりと罪のなさそうな笑顔を浮かべる。

「けどアレだな、ストーキングでないんだったら単純に懐かれてるか、でなきゃたかられてたわけか。……楽しくねえのー」

「おまえが楽しくてどうするっ」

「いやいや。だって生活には娯楽がタイセツよ？　ゆとりっていうか、潤いっていうかさあ。いいじゃんか、おまえをストーカー扱いしたわけじゃなし。――で、カノジョってどんな子？　可愛い系の美人だとは聞いたけどー」

「……」

「すでに同棲《どうせい》に突入してるって話じゃんかー。今度会わせてよ。ついでに美人のオトモダチ紹介してもらえると嬉しいなっと」

何やら楽しげな斉藤を眺めて、なるほどと固まった頭のすみで納得する。

どうやら、情報が錯綜《さくそう》して、勝手に話が作り上げられているらしい。

「同棲しているカノジョ」というのは、たぶんいずみのことだ。今朝、大学に出るついでにゴミ出しに行こうとした僚平に、場所を知りたいからと義姉もついて出た。結局、ゴミ捨て場で別れたのだが、その時に義姉は手を振って見送ってくれたのだ。それを、近隣の学生用アパートに住む顔見知りに見られていたらしい。

――それは、それとして。

痺《しび》れたような頭をフル回転させて、僚平は考える。絆創膏の下のあの痕が今朝からあったのだとすれば、それがついたのはさらにその前ということで――。

そういう関係になって二か月になるが、絶対に痕を残さないという不文律を左右田は律義に守っている。この件に関しては僚平が譲らないことも、下手に破った日にはかなりろくでもない目に遭うことも察しているようだ。

（オレは別に、誰に知られたところで構いませんけど。せんぱいがイヤだったら、当然そっち優先ですね）

自由気ままにしているようで、いつでも僚平の都合を優先してくれるのが左右田だ。それが今日の午後に限ってありえないほど一方的だったのは、この痕を見たせいだったのか。

自分が残した覚えのない痕だったから——そして、左右田以外に僚平に触れる余地があった人物など、限られているから？

(何がありました？)

(お義姉さんの旦那とです)

「——！」

最低、と口に出さないだけの分別はあった。しつこく訊きたがる斉藤を無言の一瞥で黙らせて、僚平はバイトに戻る。

ホテルを出た後、ここまで送ってくれた左右田の、別れ際の貌を思い出す。

(当分、そのツラ見せるな)

握り拳で腹に三発、体格でも腕力でも歴然と差があるとはいえ、まるで手加減ナシの僚平の報復を、身じろぎひとつせず受け止めた。俯《うつむ》き加減に「すんませんでした」と言ったきり、言い訳すらしなかった。

喫茶店「駅裏」は、午後七時で閉店する。後始末を終え、マスターに挨拶して裏口を出た後、僚平は無意識に見慣れた深緑の四輪駆動車を探していた。

用事がない限り、迎えにきてくれているはずの左右田の車は見当たらなかった。

顔を見せるなと言ったのは自分だ。実際に高階が家にいる間は、下手にあの後輩と顔を合わせない方がいいのかもしれない。

昨日の夜に、気がついた。これまで一度もそんな真似をしたことはなかったのに――高階にキスをされたあの時、僚平は頭の中で左右田と高階とを比べていたのだ。

口に出したことはないし、これから言うつもりもないが、僚平はかなり左右田が好きだ。だからこそ二か月前のあの暴挙を許したのだし、その後にも関係を続けてきた。

そして、高階に関しては――。

義姉の夫を思ったとたんに、肌の奥で蠢《うごめ》く悦楽を思い出した。それも、過去のものではなく昨夜の、ほんの数分しかなかった接触の記憶だ。

「――にを考えてんだよ……」

嚙《か》みしめた唇が、痛かった。

いずみと結婚すると知らされた日に、僚平は自分の中の幼い恋心を切り捨てた。高階は今後自分の義理の兄になるのだと、自分自身に言い聞かせた。

もう、終わったことなのだ。僚平にとっての高階は、義姉の夫でしかないはずだった。

思考を切り捨てるように頭を振って、僚平はバス停へと向かった。タイミングよくやってきたバスに乗り、いつもの停留所でバスを降りる。徒歩で自宅マンションへと向かった。

マンションの駐車場はすべて平面だ。そのせいか昼間にはボール遊びをする困った子どもが出るが、夜になった今はさすがに人気がなくしんとしている。合間を抜けるようにエントランスに向かいかけて、ふと気づく。

空いているはずの菅谷家のスペースに、見覚えのある四輪駆動車が停まっていた。

考える前に、駆け寄っていた。全開にした窓越しに運転席のシートを倒して眠りこけている熊男が見えて、あまりの暢気さにむっとする。伸ばした手で、太い鼻を容赦なくねじ上げてやった。

「あー……せんぱい。どうも、おはよございますー」

「何がおはようだ。もう夜だ、そのくらいわからないのかこの馬鹿者が」

「はあ。あの、今目が覚めたんでー……あの。まだ怒ってます？」

シートの上で身を起こして、熊男は神妙な顔をする。見下ろす格好で見上げるような、何とも不気味な雰囲気を作ってきた。

「おまえは鳥頭か。自分が何やったか、忘れたんじゃないだろうな」

「あ。いやー……もちろんちゃんと覚えてますけどー」

「で？　何でおまえがここにいるわけだ？　オマケに何だ後ろのそれは」

「あ。オレの布団っす。ついさっき買ってきましたー。とりあえず敷布団と夏掛けだけなんでかなり安くすんだんですよー」

あっさりけろりと笑うのへ、僚平は剣呑に問い直す。

「……それで？」

「あー。布団があればせんぱいん家《ち》に泊まれるかなあと。せんぱいの部屋が駄目なら廊下でも押し入れでも玄関でも、ベランダのすみっこでもいいんすけど。——駄目ですか？」

お伺いを立てるような風情で言われて、思わずため息が漏れた。

「おまえ、何のためにアパート借りてんだよ……」

「いや、実はそのアパートから今朝がたボヤが出まして。消防車まで来て放水されちゃって、オレの部屋丸ごと粗大ゴミの山になっちまったもんで」

思いもよらない言葉に、僚平はぎょっと目を瞠る。

「何だ、それ。おまえ、何かやったのかよ」

「ヤですねえ、オレじゃないっすよー。原因はまだ不明なんすけど、漏電の可能性が高いって話でしたよ？　火が出たのは隣の空き部屋らしいし、そもそもあのアパート自体、かなり年季が入ってましたんで」

何度か行ったことのある、左右田の部屋を思い出す。今どき珍しい四畳半ひと間に申し訳程度の台所がついたきりの、風呂もトイレも共同のアパートは、確か築四十年は軽く過ぎているという話だった。

「そんで？　何でウチなんだよ。知ってるだろ、今ウチにはいずみちゃんたちが来てて」

「あ、やっぱ駄目っすか。んじゃあいいっす。そん代わり、しばらく駐車場を貸していただけませんか」

「駐車場ってここかよ」

　僚平の問いに、左右田は「はあ」と人懐こく笑う。

「ちょうど夏場ですんで。どうせオレ、明後日まで夜間のバイト入ってて、大学行く以外は寝るだけなんで、車で十分なもんで」

「おい……おまえなあ」

「せんぱいの近くにいたいんすよ。ええと、オレの顔も見たくないと仰《おっしゃ》るんでしたら、極力目につかないように、隠れて遠目に見るだけにしますんで。――ね？」

「…………」

　正直言って呆《あき》れ返った。

　頭を低くして懇願してくる様子は犬か猫か、どちらにしろ捨てられる寸前の風情だ。大男がやると不気味以外の何ものでもない。

　それなのに、斉藤の言葉でほとんど飽和されていた怒りが、完全に萎《な》えた。

　大きく息を吐いて、僚平は左右田を見上げる。

「本気でそれやったら警察に通報するぞ」

「……駄目っすかー？」

「当たり前だろうが」

真顔で見据えて言い切った。しゅんとした左右田の鼻を、無造作にもう一度ねじってやる。

「おまえみたいな目立つのにンな真似された日には、不審者が出たってウチに苦情が来るに決まってんだよ。……で？　荷物はそれだけなのか」

「はあ。どうしても必要なモノだけ積んできたんで」

「言っとくが、いずみちゃんはこれから家探し諸々《もろもろ》で忙しくなるんだ。おまえ、炊事掃除洗濯と子守りも手伝えよ。絶対に、いずみちゃんに負担はかけるな」

へ、と見上げてくる後輩に、僚平はきつく釘を刺す。

「親父の部屋はいずみちゃんたちが使ってるし、おまえの図体で居間に居座られた日には落ち着いてテレビも見られない。仕方ないから、おれの部屋に置いてやる。――ただし、おれはまだ今日のことを許すつもりはない。当分は絶対にしないから、そのつもりでいろ」

「せんぱい」

「二度めはないからそう思え。で、そのバイトってのは何時からだ」

「あ。九時からっすからもうじき――」

「だったら、その前に布団だけでもおれの部屋に入れとけ。ほら、とっとと来いよ」

言うなり、僚平は後輩の車に背を向けた。慌てたようにドアが開閉する音を聞きながら、少しだけ歩調を緩めてエントランスへ歩く。

間延びした夏の黄昏《たそがれ》が、ようやく夜へと落ちようとしていた。

5

最初の違和感は、その日、左右田がバイトに出た後に気がついた。

意外なことに、いずみは左右田が加わることを手放しに喜んで、早めの夕食を用意してくれた。その間、食事中も傍を離れないほど左右田に懐いてしまった翔太にせがまれて、僚平は子連れでバイトに出かける後輩を見送りに外に出た。車のテールランプが角を曲がるのを見届けて引き上げようとした時に、エントランスに向かってくる足音に気がついた。

高階だった。やけに疲れた顔をして、気《け》だるげな足取りで歩いてくる。

それを目にするなり、たった今まで上機嫌で笑っていた翔太が顔を歪《ゆが》めたのだ。僚平の肩に顔を埋《うず》めるようにして、泣き出してしまった。

顔を上げた高階が、僚平と翔太を認めて露骨に顔を顰める。通り過ぎざま、じろりと子どもを一瞥したものの、声もかけず先にエレベーターで上がっていく。その様子に、僚平はつい眉を寄せていた。

二度目に「おかしい」と思ったのは、四人での夕食を終えた後だ。いずみに促された僚平が先に風呂を使っていると、破裂したような翔太の泣き声が聞こえてきた。いつまでもやまない声が気になってそそくさと風呂を終え居間に行くと、細い声で泣く翔太を庇《かば》うように抱いたいずみが壁際で華奢《きゃしゃ》な肩を縮めていた。それへあからさまに背を向ける格好で、高階はテレビの画面を睨みつけていたのだ。

不穏な雰囲気はわかったが、理由が摑めなかった。居間の入り口で立ち止まっていた僚平に気づいてか、高階が低く唸るような声音で言う。

「……左右田って奴は、まだ帰らないのか」

「夜間のバイトですからね。帰りは真夜中になるみたいです」

慎重に返すと、あからさまに舌打ちをこぼす。

「何だ、それは。他人の家に厄介《やっかい》になっていながら、非常識だろう」

「学費以外は全部自前で稼いでる奴ですから。バイト先でもそこそこアテにされてるんで、いきなり休むわけにはいかないそうです。それと、あいつには合鍵を渡してあるんで、起きて待ってる必要もありません」

淡々と告げた僚平を眺めて、高階は渋面を作る。気に入らない、と大書きしたような顔付きを故意に無視した。

「いずみちゃん、気にしないで先に寝なよ。アイツだったら適当にやるだろうから」

僚平の語尾を断ち切るように、高階が音を立てて腰を上げた。

「うるさい。黙らせろ」

びくんと身を竦ませたいずみと翔太を冷ややかに眺めて言い捨てるなり、廊下へと出て行く。それを見送りながら、空気の悪さにうんざりした。

他人の家に厄介にと言うなら、高階も立場は同じはずなのだ。

足音に続いたドアの開閉の音からすると、どうやら高階は風呂に行ったらしい。それならそれで好都合だと、僚平は改めて義姉を見た。

「……いずみちゃん」

そろりと声をかけると、いずみはようやく顔を上げた。むずかる翔太の頭を撫でるようにして、今にも泣き出しそうな顔で僚平を見る。

「ごめんね。やっぱり、早く部屋を手配してもらって出ていくから――」

「お義兄さんと、何かあったの？」

ううん、と首を振るいずみの表情は硬い。見ていられず、僚平は義姉の肩に触れた。

「……翔太がね、嫌いみたいなのっ……」

数秒の沈黙の後、いずみがかすかな声で言う。苦しげな気配に怯《おび》えたのか、その胸にしがみついていた子どもがひきつったような声を立てた。

「し、翔太が――翔太も、あの人に懐かなくなって、……今だって僚ちゃんにも左右田くんにもすぐ懐いたのに、……っ」

「嫌いって、いつから？　最初からじゃないよね？」

「ひ、とつきくらい前から――そ、れまではお風呂にもいれてくれてて、翔太だってあの人が帰ると玄関まで、お迎えに出るくらいだったのに、……急、に、邪魔だ、って言い出して」

「ひと月前に何かあったの？」

「わ、かんない――わたし、はいつも通りだっ……」

落ちる声音に嗚咽《おえつ》がまじる。聞いていられず、僚平は義姉を抱き寄せていた。

昨日の時点で、高階といずみの間の空気が他人行儀だとは思った。そして、ここに来てからというもの、高階は翔太の世話どころか、まともに子どもの顔を見ようともしない。

「……出て行かなくていいよ」

いずみごと翔太を抱きかかえて、僚平は唸るように言う。

「翔太が邪魔なら、お義兄さんが出て行けばいい。ここはおれのウチなんだから」

「僚ちゃ、――」

声音の剣呑さに、いずみが怯えたように見上げてくる。それへ、苦く笑ってみせた。

「大丈夫だよ。いずみちゃんの了解ナシで追い出すような真似だけはしないからさ。それより、部屋はどうする？　お義兄さんとは別にしようか？」

ううん、といずみは首を振る。ひどく寂しげな横顔だった。

やがて出てきた高階と入れ替わるように、いずみは子どもを連れて風呂に入った。ひとりでは不便だろうと僚平は声をかけ、途中で翔太を受け取った。湯上がりの子どもの世話をするのは初めてだったが、翔太はすこぶるご機嫌で大きな瞳で僚平を見てにっこりと笑った。気持ち良さそうに、そのまま寝入ってしまう。

風呂上がりのいずみにお茶を淹《い》れ、居間で長く話をした。顔を合わせなかった三年の間に石原の家が道路開発に伴い取り壊されたこと、石原の父親が再婚し新しい家を建てて移り住んだこと、——高階と結婚した後の義姉自身のことと翔太のこと……。

寝入った翔太を起こさないよう声を落として、いずみはふっと思い出したように言う。

「僚ちゃん、もしかして三年前にあの人と喧嘩した？」

「え、何で？」

「だって、あの人にも何も言わずに行っちゃったでしょう。昨夜も、何だかギクシャクしてるみたいだから」

「喧嘩じゃないよ。ちょっと行き違ったけどね。いずみちゃんは気にしなくていいし」

「でも、あんなに仲がよかったのに——本当の兄弟みたいだって、いつも思ってたのよ？」

翔太の胸をそっと撫でるようにしながら、いずみは笑って僚平を見る。

「ね。仲直りしてね。前みたいに、そしたら……」

息をついた義姉は、続くはずの言葉を飲み込んだようだった。ふと声の調子を変える。

「僚ちゃん、覚えてる？　わたしとあの人が会えたのって、僚ちゃんのおかげなのよ」

「……うん」

「考えてみたら変わった縁よね。社会人のあの人と僚ちゃんが知り合って、それだけ年が離れてたのに親しくなって一緒に遊んだり家にも顔を出すようになって、そしたら実はお父さんの仕事関係の顔見知りだってわかって」

懐かしむような声に、僚平は「あの頃」を思い出す。

「気がついたら、いずみちゃんに手ェ出してたんだよな。今だから言うけど、あんまり腹立ったんで殴ってやったんだよ、おれ」

「聞いてる。大事な義姉さんなんだから、ちゃんと責任持てって怒ってくれたって。もちろんそのつもりだって、あの人もそう言ってくれて」

言いかけたいずみの声が、ふいに滲む。

「毎日、ケーキ、持って、きて、くれて、——嬉し、くて……なのに、ど、して」

嗚咽まじりの柔らかい声を聞きながら、胸の奥に針のような痛みを感じた。

翔太と義姉が寝に行くのを見届けて居間に戻ると、時刻はとうに午前零時を回っていた。

左右田の帰りはもう少し遅く、長引いたら明け方になるはずだ。念のため玄関へ行き、チェーンが外れているのを確かめた。

(どうして——)

義姉の、半分泣いたような声を思い出す。やりきれない気分で自室に戻りかけて、居間の明かりが点いているのに気づいた。消しておこうと足を向けて、僚平はその場で立ち止まる。

いつの間にか、そこに高階がいた。ソファに沈んだまま、いかにもつまらなそうにニュース番組を見ている。うっそりと顔を上げ、僚平と目が合うなり言う。

「……まだ寝ないのか。あいつを待ってるのか？」

「お義兄さんこそ、明日も仕事でしょう。早く休んだ方がいいんじゃないですか」

「仕事、ね。まあ、確かにそうそう暇はないな」

つぶやく横顔に、三年前まで「父親」と呼んでいた人——石原の言葉を思い出す。

（有望株なんだよ）

会社での愚痴はもちろん、仕事内容すらいっさい口にしなかった目の前の男の職種を僚平が知ったのは、かなり急いでの結納が終わった日のことだ。当時は僚平の戸籍上の父親でもあった石原が、やけに嬉しそうに教えてくれた。

（取引先の若手社員なんだが、なかなかの切れ者だと評判でね。実際、早くて正確だから安心して仕事を任せられる。——まさか、わたしの婿《むこ》になるとは思わなかったが）

手放しの喜びようを前に、僚平は必死で口許に笑いを張りつかせるしかなかったのだ。

「どうした。今夜は逃げないのか？」

「訊きたいことがあるんです」

揶揄《やゆ》まじりの高階の言葉を無視して、僚平はソファの前に立つ。真正面から切りつけた。

「あんた、いったい何を考えてんです？　言ったはずです。いずみちゃんを泣かせたら許さないって。なのにどうして」

「長話だと思ったら、愚痴を聞かされて鵜呑《うの》みにしたのか。騙《だま》されやすい奴だよな」

「何なんですか、それ」

「褒めてるんだよ。嘘がうまくてしたたかで図太い、俺の女房を気取ってる女をさ」

あまりの言い草に、脳神経の一部が焼き切れた気がした。

「……あんた、おれに喧嘩売ってんの？　第一、万が一いずみちゃんが嘘ついてたところで、あんたに文句を言えた義理があるのかよ。最初に騙したのはてめえだろ。姉弟を天秤《てんびん》にかける以上に最低なことなんか、そうそうあるわけねえだろうがッ」

「それが間違いだったらどうする？」

淡々とした言葉の意味が、すぐには理解できなかった。怪訝に眉を顰める僚平をよそにゆるりと身を起こして、高階は平板な声音で告げる。

「いずみとはいずれ別れる。これ以上、利用されるのは真っ平だ」

「何だよ、利用って」

「おまえは？　まだあの左右田って奴を身代わりにする気か」

いきなり突き付けられた言葉に、僚平は露骨に顔を顰めた。

「何だよそれ。勝手に話作んなよッ。それよりあんた、別れるだの利用だのっていったい」

「俺は、まだおまえが好きだ」

直截《ちょくせつ》な告白に、返す言葉を見失った。

「三年の間、一度も忘れたことはなかった。だから、何度も電話をしたんだ。俺の気持ちは、あの時から少しも変わっていない」

「……あんた、今さら何言ってんだよ……」

我ながら、ざらざらと乾いた声音だった。

いずみと高階が出会う前の、「つきあっていた」間にすらまず聞かなかった言葉に、胸の奥底でざわりと何かが動いたのを感じた。高階の、灼《や》けつくように強い視線を避けるように顔を背けて、僚平は言う。

「あんた、いずみちゃんの旦那だろ。そういう台詞は相手選んで言えよな」

「なるほど、義理立てか。……だったら、俺といずみが別れればいらなくなるな」

「何言ってんだよ。まさかそんなわけ、……翔太だっているのにッ」

「関係ない」

無表情に言い切る声音に、ぞくりと背すじが冷えた。

(翔太がね、嫌いみたいなのっ……)

先ほどの、いずみの言葉を思い出す。同時に、あの時の高階が翔太と義姉に向けていた、おそろしいほど冷ややかな瞳の色が脳裏に蘇った。

だったら——そんな結末を迎えるのなら、三年前に何もかもぶちまけてしまえばよかったのだろうか。すでに翔太を身ごもっていたいずみを傷つけてまでも？

けれど、僚平と同じだけ、それを望まなかったのは——。

「……そういうの、狡《ずる》いよ」

ようやくこぼれた声は、他人のもののように細かった。

「おれに何も言わずに、勝手に結婚決めたのはあんただろ。あの時、あんたはおれを切り捨てた。その上で、いずみちゃんと翔太を選んだんだ」

寝耳に水のその話を、僚平は「恋人」の高階ではなく、義姉から知らされたのだ。その時自分が何を言ったのかも覚えていないけれど、衝撃の大きさは忘れていない。

——おまえには関係ないと、宣告された気がしたのだ。遊びの時間は、終わったのだと。

「それとこれとは話が別だと言ったはずだ。俺にはおまえと別れる気はなかった」

「————」

「身ごもったいずみを切り捨てて、その弟のおまえとつきあっていけるはずがない。それよりましだと思ったから、結婚に踏み切った。どのみち、結婚しないわけにはいかないんだ」

黙ったまま、僚平はかつての恋人を見返す。

同じ言葉を、三年前にも聞いた。当時の僚平には不可解でしかなかったその意味が、今になっておぼろげながら理解できる気がした。

結婚しなければ社会的に一人前とはみなされず、昇進に差し支えることすらある。そういう風潮は、確かに存在するのだ。高階のように、自分の仕事にプライドがあれば——将来を有望視されていればなおさら、そんなことで置き去りにされたくはないに違いない。

「いずみと結婚すれば、おまえとも縁続きになる。憚《はばか》ることなく会うことも、時間を取ることもできる。——俺は、おまえを手放したくはなかったんだ。なのに、おまえは石原と養子離縁までして逃げた。俺に何も言わずにな」

「…………」

「あの左右田って男とは別れろ。これからは俺がいるんだ、傍に置く必要はないだろう」

いきなり断言されて、僚平はぎょっと顔を上げた。

「あんた、今さら何言っ……第一、おれが誰とどうしてようと、あんたには関係ない——」

「あるな。自分のモノを勝手に横取りされて指をくわえて見ている気はない」

「……ッ、誰がッ」

「あの男。俺の身代わりなんだろ？」

意外すぎる言葉に絶句した。それを肯定と受け取ったのか、高階は鷹揚《おうよう》に笑う。

「おまえ、まだ俺のことを忘れてないだろう？　そのくらい、見てればわかる」

突き付けるような声音だった。まっすぐに僚平を見、当然のように手を伸ばしてくる。

「来いよ……」

射竦められたように、その場から動けなくなった。固まったような沈黙の中、いきなりイ

ンターホンが鳴り響く。

反射的に、インターホンを取っていた。受話器から聞こえてきたのはまだ帰るには早いはずの後輩の声で、とたんにどっと安心した。

「わかった。すぐ開けるから待ってろ」

即答し、振り向きもせず居間を出た。玄関の施錠を外しながら、その指が小刻みに震えているのを自覚する。

「すんません。起こしました？」

言いながら入ってきた左右田は、申し訳なさそうに声を潜めていた。それへ、僚平がぎこちなく笑ってみせる。

「起きてたよ。そっちこそ、バイトは？もう終わったのか」

「雨が降ったんで中止ですよ。また日程が延びるって親方が青スジ立てるもんで、宥めるのに往生しましてですね」

半端に言葉を切って、左右田が僚平の背後に目を向ける。つられて振り返ると、廊下に立った高階がこちらを見ていた。目が合うなり意味ありげに笑って、奥へ引き上げてゆく。

「何かあったんすか？……」

落ちてきた問いに、反射的に首を振っていた。

左右田はそれ以上、追及してこなかった。それが、ひどくありがたかった。

6

昨夜遅くから降り出した雨は、まだしばらくやむ気配がなかった。

自堕落に自室のベッドに転がって、僚平は雨の音を聞いていた。壁の時計が指すのは午前十時、いつもならとうに大学に出ている時刻だ。

履修科目の兼ね合いで、火曜日の午前中は講義の予定がない。ふだんなら溜《た》まった家事を片づけている時間だが、いずみが家事全般を引き受けてくれている今は、その必要もない。

（いいっすねえ。午前中フリーですかあ。オレなんか、朝イチからびっしりっすよー）

一時間半ほど前に出て行った左右田の、心底羨《うらや》ましげだった顔付きが蘇る。

ぱたりと寝返りを打って窓の外を眺めながら、今朝の高階の様子を思い出す。

偶然に洗面所で出くわすなり、僚平の腕を押して壁に押し付けてきた。反射的に抗うとあっさり解放し、唇だけで笑ったのだ。

――三年前、「コイビト同士」だった頃と同じ仕草で。

（俺は、まだおまえが好きだ）

昨夜聞いた言葉が耳の奥で響く。

（まだ俺のことを忘れてないだろう？）

「今さら……」

　ぽとんとこぼれた、その言葉を自分で無視した。考えても仕方のない、どうにもなりはしない問いなのだ。

　ふいに、電話が鳴った。コール音を四回聞いてから、小一時間前に義姉が翔太を連れて出掛けたのを思い出す。慌てて起き上がり、横のテーブルにあった子機を取り上げた。

　相手は高階だった。聞こえてくるざわめきで、社内らしいと察しがつく。

『僚平か。いずみは？』

「ついさっき出掛けたけど」

『出掛けた？　また遊び歩いてるのか』

　呆れたようなため息に、ムッとして言い返していた。

「遊び歩いてるんじゃなくて用があるんだよ。今いずみちゃん、ウチの中のこと全部やってくれてるんだから。で？　いずみちゃんがいたら何言う気だったんだよ」

　水を向けると、午後からどうしても必要なものを部屋に置き忘れてきたのだと言ってきた。命令するのに慣れた横柄な口調で、すぐに持ってくるよう急《せ》かしてくる。

「書類？　簞笥《たんす》の上の茶封筒、ね」

　仕方なしに了解し、そのまま大学に出るつもりで準備をした。言われた場所にあった大判の封筒を手に、僚平はマンションを出る。

外は土砂降りだった。人影のまばらな駅までの通りをバックパックを庇って歩きながら、この天気なのに義姉は子連れでどこに行ったのかと怪訝な思いがした。

高階の勤務する大手のコンピューター関連会社の支社までは、電車を使って十五分で着く。偶然だが左右田のアパートの最寄りの駅がここで、多少なら地理もわかる。

見つかったビルはまだ新しく、シャツにジーンズという格好で入るのに気後れするほどだった。受付で名乗り高階の呼び出しを頼むと、来客中なのでしばらく待ってほしいという。

ロビーのソファに腰を下ろしたものの、思い当たってすぐに腰を上げた。受付で手洗いの場所を聞き、用をすませてロビーに引き返しかけた時、よく知っているはずの——けれど滅多になく険しい声を聞いた。

「……何の用だ」

高階の声だった。見回した周囲に人影はなく、僚平は声がした方へ足を向ける。

「久しぶりなのに、ずいぶんなご挨拶だな。もう少し友好的な態度は取れないもんかね」

返す声には聞き覚えがない。柔らかな、そのくせどこか粘いような声音だった。

「わかってるかな。一応、僕は何の落ち度もないのにいきなり殴られた被害者だし、高階くんは僕を殴って全治二週間の怪我を負わせた加害者なんだよ？」

「だから何なんだ。用があるならさっさと言え」

やはり高階だった。角を曲がった先の薄暗い階段の手前に立って、露骨に険しい横顔を見せている。斜向《はすむ》かいにいるのはベージュ色のスーツを着た眼鏡の男で、高階の言葉に鼻で笑う気配があった。少し短くなった煙草を傍にあったスタンド灰皿でもみ消して言う。

「まだ根に持ってるわけか。まあ、気の毒だとは思うけどね。せっかく本社の花形部署にいて、しかもその若さで課長にまでなったエリートくんが、こんなド田舎の支社に左遷されたうえに課長補佐に降格だものなあ。まったくご愁《しゅうしょう》傷さまとしか言いようがないね」

「――ッ」

思いがけない台詞に、僚平は反射的に息を呑み込む。向こうからは見えない角のこちら側に張り付いて、固唾《かたず》を呑むように耳を澄ませた。同時に、眼鏡の男の横顔に奇妙な既視感があることに気づく。

見ず知らずの、相手のはずだ。僚平は高階の結婚式には出ていないし、あの男の友人知人との面識はほとんどない。

どこで、と記憶を掘り返す耳に、押し殺したような高階の声が届く。

「……話がそれだけならとっとと帰れ。俺は忙しいんだ」

「片道四時間もかけてここまで来たのに、追い返すのか？　忙しいったってこんな田舎じゃたいした仕事もないだろうに。少しは付き合えよ、古巣の話も聞きたいだろ？」

「あいにくだが、俺はそこまで暇じゃない。おまえの目的は何だ。何をしに来た？」

「人を強請《ゆす》りみたいに言うなよ。僕は仲直りに来たんだよ？　せっかく同期の仲間だったのに最後が喧嘩別れで、おまけに高階だけが左遷になって終わりじゃあまりにも寂しいだろ。僕がお咎《とが》めなしですんだのも、高階クンが喧嘩の理由を黙秘してくれたおかげだしねえ」

饒舌な声音には、明らかな嘲笑《ちょうしょう》が含まれている。

「なあ、今夜にでも飲みに行かないか？　あの時の礼も言いたいしさ」

「断る。わざわざ不味《まず》い酒を飲みに行く気分じゃない」

高階が言い捨てる声に、足音が重なる。こちらに来る気配に急いで壁から背を離した僚平の耳に、ねついような声が届く。

「待てよ。なあ、美人の奥方と坊っちゃんは元気かい？」

「……きさまには関係ないだろう」

「そうかな。本当に関係ないのかなあ？」

くすくすと笑う声を背中で聞きながら、僚平は早足に受付前ロビーのソファに戻った。

ギリギリのタイミングだったらしく、その直後に高階が姿を見せる。差し出した封筒を受け取り中身を確認すると、神経質な顔つきで、礼も言わずにじろりと僚平を見た。

「ついでに昼までここで待ってろ。昼食くらい奢る」

「おれ、昼飯は友達と約束あるから」

言い捨てて、僚平はさっさと高階に背を向けた。

人目がある場所での高階は、僚平に対してやたら他人行儀だ。それが職場になればなおさらで、呼び止める声はなかった。

傘を手にビルを出ながら、僚平は先ほど耳にした会話を反芻《はんすう》する。

……高階の転勤は、てっきり栄転だとばかり思っていたのだ。あれだけ外面を保つのに慎重な人間が、左遷に降格というのは意外だった。

それに——最後のあの言葉はどういう意味なのか。

（そうかな。本当に関係ないのかなあ？）

信号の青が瞬《またた》いていた。赤に変わるギリギリで渡り切り、目についた斜向かいのブティックの軒下に駆け込んで、僚平は高階の勤務先の看板が上がった建物を眺めてみる。

「……んかさあ、カンに障るんだよなあ、あの高階ってヒト。いっくら本社の三課から来た即戦力ったって、ああも高圧的なんじゃどう扱えばいいんだか」

声に目をやると、スーツ姿の会社員らしい男がふたり、同じ軒の下で雨宿りをしていた。

「課長も価値観コリ固まってて問題アリだけど、あそこまで真っ向から横槍《よこやり》入れられたんじゃあさぞかしやりにくいだろうなあ……正直、今回ばかりは課長に同情するよ。完璧主義っての？　何か偏執的な感じしねえ？」

「するする。ま、いずれまた本社に呼び戻されるって話だし、どうせ長くいないんだったら適当につかず離れずでいいんじゃないの。高階サンもウチに来たのは不本意なんだろうけど、来てもらったところで不本意なのはこっちも同じだしさ」

信号が再び青に変わるなり、ふたりは横断歩道を渡って先ほどのビルへと入っていった。傘を手に徒歩で駅に向かいながら、およその状況が摑めた気がした。

(仕事、ね。まあ、確かにそうそう暇はないな)

皮肉げだった昨夜の声音も、変に苛立つような態度も、どうやらそのせいだったらしい。高階のプライドの高さは知っている。自分の立場を保つためなら、多少の犠牲や努力は当然する男だ。それが不本意な事情で左遷のあげく降格されたのだとしたら、さぞかしショックは大きかったに違いない。

わからないのは、あの高階がよりにもよって社内で事件を起こした理由だ。あの男が、そう簡単に我を忘れるとは思えない——。

「……げっ」

いきなり、車道から水飛沫《みずしぶき》が上がった。広範囲に散った水は辛うじて傘で受けたものの、ジーンズの膝から下はぐしょ濡れになってしまう。

行き過ぎたタクシーが、思い切り水たまりを撥《は》ねていったのだ。さすがにむっとして目を向けると、数メートル先の駅前に灯るテールランプが目に入った。

ひとこと文句を言ってやるつもりで、僚平は足を速める。直後、後部座席から出てきた人影を認めて思いがけなさに目を見開く。

つい先ほど、高階と言い合っていた男だった。腕時計を見、片頬を歪めるようにして笑ったかと思うと、駅の構内にある喫茶店へと入っていく。

大きく取った窓ガラス越しに、奥のボックス席へ向かうのがわかった。誰かと待ち合わせていたらしく、その席にいた人影が身じろぐのが目についた。

「……え？」

今度こそ、僚平は目を疑った。

考えるより先に傘を閉じ、後を追うように喫茶店に入る。好都合にも先ほどの男は入り口側を向いた席にいて、その連れはこちらに背を向ける格好だ。それでも細心の注意をして、僚平は同じ列の手前のボックス席に、二人に背を向ける形で腰を下ろす。

客が少ないのが、幸いだった。やってきた店員にコーヒーを頼んで、僚平はバックパックから引き出したテキストを広げる。その格好で、背後の気配を窺《うかが》った。

多少効かせ過ぎの冷房が、濡れたジーンズ越しに肌に張り付く。かすかな寒気に身を竦めた時、聞き覚えのある柔らかい声がした。

「……こ、まります。どう、していきなり電話なんて」

間違いなく、いずみの——義姉の声だった。

「そりゃあれだろう。奥さんが約束を守ってくれないからだろ？」

「今、わたしたちが住んでるのは知り合いの家なんです。住宅のトラブルがあって置いてもらってるだけで……なのに、どうして電話番号をご存じなんですか」

「高階に教えてもらったんだ」

あっさりと告げる声音は、確かに数分前に高階と話していた男のものだ。にもかかわらず、あの時と今とで言葉の中身が噛み合わない。

「……あの人に何か言ったんですね」

いずみの声が、消え入りそうに細い。その響きにぎりぎりまで引き絞った弓を連想して、僚平は知らず息を殺す。

「言うって何を？　きみと僕があいつに内証《ないしょ》で時々こうやって会ってることをか？　それとも、三年前のあの件？」

くすくす、と男が笑う。からかうような、面白がる声音だった。

「けど、それは勘弁だ。また殴られる気はないからね。第一、馬鹿正直に言ったりしたら、あいつがどう出るかわかったもんじゃない。何しろ、社内でも有名な愛妻家だったからなあ……実際はただの寝取られ男だったわけだけどさ。それより、そんなに厭な顔はしないでくれないかな。きみは僕が嫌いなのか？　旦那さんの親友なのに？」

「――もう、やめていただけませんか」

いずみの声に痛みがまじる。

「な、にも言ってないとしても、たぶん気がついてるわ。何かおかしいって。だって」

「あァ。そうかもなあ。そこでぐっすり眠ってる二つにもなるひとり息子が、自分じゃない他の男にそっくりだってくらいは、いくら親馬鹿でも気づくよな」

「ですから、わたしにどうしろと仰るんですか？」

「別に？　将来有望だっていう誰かが同僚をぶん殴って左遷されて、オマケにその理由を黙秘してくれたおかげで、僕は課長補佐になれたわけだしね」

「――――」

「先月、上司の紹介で見合いをして、話が進んでるところなんだ。資産家のお嬢さんで、ワガママだけど可愛い。ただ、休日が接待とお嬢さんのお守りで潰《つぶ》れるのが残念でねえ。泊まりがけの出張は、いい気分転換になる。――次の約束は二時なんだ。まあ十分だな」

いずみの返答の代わりのように、奥のテーブルにコーヒーが届く。それが合図だったように、腰を上げる気配がした。

「出ようか。時間はあるだろう？」

「ない、って言ったらどうなさるんですか」

「高階課長補佐を呼び出して、暇潰しの相手でもしてもらうさ。何といっても親友だしね」

「お見合いを、なさったんでしょう。――だったら」

「そうは言ってもねえ。見合い相手のお嬢さんに、早々に手を出すわけにはいかないだろ」

答える義姉の声は、どこか悲鳴のようだった。

「お断りします。わたしには翔太がいて」

「適当に寝させておけばいい。見たところで意味がわかる年齢でもなし、わかるならわかるで教えてやってもいい。本当の親父は、高階じゃないってさ」

「――――」

ひきつれたような沈黙が落ちた。

先に席を立った男が、傍を擦り抜けレジへと向かう。見えない綱で引かれるようにぎこちなく立ち上がった姉は眠り込んだ翔太を腕に抱えていて、俯いたまま店を出て行った。

言葉もなく、僚平はそれを見送った。

会話の内容はわかったものの、その意味が理解できない。ちょうど届いたコーヒーのカップを数秒眺めて、すぐさま腰を上げた。伝票を手にレジをすませ、店を飛び出す。

幸いなことに、雨は止《や》んでいた。駅前のタクシー乗り場には人影が並んでいたが、義姉と甥の姿は見当たらない。迷ったのは数秒で、今度は人波をかきわけて駅の西へと向かった。

左右田に連れ込まれたことがあるから、知っている。その先に、いわゆるその手の店やホテルが林立する通りがあるのだ。

予感は的中した。息を切らした僚平が通りに出た時、義姉は背中を強張らせたままで、男とともにホテルの前に立っていた。

「いずみちゃ、――」

「何なんすかありゃあ」

背後からの声に、僚平はぎょっと振り返る。思わぬ相手の出現に、ぽかんと口を開けた。

「お義姉さん、ですよね？　あれ、放っといていいんですか」

「い、いいわけな、……けどいずみちゃんの意志じゃなくて脅されて無理やり――それよりミギタ、おまえ何で今ごろこんなとこに」

「ふたコマめが休講になったんで、大家んとこに話しに行ってたんです。補修とか改築とかでモメてますんで。したら、駅前でせんぱいが血相変えて走ってたんで」

「ああ、――いや、それよりいずみちゃん、止めなきゃ」

「あー」

声がしたのはその時だった。

「しょーしぇーしゃんっ、ミギラしゃんっ」

いつの間に目を覚ましたのか、いずみの肩に顎を載せた格好で翔太が手を伸ばしている。肩を揺らして振り返った義姉が、大きな氷を呑んだように立ち竦むのが見て取れた。

「いずみちゃ、――」

「菅谷せんぱいのお義姉さん、何やってんですかぁ？」

言葉がない僚平とは対照的に、左右田はあっさりと声をかけた。僚平の腕を摑んで無造作に近付き、怯えた顔で見上げるいずみにからりとした笑顔を向ける。傍にいるベージュのスーツは完全無視だ。

「ンなところ、女性がひとりで歩くもんじゃないっすよー？　たまたま方向が同じだった人がいても誤解されかねないですから。ねえ、菅谷せんぱい？」

「あ、……そう。いやそうじゃなくて、ミギタおまえ失礼だろ。いずみちゃんは好きでこんなとこ通ったんじゃなくて、道に迷ったんだよ」

「あ、……あのね」

「ミーギーラしゃんっ」

言葉に詰まった義姉の代わりのように、翔太が左右田に両手を伸ばしてきた。

「よしよし。んじゃ一緒に帰ります？　ちょうど駅に車ありますんで」

きゃっきゃと声を上げる翔太を抱き取った左右田が、義姉の背中に手を回す。押し出すように駅の方向へ歩き出したかと思うと、たった今気づいたように振り返る。

「あ。もしかしてそこの人も道に迷ってます？」

「お人よし」を絵に描いたような笑顔に、ベージュのスーツは毒気を抜かれたらしい。唖然《あぜん》とした顔で、「いや」と首を振った。

「そっすか？　一応お教えしときますが、駅はあっちで大通りはその先ですんで」

それで、終わりだった。警戒していたものの、男が追ってくる気配はない。

いずみを庇うように左右田の前を歩きながら、義姉の肩が震えているのに気づいた。伸ばした手でそっと肩を撫でると、今にも泣き出しそうな細い声がした。

「ごめん、ね――」

7

翔太と一緒に外してほしいと告げると、左右田はあっさり了解した。

「んじゃ買い物でもしてきますワ。また外から連絡しますんで」

大柄な肩に担がれた翔太がはしゃいで笑う声が玄関ドアの閉じる音で消えるのを待って、僚平は義姉を振り返る。

何を言えばいいのか、わからなかった。

駅から左右田の車で自宅マンションに戻るまで一言も喋《しゃべ》らなかったいずみは、見慣れた居間に戻るなりぼろぼろと涙をこぼした。きつく唇を噛んで顔を上げ「僚ちゃん」と呼んだ、それを確認と悟って僚平はただ頷いたのだ。

「……ねがい、――言わないで」

嗚咽混じりの義姉の声は、半分が泣き声のようだった。

「いずみ、ちゃ、?……」

「お願いだから、あの人には……慶祐《けいすけ》さんには言わないで」

「いずみちゃん」

肩を丸めて懇願する義姉はひどく小さく、今にも壊れてしまいそうに見えた。

「お願い。慶祐さんに軽蔑《けいべつ》されたら、わたしもう生きていけない……」

「言わないよ」

そっと触れた肩は、小刻みに震えていた。いずみの顔を覗き込んで、僚平は言う。

「絶対に言わない。あいつにもきつく口止めしておく。だけど、ひとつだけ訊いていい？

さっきのあの男って」

「能代《のしろ》、さんよ。慶祐さんとは会社の同期で、結婚が決まってからは何度かうちに来たこともあるわ。僚ちゃんも一度くらいは会ってるはずよ」

「のしろ、……ごめん、よく覚えてない」

当時の僚平は、高階を思い切りたくてがむしゃらに練習にのめり込んでいたのだ。日常の記憶すらろくに残っていないのだから、一度会ったきりの相手など覚えているはずもない。

「そいつが？　でも、どうして」

「わたしのせいなの。わたしがいけないの——わたしが覚えてなくて、それで」

「いずみちゃん？」

僚平の問いに答えるように、義姉が顔を上げる。青ざめた表情で言う。

「知らなかったの。覚えてなかったのよ。結婚披露宴の後で、新婚旅行に出る前に新幹線のホームで言われたの。おなかの子の父親はどっちかな、って」

「――！」

「慶祐さんに決まってたの。だってあの朝、目が覚めた時にわたしの隣にいたのは慶祐さんだったんだもの。なのに、翔……翔太の――生まれた翔太の血液型はO型だって……わたしはA型で慶祐さんはAB型で、だからそんなはずがないのに」

平板に続けるいずみの顔から、表情が剝がれ落ちていく気がした。視線は僚平に向いているのに、どこか違うところを見つめているような。

「しんじられなくて、もういちどびょういんにいったの、そしたらたしかにO型ですって、まちがいないって、――それでまたでんわがきて、でんわであのひと、じぶんはO型だって、だからしょうたはけいすけさんじゃなくてじぶんのこどもだって」

「いずみちゃんっ」

加速していく声に、壊れた機械を連想した。義姉の肩を摑んで揺さぶると、我に返ったように僚平を見上げる。翔太とよく似た大きな瞳から、涙がこぼれて頰を伝った。

「わたし、あの夜に何があったのか、よく覚えてないの。友達といる時に慶祐さんと能代さんに出会って、飲みに誘われたから友達と一緒にお店までついて行って、……いつお店を出たのかも、どこで友達と別れたのかも覚えてないの。目が覚めたらホテルにいて、隣で慶祐さんが眠っていて、わたしも彼も何も着てなくて、それで」

「いずみちゃん」

「だ、けど能代さんが、本当は違うって、わたしとそうなったのは慶祐さんじゃなくて能代さんの方だって——だけどわたしが慶祐さんのこと好きなのはわかってたから、わざとふたりをホテルに置いて帰ったんだって……慶祐さんも何も覚えてないから、黙ってればわからないって。その代わり、時々会おうって」

細い腕が僚平の背中に回る。しがみつく力は、どこか悲鳴のようだった。

「ど、うしたらいいのかわからなかったの、だってその時はもう翔太は一歳になってて、わたしは慶祐さんが好きで慶祐さんといたくて、だけど翔太は少しも慶祐さんに似てこなくて、わたし、ずっと嘘ついて騙してて……ッ」

「いずみちゃん」

「……助けて。僚ちゃん、わたしどうしたらいいの？　ねえ、どうしたら——」

（美人の奥方と坊っちゃんは——）

震える義姉を抱き締めたまま、先ほどの能代の台詞を思い出す。同時に、会社で聞いた能代と高階の会話が脳裏に蘇った。

かちりと音を立てて嵌《は》まったように、符牒《ふちょう》が合うことに気がついた。

能代の顔に、既視感があったのも当たり前だ。いずみにも高階にも似ていない翔太の口許と顎のライン、そして耳の形。それが、引き写したようにそっくりだった。

——翔太にとっては「他人」のはずの、能代と。

（騙されやすい奴だよな）

昨夜の、高階の言葉を思い出して、全身から血の気がひいた。

何を思って沈黙しているのかはわからない。けれど、高階は何もかも知っているのだ。

8

「なあ。もしかして喧嘩してんの？」

斉藤《さいとう》が訊《き》いてきたのは翌々日の昼休みだった。あまり美味《おい》しくないと評判の学生食堂の大盛りカレーライスをきれいに平らげて、おもむろに僚平《りょうへい》を見た。

「……誰と誰が」

「トボケんなよなー。菅谷《すがや》と後輩のストーカー野郎に決まってんじゃんよー。一昨日《おととい》から何か珍しくやけに離れてるしさあ」

ちょいちょいと親指でさして見せた方角、出入り口に近い窓際の席に左右田《そうだ》がいた。友人らしい何人かに囲まれて、遠目にも明らかな仏頂面でこちらを見ている。

目の前の、さほど量の多くない定食を持て余しながら、僚平はうんざりと真向かいに座った童顔の悪友を眺める。

「たまにはそういう時もあるだろ。それより、そのストーカーってのはやめろ。悪寒がする」

「たまにはって、春におまえらが喧嘩した時にあっただけじゃん。菅谷はともかく、あの態がわざわざ自主的に離れて座ってるってのがおかしいんだよ」

「……春だけ？」

「だよん。ヤだねえ、おまえ自覚ないのー？　あいつ、どんだけ混《こ》んでようがメゲずに人波かき分けて菅谷に忍び寄ってくるじゃん。ほとんど執念ていうか、ホラーだよあれ」

「…………」

そうだったろうかと、考えても答えは出ない。意識したことがない、というのが正しい。

「そんで、今回の喧嘩の原因は？　もしかして、基本皆勤賞のおまえがこのあいだ丸一日自主休講したのと関係あるー？」

「……おまえには関係ない」

「あるさあ。立派に被害受けてんじゃん。不機嫌な菅谷の相手させられるし、煽《あお》り食らってノート貸してもらえないしー」

むっつりした僚平に頓着《とんちゃく》する様子もなく、やけに可愛らしい笑顔で首を傾《かし》げる。

「仲直り。取り持ってやろっか？　オトモダチ用特別価格ってことで、このくらいで」

ぱっ、と片手を広げてみせる。

「……五百円？」

「残念。もうひとケタ上」

「そんな金かけてまで仲直りしたかねえよ。……じゃあな、お先」

「あれ。どこ行くんだよー？　午後イチは休講だろー？」

「図書館。坂谷《さかたに》教授のレポートの下準備」

言うなり、斉藤はぱあっと明るい笑顔になった。

「ご苦労さまー。文献見つかったらコピー回してねっ。リストでも嬉しいなっ」

「ヤなこった。自分でやりな」

言うなり、トレイを手に腰を上げた。直後、肩にかけたバックパックをぐいと引かれる。

「あのさあ、今日、ＵＦＯ研の定例会やるから。三時に二十六番教室集合ってことで、おまえ全っ然出てないんだから、たまには顔出せよな」

「定例会？」

「月に一回は集まってんだよ。今までまるっきり顔出してないのは、おまえだけ。ってえことで、コレは質に預かっとく」

言うなり、斉藤はちゃらりと革のキーホルダーを振ってみせる。

バックパックのポケットに突っ込んでいたはずの、自宅の鍵だった。

「おいこら斉藤」

「だーいじょうぶだって。定例ったって三十分足らずですむし。どうせおまえ、午後はもう講義ないじゃん？　バイトまでは時間あるんだし、気分転換がてらにさ？」

けらけらと言う悪友は、それでも一応こちらを気遣っているらしい。ようやく気づいて、僚平は大きく息をつく。

「……三十分だけな」

わあいと上がった歓声を背に食堂を出た。キャンパス内にある大学図書館へ向かう。

（オレには関係ないですから）

三日前の、左右田の言葉を思い出した。

あの後、疲れ果てた義姉が休むまでつきっきりでいたため、結局大学には行きそびれた。夕方から「駅裏」にバイトに行き、帰りは左右田が迎えに来てくれた。その時に、昼間見聞きしたことを高階《たかしな》の耳には入れないように頼んだ。

そうしたら、あの後輩はやけに固い顔で言った。

（言うも言わないも。オレにはどうだっていいことですから。できれば、とっととせんぱいん家《ち》から出て行ってほしいとは思いますが）

淡々とした声音の端々に棘《とげ》を感じて、思わず眉《まゆ》を寄せていた。見上げる視線で気づいたのか、左右田は運転席で肩を竦《すく》めて続けたのだ。

（だって、夫婦の問題でしょう。オレにもせんぱいにも関係ないっすよ）

（関係ないって何だよ）

反射的に言い返していた。

(いずみちゃんが、あんなに泣いてるのに何で)

(泣いてるって……でも、義理のお姉さんですよね？　オマケに今は戸籍上も他人でしょう。わざわざかかわらなくてもいいいんじゃないですか)

(ンなもん、おまえに指図されるいわれはねえよ。気に入らなきゃてめえが出てけ)

我ながら、尖《とが》った声音になった。

大きく息をついた左右田が、車を路肩に寄せる。ハザードを灯《とも》しサイドブレーキを引いて、改めて助手席に向き直った。

(せんぱい。何でそんなムキになってんです？)

(ムキになんか)

(なってるじゃないですか。……あのですね、男女間の問題ってのは、第三者が横から口を出すとかえってこじれるもんなんですよ？　何でそれがわからないかなあ)

(そのくらい知ってるさ。子どもすら間に入れないのが夫婦の仲だろ)

(だったら)

(……いずみちゃん、泣いてんのに放っとけるかよ)

こぼれて落ちた「助けて」という言葉が耳の中から消えない。切り付けられるような痛みを伴って、繰り返し蘇《よみがえ》ってくる。

(放っとけないって、お義姉《ねえ》さんはもういい大人じゃないですか)

(おまえにはわからねえよ。いずみちゃんがいてくれたから、おれは三年前に耐えられたんだ。だから、今度はおれがいずみちゃんを守る。手伝えとは言わないから、邪魔はするな)

しばらく、左右田は無言だった。ややあって、運転席のシートに頭をもたせて息を吐く。

(それ、本心ですか)

(——どういう意味だよ)

(あのお義姉さんの旦那《だんな》さんて、せんぱいとはそれだけの間柄じゃないでしょう？)

思わぬ言葉に、虚を衝《つ》かれた。

運転席から前を見たまま、左右田は淡々と続ける。

(そのくらい、近くで見てればわかります。昔、せんぱいがつきあってた人ですよね。で、夫婦の間の事情がそういうことだったら、それってチャンスじゃないですか？)

(……何が言いたい？)

(あの人。まだせんぱいのこと、忘れてないですよね。で、せんぱいの方も)

(——ッ)

気がついた時には、腕を振り上げていた。左右田の頬《ほお》が、破裂するような音をたてる。痺《しび》れを残す手のひらごと握り取られ、気がつくと今度は助手席に押し付けられていた。吐息が触れる距離にある唇が、低く言葉を継ぐ。

（……違うんですか）

（ンなもん、ッ）

答える前に唇を塞《ふさ》がれていた。息をつく暇さえ与えられず、歯列を割って入った体温に舌先を取られ、深く喉《のど》の奥まで探られる。力で敵《かな》う相手ではなく、精一杯の抵抗に顔を背けて逃げようとすると、察したように顎《あご》を掴《つか》まれ固定された。

（――ン、や、め……っ）

強引に開かされた顎が、軋《きし》むように痛い。傍若無人に動く舌先に上顎や頬の内側を抉《えぐ》られ、逃げようとした舌先に噛《か》みつかれた。食らいつくようなキスに呼吸すらままならず、僚平は掴んだ腕に爪《つめ》を立てて抗議する。ようやく解放される頃には舌先や顎が痺れ、視界はすっかり滲《にじ》んでしまっていた。

（だったらこの前の……ここについてた奴は何なんです？）

（……ッ）

額同士をつける距離で囁《ささや》かれ、強い指に耳の下の肌をなぞられる。肌の奥で起こったざわめきがうねり波及してゆくような錯覚に、目眩《めまい》すら感じた。

わずかに集まりかけていたその熱は、けれど続いた左右田の言葉で一気に霧散した。

（せんぱいの「恋人を作らない主義」は、あの人が理由なんじゃないんですか？）

（――……手。離せ）

凍ったような沈黙の後で発した声は、我ながらおそろしいほど低く聞こえた。

至近距離にあった厚い胸板を、無造作に押し返す。わずかに顔付きを変えた後輩が言われるままに退くのを精一杯の力で突き放し、シートベルトを探って外した。制止する手も呼び止める声も無視して、僚平は車を降りたのだ。

それきりまる三日、左右田とは口を利いていない。というより、僚平が意図的にあの大柄な体軀《たいく》を視界から削除している。

左右田に渡すはずだった合鍵は僚平の部屋に置き放したまま、持ち込んでいた布団はその日のうちに本人に突き返した。あれから、あの後輩がどこに泊まっているのかも知らない。

左右田の不在を寂しがって泣いた翔太《しょうた》と、今朝も疲れきった顔をしていた義姉の、無理に作ったような笑顔を思い出した。

(ごめんね。迷惑ばっかりかけて)

買い物に出る以外は日に何度か翔太にせがまれて屋上に上がるきり、ほとんどマンションから出ていないいずみは、さらに痩《や》せたように見える。日に日に細く鋭くなっていく気配が気になって、気晴らしに遊びに行こうと誘ってみたが、首を振って断られてしまった。

——高階は、あれからもいつも通りに僚平のマンションから通勤している。

一方的に僚平の「気持ち」を確認したらしいあの日を境に、高階の態度は一変した。

何かといずみや翔太を相手に突っ掛かっていたのが、完全に相手にしなくなったのだ。食事や身の回りの世話は当然のようにまかせるくせに、けして自分からは声をかけようとしない。翔太が泣き喚《わめ》いた時さえ声を荒げることなく、眉を顰《ひそ》めて席を立つだけだ。

それこそ、「自分には関係ない」と宣言しているかのように。

(それ、本心ですか)

左右田とのあの諍《いさか》いで、気づいたことがある。

僚平が許せなかったのは——腹が立ったのは、あれが「左右田の」言葉だからだ。ただの通りすがりや野次馬が言うことなら聞き流せるのに、あの後輩が言ったからこそ引っかかりが消えない。思い返すのも不愉快なのにこびりついたように頭から離れず、繰り返し脳裏に蘇る。そのたび、何とも表現しがたい色濃い感情が奥底からうねるように巻き上がってくる。

感情を切り捨てるのは、簡単だ。相手の存在を、自分から切り捨ててしまえばいい。そうすれば相手が何を言おうが、どこで何をしていようがどうでもよくなる。

高階の、いずみたちに対する態度は、まさしくそれなのだ。

そして、そうなってしまったら、ただの傍観者に過ぎない僚平にできることなど何ひとつないのだ。

「——」

閲覧室のすみで文献を繰りながら、僚平は額をきつく押さえる。寝不足のせいか、頭の芯が痺れたように痛んだ。

義姉たちへの無関心の代わりのように、高階は僚平に対する執着を隠さなくなった。さすがに人目だけは気にするが、わずかな隙を狙《ねら》っては触れたり、キスを仕掛けたりしてくる。拒絶しても反発しても、いかにも仕方ないと言いたげに笑うだけだ。その意味を察していながら、すっぱりと切り捨ててしまえない自分にも呆《あき》れていた。

終わったというよりは、無理やりに終わらされた「レンアイ」だった。これからも続くはずと信じていたものを、突然に、一方的に切り捨てられた——その想いの傷痕《きずあと》は色褪《いろあ》せながらも確かにそこにあって、思い出したように痛みを訴えている。

高階から、別れを告げられたわけでもない。気持ちが冷めたわけでもない。三年前の自分の一部ごと、ただ凍らせて深く埋めてしまっただけだ。

……だからこそ、きっと本当の意味ではまだ終わってなどいない——。

腕時計に目をやると、時刻はそろそろ午後三時近かった。重い本を重ねてカウンターへ運び、何冊かは借り出しの手配をし、コピーの申請用紙に記入する。ひととおりの用をすませた時には、時計の針は三時を回ってしまっていた。

重くなったバックパックを肩に、僚平は慌てて中央棟へ向かう。

二十六番教室の鍵は開いていた。ノックをしても返事はなく、中に入り後ろ手にドアを閉じながら騙《だま》されたような気分になった。

広い教室は無人だったのだ。

確認した腕時計は、三時を十五分まわっている。

十分そこそこで終わってしまったのか、あるいはまだ誰も集まっていないのか。どちらにしても、ろくな定例会ではなさそうだった。

ため息をついた時、背後で金属音がした。誰か来たのかと振り返って、僚平は自分の表情が変わるのを自覚する。

ドアを背に、左右田が立っていた。僚平を見つめる貌《かお》は無表情なようで、どこか途方に暮れたような色が漂っている。

瞬間、斉藤に嵌《は》められたと気づいた。

無言のまま、僚平は左右田の横を過ぎる。ドアに伸ばした手を、横から摑まれた。

「……話があるんです」

振り払おうとした手を、今度は両方捕らわれた。背中ごとドアに押し付けられ、囲い込まれて逃げ場を失う。

「せんぱい、オレのことどう思ってます？」

返答の代わりに、僚平は眉を顰めた。

「結果的には一晩だったですけど、お義姉さんもあの人もいるのに、何で家に置こうとしてくれたんですか。オレがいたら、邪魔だったはずなのに」

「…………」

「どうして何にも言ってくれなかったんすか？　いつもそうですよね。昔のこともあの人のことも、絶対に自分からは言わないのは」

「……言ったたって意味がないだろ」

切りつけるようにそう言った。至近距離から見下ろしてくる左右田が、痛いように顔を歪《ゆが》めたのが見て取れた。

「確かにおれは一時期、高階さんとつきあってたよ。高校に入る直前に知り合って、二か月もたたずに『トモダチ』じゃなく『コイビト』になった。一緒にいると楽しかったし、あの人も楽しんでたと思う。ずっとそれが続くんだと思ってたよ。いずみちゃんが、あの人の子どもを妊娠してるって聞くまではな。けど、何でそれをおまえに話さなきゃならない？」

まっすぐに、僚平は後輩を睨《にら》み上げる。

「もう、終わったことだろ。三年も前に終わらせたモノを、今になってわざわざ蒸し返す必要がどこにあるんだよ」

「――留守録、は？　どうなんですか」

「何だそれ」

「偶然、録音されてるところ聞いちまったんすよ。会いたい、また電話するってあれ、あの人の声ですよね？　だからオレ」

「――！」

記憶を巻き戻すように、思い出した。

いずみたちがやってきたあの日、午後に目を覚ました時には留守電に高階からのメッセージが入っていたのだ。それが、まさに録音されるのを左右田は耳にしていたことになる。

両の膝から、力が抜ける気がした。

「そんで？ おれとあの人が未だにいずみちゃんに隠れて会ってるとか？ そういう邪推でもしたわけか」

無言のまま、後輩は僚平を見下ろしている。いつになく真面目な顔は肯定の印で、そう思うとさらに腹が立ってきた。容赦なく、僚平は高い位置にある後輩の鼻をねじってやる。

「おまえ、ほんっとに馬鹿だね。もしそうだったら、おれはもっと積極的にいずみちゃんの家探しを手伝って、早めに引っ越させてるに決まってんだろ。ついでに、いくら寝ぐらがないったっておまえみたいなお邪魔虫までわざわざウチに置いてたまるかよ」

「それは、そうかと思いますけど」

「思うんじゃなくて、その通りだろ。少しは考えろよ。このアタマは飾りものかッ」

剛い髪の毛を、摑んで引っ張ってやる。いてて、とつぶやく頬を両方とも指で摘んで限界まで引き伸ばしてやった。

「で？ あげくの果てにはおれが、おまえのことを欲求不満のはけ口にしてたとでも思ったわけかよ、この単細胞野郎が」

「ンなわけないじゃないっすか。だいたい最初に手を出したのはオレの方だったんだし、それもほとんど無理やりだった気が」

「おまえねえ。そこまでわかってて何で今さら」

言いかけて、僚平は大きく息を吐いた。声のトーンを落とし、ぼそりとつぶやく。

「じゃ何か。おまえ、おれが好きでもない奴にタダでおとなしく好き勝手させるほど飢えてるとでも思ってたわけか」

「せっ、せんぱい、そりゃいくら何でも」

「おまえが言ってんのはそういうことなんだよッ」

「だ、でもせんぱい、恋人は作らない主義だって」

「馬鹿かてめえは。そういう無意味な言葉がないとわかんねえのかよ」

「無意味って」

「どうせ長く続くようなもんじゃないんだ、恋人だの好きだの嫌いだの、言ったって意味ないだろうがッ」

摑んだ後輩の胸ぐらをぐいぐいと引っ張って、僚平は近くなった顔を睨み上げる。

「おれだって、おまえだってそうだろ。大学卒業して就職でもすれば、野郎同士で好きの嫌いの言ってられなくなる。世間体やしがらみってもんが、否応ナシに山ほど出てくるんだよ。そうなった時に自分の言葉に縛られたくなかったら、誰が何言ったとかじゃなくて今自分が

どうしてるか、傍《そば》に誰がいて何やってるかで物事判断しろってのー―ッ」

言い終える前にきつく抱き寄せられ、厚い胸板に頭ごと顔を押し付けられる。大きな手が繰り返し、髪を撫《な》でて過ぎた。

一昨日、翔太と遊んでいた左右田を連想した。腕を突っ張り、僚平は後輩を睨み上げる。

「何、翔太と同じ扱いしてんだ、てめえはッ」

「あー……いやあの、何か泣きそうだとか思ったもんで、つい」

「――！」

「あの。オレだったら平気ですから」

続いた言葉の意味が読み取れず、僚平は胡乱《うろん》に左右田を見上げる。

「今のそれ、あの人とそうだったってことですよね。だったら、もう忘れてくださいよ。三年も前に終わったことなんでしょう？」

「――忘れ、って」

「オレは、せんぱいとのことが誰にバレても構わないっすよ。卒業後にどうなるにせよ、世間やしがらみに縛られるかどうかは自分で決めます。オレの人生だから」

言葉を切って、左右田はわずかに笑った。

「せんぱいは、わかってくれてますよね。オレ、高階さんじゃないっすよ？　だから」

「わかるに決まってんだろ。どっこも全然、似てねえし。のっぺらぼうになったって、おまえだったらカラダで判別できるしな」

「……だから、この状況でこれだけ盛り上がってて、何でそうミもフタもないことを言うのかなあ、このヒトはー」

腕の中の僚平に懐いた格好で、左右田が盛大なため息をつく。それを邪険に押し返した。

「重い。暑い。鬱陶《うっとう》しい。ンなところで懐くなっ。それと、この件に関しては全面的におまえが悪い。反省しろ」

「えー、でもせんぱい」

拗《す》ねたように見下ろすのへ、素っ気なく背を向ける。

「おとなしく反省すれば、バイトに行くまでの間はおまえの好きなようにつきあってやる」

ぴた、と背後の泣き言がやんだ。待つほどもなく、大柄な後輩が背中から抱きついてくる。

「それ、本当っすか？」

「いったんマンションに帰って、いずみちゃんの様子を見てからだ。それでいいな？」

「はいっ。もちろんっすっ」

返った声は小学生並みに張り切っている。

嬉々として肩に回った太い腕を、ぴしりと叩いて外させた。

「それと、構内ではくっつくな。痕も残すな。わかってるな？」

「それはもちろんッ」

ドアを押して教室を出た後で、思いついて振り返る。すけべ笑いを浮かべた左右田の鼻をぐいとねじったあと、その手で後輩のジーンズの尻ポケットを探った。

探しものはすぐに見つかった。ちゃらりと音をたてて、悪友に奪われていたキーホルダーを目の前に掲げてみせる。

「で？　おまえ斉藤にいくら払った？」

9

「菅谷さん？　ちょっといい？」

マンションに帰りつき、左右田と一緒に六階でエレベーターを降りた直後に、横合いから癇性《かんしょう》な声がした。

「あ、はい。こんにちは、何かありましたか」

「ねえ、どうにかならないの？　あの泣き声」

急《せ》き込むように言った顔見知りの主婦は、六階フロアでは名の知れたうるさがたである。反射的に身構えた僚平と背後の左右田を眦《まなじり》を吊り上げて交互に眺めてきた。

「泣き声、ですか」

「夜も昼もなしで泣き喚かれて、こっちの気が落ち着かないのよ。第一、菅谷さんのところには子どもなんていなかったはずよねえ？」

「義姉夫婦が遊びにきてるんですけど……すみません、そんなに響きますか」

「だ・か・ら、何とかしろって言ってるのよ。人の迷惑も考えてちょうだい。本当にもう」

言い捨てて、主婦は自宅に戻っていく。露骨に大きな音を立てて玄関ドアを閉じた。

「正義の味方っすねえ。子どもなんか、泣き喚くのと汚すのと転がりまわって遊ぶのが仕事だってのに。第一、今なんか静かなもんじゃないっすか」

ぼそりと落ちた左右田の感想には、たっぷりと皮肉の色がまぶされている。

肩を竦めて自宅へ向かった。インターホンを押してみたが応答はなく、怪訝《けげん》に思いながら鍵を開ける。チェーンはかかっておうず、玄関先にはいずみと翔太の靴が揃《そろ》えてあった。

「いずみちゃん？」

声をかけても返事がない。昼寝中かと通りすがりに居間を覗《のぞ》いて、その瞬間に呼吸が止まった。

「ちょ、……翔太!?」

ソファの上に転がった翔太の顔は真っ赤で、喘ぐような呼吸音がしている。嘔吐《おうと》したらしく、子どもの顎やシャツの襟《えり》が汚れて、ソファには小さな染みが広がっていた。

先に動いたのは左右田だった。ソファに駆け寄り翔太を抱き上げたかと思うと、横向けた口の中に指を突っ込む。何を、と思う間に吐瀉物《としゃぶつ》の名残をかき出した。

「すげえ熱っすよ。すぐ病院連れて行きましょう。……せんぱいは、お義姉さんを」

「あ」

我に返って、僚平は周囲を見回す。

義姉は、居間のすみにある電話機の前で、外れた受話器を手に放心したように座り込んでいた。左右田や僚平の気配に気づかないのか、顔を上げる様子もない。

瞬間、破裂する寸前の風船を連想した。ギリギリの一歩手前まで我慢して我慢して溜《た》め込んできたものが、ある日、ほんのわずかな刺激で脆《もろ》くも割れてしまう――。

傍に駆け寄って、いずみの肩を揺さぶった。必死に声をかけると、のろのろと瞼《まぶた》を開く。

色と表情を失っていた顔が、僚平を認めて生き返ったように歪む。

「りょう、ちゃ――」

「いずみちゃん、大丈夫だから。すぐ病院に連れて行くからね。保険証は」

「……て、くれ、……いの」

いずみの声は度を失い、儚《はかな》く揺れていた。

「でんわした、のに、あの、ひと、きてくれないの。しょ、うたがたいへん、て、いった、のに――」

「……！」

異変に気づいたと同時に、僚平はがくがくと震える細い肩を抱き締めていた。精一杯伸ばした両腕で包み込むようにして、繰り返し「大丈夫」と声をかける。

「いずみちゃん、落ち着いて。すぐ病院に連れて行くから。大丈夫だから。おれが、ずっと傍についてるから。心配しないでいいから。ね」

「……りょ、ちゃ、……」

背中に縋《すが》りついた手にぎゅっと力がこもる。しっかりと抱き返しながらふと目をやって、義姉の異変の原因を知った。

ローテーブルの上に、見覚えのある、薄っぺらい紙片が広げてあった。

僚平自身の両親の、長かった諍いがようやく終結した時にも目にした、離婚届の用紙だ。ご丁寧にも、夫の欄にはすでに署名捺印《なついん》がなされている。

いずみを僚平が抱え、左右田が翔太を担ぐ格好で、最寄りの総合病院に駆け込んだ。

翔太への診断は風邪による脱水症状だった。幼いだけに、症状が大きく出たらしい。点滴と経過観察を兼ねて、ひとまずは一晩入院して様子を見るという。

足取りのおぼつかない義姉に付き添って入院手続きをすませてから、病室まで翔太の顔を見に行った。薬で寝入った翔太の右腕からは点滴の管が伸びていて、その小さな手は枕許《まくらもと》に座る左右田の指をしっかりと握りしめていた。

「わたしがいけなかったの。ちゃんと気をつけてやらなかったから」

寝顔を眺めて、ぽつんといずみはそう言った。

「全部わたしがいけないの。わたしじゃ駄目だったのよ」

「いずみちゃん、？……」

「慶祐《けいすけ》さんね。わたしの他に、わたしよりもずっと大切な人がいるのよ」

思わず目を瞠《みは》っていた。

振り返った左右田の視線に気づかないのか、まっすぐに翔太を見つめたままで、いずみは僚平のシャツの袖《そで》を握り締める。

「最初からそうだったの。あの人、優しかったけど、ちゃんとわたしを見てくれたことなんて、一度もないのよ。わかってたのに、信じたわたしが馬鹿だったんだわ」

「――――」

「大丈夫だと思ったの。翔太がいるから――あの人が翔太を可愛がってたから、それが確かな絆《きずな》だと信じたかったのよ。だけど、そんなのわたしの勝手な思い込みだった」

「いずみちゃん……」

「どうしたらいいかわからなくなって、すぐあの人に電話をしたの。その時の翔太の泣き方は、ふつうじゃなかったのよ。聞こえてたはずなのに、あの人、来てくれなくて」

ゆらゆらとベッドに近づいたかと思うと、いずみは床に膝を落とした。シーツに頰を預けるようにして、眠る翔太を見つめる。大きな瞳から溢《あふ》れた涙が、白いシーツに染みを作った。

「だったら、わたしはどうしたらいいのかしら。あの人、まだ翔太と能代《のしろ》さんのことは知らないのに。なのに翔太が、……翔太まで駄目だったら」

「おれがいるよ」

いずみの傍でしゃがみ込んで、僚平は静かに言った。指先で義姉の頬の涙を拭《ぬぐ》い、そっと肩を撫でてみる。

「あんまり頼りにならないかもしれないけど、でも、おれは何があってもいずみちゃんの味方だから。絶対に、いずみちゃんをひとりにはしない」

「僚、ちゃん」

「大丈夫。ちゃんと助けるから。ね」

何度も頷《うなず》いた義姉が、僚平の肩に頬を寄せる。幼い子どものような仕草に、胸の奥が鋭く痛んだ。

無言で見ていた左右田が、視界の端で腰を上げる。猫のように空気を乱さず、病室を出ていった。その数分後にノックの音がして、今度は年配の看護師が姿を見せる。

「高階翔太くんの、お母さん？　お疲れみたいですね。少し休憩しましょうか」

目顔で促されて、僚平は義姉を看護師に預けた。疲れ果てたのか、素直に頷いたいずみは言われるまま椅子に腰を下ろす。二言三言話した後で、看護師はもう一度僚平を見た。

目礼して、僚平はそっと病室を出た。ほっと息を吐いて顔を上げると、目の前の廊下の壁に寄りかかる格好で左右田が立っている。

「……おまえが看護師さん呼んだんだ？」

「はあ。子どもは落ち着いたからいいとして、母親の方が最近諸々《もろもろ》でゴタついてて、かなり精神的に疲れてるみたいだから様子だけ見て欲しいと」

「そっか。ありがとう、助かった」

何でもする、助けると言っても、僚平にできることなどたかが知れているのだ。今のいずみには、何よりも専門家の助けの方が必要に違いない。

「で、旦那の方はどうします？　あの状態だし、一応連絡だけしておきますか」

「ああ。おれがする」

電話帳で高階の会社の番号を調べ、すぐに連絡を入れて、僚平は困惑した。

高階は外出中だった。携帯電話を持たずに出ている上に、いつ帰るかわからないという。食い下がったところで無駄だろう。察して通話の相手に礼を言い、僚平は受話器を置いた。

義姉に訊けば高階の私用携帯電話のナンバーはわかるだろうが、今それをするのはためらわれた。鎮静剤を投与されたいずみが翔太の隣のベッドで眠るのを見届けて、僚平は着替えを取りにマンションに戻ることにする。

時刻はいつの間にか、バイトの定刻近くになっていた。これからバイトだという左右田に頼んで「駅裏」に回ってもらい、マスターに頭を下げて今日は休ませてもらうことにする。許可を取って車に戻るなり、運転席の後輩が問うてきた。

「マスター、何か言ってました？」

「別に。ちょっと渋い顔はされたし、特別だって念は押されたけど」

「そっすか。やっぱ、日頃の行いがいいと違いますすねえ」

車を出して帰る途中、左右田は妙に口数が少なかった。マンションの明かりが見える頃になって、ぼそりと言う。

「それにしても、いいなあお義姉さん」

「何だそれ」

「いや、せんぱいがお義姉さんのことすごい好きで大事にしてるのは、最初っからよーくわかってたんですけどね。正直、さっきのはかなりキました」

「キたって、何が」

胡乱に目を向けた僚平に横目で笑って、左右田は言う。

「さっき、病室で抱き合ってたとことか。どうやったって間に入れない感じが濃いなあと」

「馬鹿たれ。変にすけべ臭い言いかたすんな」

横顔をじろりと眺めてやると、「どこがっすかー」と不平そうな声があがる。

「本当じゃないっすか。オレんとこにも姉貴《あねき》いますし、そこそこ仲もいいっすけど、とてもあそこまではいきませんよー？　ま、ウチのは並外れて逞《たくま》しいんで、比べるのが間違いかもしれませんが。あのお義姉さん、見るからに儚げですからねえ」

「いずみちゃんは、本当は弱い人じゃねえよ。昔の話だけど、おれ、ものすごい勢いで怒鳴られたことあるし」

「へ、……あのお義姉さんに？」

ハンドルを握って前を見たまま、左右田は首を傾げる。

「事故で入院してた時、耐えられたのはいずみちゃんがいたからだって前に言ったろ。あの時のおれ、かなりぼろぼろに荒れてたんだよ。どうせ走れないんだから何やったって無駄だってリハビリもサボってたし、いずみちゃんにもずいぶん八つ当たりしたしな」

いずみと高階が正式に婚約した後に、起きた事故だ。全部忘れようと部活に打ち込んでいた僚平にとって、事故もそれによって閉ざされた未来もあまりにも大きな衝撃だった。

理不尽だという思いばかりが先行して、周囲のことなどまるで見えなくなっていたのだ。悲しくて悔しくてどうしようもなく腹が立った、その感情をすべていずみにぶつけてしまった。

それでも、義姉はずっと傍にいてくれたのだ。僚平がどん底から這《は》い上がるまでの二か月近く、子どもじみた癇癪《かんしゃく》や愚痴や八つ当たりを、柔らかい笑顔で受け止めてくれた。

「一度、車椅子から落ちたことがあるんだ。完全に不注意だったから、ただの自業自得でさ。そのくせ回復が遅れるって言われてクサってたら、いずみちゃんにいい加減にしろって往復でほっぺたひっぱたかれた」

「はー……あのお義姉さんが、ですか……」

「叩かれたのはおれなのに、いずみちゃんの方がぼろぼろ泣いてたんだ。それを見て、やっと目が覚めた。あんないずみちゃん、見たの初めてだった」

しばらく、左右田は無言だった。ややあって、ぼそりと言う。

「……想像、つかないすね……」

「かもな。いずみちゃん、今は相当参ってるから。だから、さっきおれがやったのなんか、あの頃のいずみちゃんの受け売りみたいなもんなんだよ」

「そうなんすか。何か、悔しいっていうか。羨《うらや》ましいっすね」

「え？」

妙にしみじみとした声音に怪訝に問い返したが、後輩からの返答はなかった。帰りついた自宅マンション前でシートベルトを外していると、いつもの口調でけろりと言う。

「じゃあ荷物取ってきてください。ついでに病院まで送って行きますんで」

「馬鹿。いいからおまえ、とっととバイトに行けよ。親方にどやされるぞ。……あ、それとおまえ、こないだからどこに泊まってる？」

問いに、左右田は妙に狼狽《うろた》えた。わたわたとハンドルを握り、「えーとー」と天井を仰ぐ。

僚平は大きく息をついた。

「アパートのボヤ云々《うんぬん》は嘘だったんだな？」

「あー……何でわかりました？」

「布団。カバーだけ新品にしたって匂いが違う」

「うげ。んじゃ、もしかして最初っからバレてたんすかあ？」

ハンドルに突っ伏した左右田がそろりと目だけを向けてくるのへ、ぴしりと言った。

「おまえがウチに来たのは見張りのためか？」

「ヤですねえ、人聞きの悪い。せめて身辺警護と言ってくださいよー」

「一番の危険人物が何言ってやがる。オマケに読みが浅いわやることは半端だわ、そんな奴の警護なんかアテになるか」

ううう、と唸《うな》った左右田がハンドルに顔をくっつける。しばらくそうしていたかと思うと、ふいに顔を上げた。やけに真面目に言う。

「オレ、今夜もバイトで帰ってくるの真夜中になるんすけど。せんぱいん家に泊めてもらうわけにはいきませんか」

「泊めるったって、うちに余分な布団はないぞ」

「もちろん床でいいっす。毛布一枚貸していただければ」

「……まだ疑ってんのか。今晩、おれと高階さんがふたりきりだから？」

「せんぱいは疑ってません。が、旦那には疑惑を抱《いだ》いておりますんで」

けろりと言ってのける顔はひどく真剣で、つい苦笑した。

「言っとくが、昼の約束が反故《ほご》になったからって夜はないぞ」

「はいもちろんっ。不埒《ふらち》な真似《まね》に走ったら煮るなり焼くなりベランダから捨てるなり好きにしてくださいっ」

「じゃ、これうちの鍵な。おれはいずみちゃんが使ってたやつ借りるんで」

しゃちほこばった台詞《せりふ》に苦笑しながら、斉藤に質に取られ左右田が持っていた革のキーホルダーを差し出す。その手首を引っ張られたかと思うと、首の後ろに腕を回された。え、と思った時には寄ってきたキスに呼吸を塞がれている。

「……、——」

反射的に押し返しかけて、思い直す。

今は夜で、周囲から車の中は見えないはずだ。たまにはいいかとおとなしくしていると、さらにキスが深くなった。いつの間にか僚平は助手席のシートに押し付けられて、唇の奥を深く探られている。図に乗ったらしい後輩の手がそろそろとジーンズ越しに大腿《だいたい》を撫でるに至って、さすがに間近の顔を手のひらで押しのけた。

「時間切れだ。ついでにもう少し場所を考えろ」

渋面を作って言ってやったのに、左右田は「へへ」と嬉しそうに笑うばかりだ。その鼻先を捩《よじ》ってやってから、僚平は車を降りた。

遠ざかるテールランプを見送って、自宅に引き上げる。

いずみの衣類を触る気になれず、翔太の着替えだけを選んで、後は自宅のタオルとバスタオルを用意した。作った荷物を手に、病院に来てほしいと書いた高階宛のメモを玄関ドアに貼りつけながら、どうしようもなく重い気分になる。

帰ってきてこれを目にした時、高階はどうするだろう。すぐに駆け付けるのか、それとも自分には関係ないと知らぬふりで通すだろうか。

(聞こえてたはずなのに、あの人、来てくれなくて)

あの時のいずみの声音は、口調こそ抑えていたのに悲鳴に聞こえた。

高階は、本気で義姉と翔太を見切るつもりなのだろうか。

……お似合いだと思ったから、三年前に諦《あきら》めようとしたのだ。高階が決めたなら、いずみがそれで幸せになるのならその方がいいと、そうあってほしいと願っていた。

乗り込んだバスの窓の外は、とうに夜に沈んでいた。バックパックを担いだ僚平の横で、「降ります」という声が上がる。立ちあがった学生服がひとり、早足に出口へと向かう。

「おい。早く自転車直しとけよ」

「わかってるって」

車内に残った友人らしい声に、一言だけ返して学生は降りていった。動き出したバスの窓の外、学生服が駐輪場から自転車を引き出すのが目に入る。

(おい。大丈夫か)

しずくが落ちるように、思い出した。

初めて出会った時の、高階の第一声がそれだった。

10

高階と知り合ったのは、僚平がまだ「石原《いしはら》」を名乗っていた頃のことだった。

高校の入学式を待たずに参加した部活帰りに、自転車ごと轢《ひ》き逃げされかかったのだ。スレスレで接触は避けたものの、バランスを崩してまともにアスファルトに叩きつけられた。

あまりの痛みに眩《くら》んだ視界のすみで、黒の乗用車が走り去ってゆくのがわかった。

ざらついた冷たいアスファルトに頬を押し付けたまま、足は無事だろうかとそればかりを思っていた。身動きするどころか呼吸することすらも辛く、唸ることしかできなかった。

(おい。大丈夫か)

周囲のざわめきがようやく耳に入ってきた頃に、聞き覚えのない声がした。その直後に、身体《からだ》に食い込むようだった自転車の重みが消えたのだ。

(起きられるか。どこか痛むか?)

強い腕に引き起こされて、激痛に思わず声を漏らしていた。頬を叩かれてようやく目を開けると、サラリーマン風の男がまっすぐに僚平を見下ろしていた。

それが、高階だったのだ。

（どこが痛い？　手足は動くか？　——ああ、おい。ちょっと手を貸せ）

応じて動いたスーツの男性が高階の後輩だと知ったのは、ずいぶん後のことになる。警察を呼んだ高階は事情説明を引き受けてくれ、救急車に乗った僚平に付き添ってもくれた。

僚平の怪我は擦《かす》り傷と打撲だけで、念のため経過に注意するよう言われて終わった。処置を終えて待合室に戻った時には、駆けつけた両親と入れ違いに高階は帰ってしまっていた。

翌々日の日曜日の部活帰りに、僚平は直した自転車で高階のマンションを訪ねた。改めてお礼を言うのと、両親から託された品物を渡すためだった。

計ったようなタイミングで帰ってきた高階は、僚平を認めて意外そうな顔をした。暑かっただろうと部屋に入れ、冷えた缶ジュースを出してくれた。汗臭いスポーツウェアにランニングシューズという格好に絆創膏《ばんそうこう》を貼り付けた僚平に、呆れ顔を見せたのだった。

（自転車に乗ってるだけでもキツイだろうに、まさか走ってるのか？）

（まあ。陸上で短距離やってるんですけど、立場とかもあって、サボれなくて）

（なるほど。体育会系に特有の、無意味な年功序列ってやつだな）

思いがけない言葉に、僚平は首を傾げた。

（無意味、ですか。年功序列って？）

（本来、個人競技は実力主義だ。生まれた年で先輩だ後輩だやったところで意味がない。おまえ、特待生だったら何か記録でも持ってるんだろ?)

(あー……まあ。大会新とかだったらいくつか)

(その「センパイ」の中には歴然とおまえよりトロい奴がいる。そんな奴に威張られるのは、馬鹿馬鹿しいと思わないか?)

正直な話、それまで思いもしなかったことだった。それだけに混乱しながら、同時に目の前の相手に対して新鮮なものを感じたのだ。

(でも、先輩はおれより長く部にいるから)

(早く生まれれば当たり前の話だ。年齢数だけは変えようがないからな。教えておいてやるよ。年齢や学年だけを理由に威張ってる輩《やから》は、ろくなものじゃないから放っておくことだ)

知らず瞠目《どうもく》したまま、僚平は年上の男を見ていた。

(それってあの、……そういうもの、なんですか?)

(世間は知らん。が、俺はそう思ってる)

うそぶく高階の言葉の強烈さに、おそらくその時点で捕まっていたのだ。

通学の行き帰りの挨拶《あいさつ》が、路上での立ち話に変わるのは早かった。強引で強烈で、ある意味利己的とも言える高階の持論を聞くのは面白かったし、高階も僚平と話すのを楽しんでいたと思う。一か月とたたず部屋に遊びに来いと言われた時も、二つ返事でついて行った。

社会人の高階が、まだ高校生でしかない自分をかまうのが不思議だった。高階の部屋でそれを訊いた時に返答代わりにキスをされて、さすがにその時は啞然《あぜん》とした。僚平のその様子を眺める高階がやけに楽しそうに笑っていたのを、今でも覚えている。

あの頃の自分はのぼせ上がっていたのだと、今ならわかる。高階は僚平にとって「大人の男」だった。数段高い場所を歩いてゆく人であり、憧れですらあったのだ。そういう人が、自分の前では無防備になるのが嬉しかった。

高階は自分を見てくれているのだと、何の疑いもなく信じていられた――。

耳につく停車ブザーの音に、僚平は我に返る。

ネオンの明かりに紛れて、駅が近づいていた。終点です、と繰り返されるアナウンスの中、列の最後尾についてバスを降りる。

ここから病院まで、歩いて十分足らずの距離だ。バックパックを揺すり上げて歩きだしたとたん、計ったように見知った背中が現れた。

高階だった。駅から続く短い階段を降りた電話ボックスの傍、構内の明かりが届く場所で明るい青のワンピースの女性の腰を抱いている。何か囁かれて首を竦めたワンピースが、絡みつくように高階の腕を取る。

それを目にした瞬間に、義姉の泣き顔が脳裏に蘇った。

胸の奥が、沸騰したような気がした。大股《おおまた》に近づいて、僚平は高階のスーツの袖を摑む。振り返るのを待たず、言葉は勝手に口から溢れ出ていた。

「何やってんだよッ。こんな時間まで仕事もせずに女とイチャイチャ、いずみちゃんも翔太も放ったらかしでッ。少しは考えろよ、あんたいずみちゃんを何だと思ってんだよッ」

ややを目を瞠るようにしていた高階は、肩で息をつく僚平を見下ろし唇を歪めた。その笑みが、余計に苛立《いらだ》ちを煽《あお》った。

「そこの総合病院ッ、五階に翔太が入院してんだよ、あんたいずみちゃんから電話もらったんだろッ、なのに何で」

「病院か。なるほど、家に電話してもいないわけだ」

「な、……に間抜けなことッ」

「いずみからの電話なら受けた。だが、俺には関係ないな」

すっぱりとした返答に、言葉がなかった。立ち尽くす僚平をよそに、高階は傍の女性に何か告げる。内容は聞き取れなかったが、相手がムッとしたふうに僚平を睨んだのはわかった。不機嫌そうに踵《きびす》を返して歩き出すと、ワンピースの背中はじきに雑踏に紛れて見えなくなる。

「行くぞ」

声と同時に、いきなり腕を引かれた。ぎょっとして、僚平は高階を見上げる。

「どこ行くんだよ。おれは病院に」

「いずみと翔太のことで話がある。いいから来い」

「話なら病院で聞く。一緒に行けばいいだろ」

「俺には関係ないと言ったろう」

うそぶいたかと思うと、高階は僚平を見下ろしにやりと笑った。

「ああ。それなら交換条件といくか？　おまえがおとなしくついて来るなら、俺も後で病院に顔を出してやってもいい。——行くぞ」

言うなり、今度こそ僚平を引きずるように歩き出した。

振り払えなかったのは、数時間前に病院で目にした義姉の顔を思い出したせいだ。

駅から歩いて数分の距離にある真新しいマンションの前で、高階は足を止めた。オートロックらしい集合玄関の扉を、鍵を使って開く。怪訝に見ていた僚平に鼻で笑ってみせた。

「新しい部屋だ。会社が借り上げた」

「な、——いつから」

「一昨日。かなり急かしたからな」

即答に、思わず眉を顰めていた。それに構ったふうもなく、高階は僚平の肘《ひじ》を摑んでエントランスを突っ切る。強引に、エレベーターの中に押し込まれた。

五階に着くなりエレベーターから連れ出され、長い廊下を歩かされる。慣れた足取りに苛立ちながら、僚平は高階の背中に声をかけた。

「……何で言わなかったんだよ。いずみちゃん、次の部屋がどうなってるのかってすごい気にしてたのに」

「あれをここに連れてくる気はないな」

五〇六と表示された部屋の前で足を止めた高階が、楽しげに笑う。ドアが開くなり、摑まれた肘を引かれ、真新しい匂いのする部屋に押し込まれた。

「ちょ、……な」

背後で、重いドアが閉じる。施錠したらしい金属音が、やけに高く耳につく。造りつけのシューズボックスと高階に挟まれる形で逃げ場を失い、強引な手に顎を摑まれた。反射的に背けた顔を引き戻されたかと思うと、抗《あらが》う間もなく唇を封じられる。

「……っ、——！」

逃げようとしても無駄だった。歯列を割った体温に追いかけられ搦《から》め捕られて、さらに奥を探られる。押し返したはずの腕は頭上でひとまとめに摑まれ、壁に張り付けられていた。高階のキスは、やけに執拗《しつよう》だった。時折わずかに息をつく間を与えられるものの、数秒ですぐに唇を塞がれる。顔を背けようとするたびにわざとのように唇に歯を立てられて、そのたび引きつるような痛みが走った。

身じろいだはずみで、バックパックが肩からすべり落ちる。わずかに後ずさった踵《かかと》が、シューズボックスに当たって鈍い音を立てた。

「あ、んた——何、考え……っ」

執拗なキスの合間にようやく声を絞ると、吐息が触れる距離で高階が笑う。以前によく目にした自信に満ちた表情に息を呑《の》んでいると、顔を寄せられ低く囁かれた。

「引っ越して来いよ。ここに」

意味が理解できず、儚平はぽかんと義姉の夫を見返した。その前髪を撫でるようにかきあげて、高階は続ける。

「おまえのマンションより、ここの方が広くて設備もいい。大学からも、ここの方が近いはずだ。そういう条件で探させたからな」

「な、に言っ……あんた、何考えてんだよ！　いずみちゃんと翔太は」

「向こうのマンションに住まわせればいいだろう。それなら目につかずにすむ」

声を失って、儚平はまじまじと目の前の相手を見つめる。

この顔つきには、見覚えがある。三年前、知らぬ間にいずみとの結婚話が進んでいた時と同じ——すべてを決めてしまった時の表情だった。

ひんやりと、鳩尾《みぞおち》のあたりが冷えた。

「それ、正気で言ってんのかよ。そんな真似、できるわけが」

「社の借り上げというだけで、このマンション自体は社宅とは違う。少なくとも、この階に、社内の人間は住んでいない。おまえが出入りにだけ気をつければそれですむ」

「誰があんたの会社での立場なんか気にしてるかよッ。じゃなくてあんた、いずみちゃんと翔太のことは⁉　どうする気だよ、何もかも勝手に……離婚届のことだって」

「あれは切り札だ。いつでも切れるようにな」

けろりと告げられた言葉に、僚平は目を瞠った。

「翔太は俺の子じゃない。知っていて、いずみは黙ってたんだ。三年もの間な」

「…………」

「信じられないなら、翔太の血液型を調べればいい。俺はあいつらに裏切られたんだよ」

「だから、別れるって？」

「十分な理由だろう。とは言っても、今はまだ時期じゃない。少なくとも三年は届けの提出を引きのばす。その頃には本社に戻る予定だからな」

怪訝に見上げた僚平に自慢そうに笑って見せたあと、ふいと表情を険しくする。

「これ以上、あいつらに振り回されるのは真っ平だ。今回の異動にしても俺の本意じゃなかった。あいつがあんな恥さらしな真似しやがるから、能代なんかにコケにされて、――ッ」

唸るように言ったかと思うと、いきなり僚平の顎の下に顔を突っ込んでくる。無防備な喉に咬《か》みつかれ、痛みに思わず肩が跳ねた。ジーンズの腰に回った腕が力を増して、息苦しいほどの力で抱き締めてくる。僚平の喉に唇を這わせたまま、作ったように低い声音で続けた。

「そこに続けて離婚ともなると、いくら何でも外聞が悪すぎるからな。面倒だが仕方がない、それまで籍だけは許してやることにしたのさ」

「……それと、おれがここに来るってのがどうつながるんだよ」

「もう、いずみにどうこう言われるスジアイはないってことだよ。おまえも妙に義理堅い奴だからな、あいつらがいると気になってソノ気になれなかったんだろ？」

ふふんと笑うなり、高階はもう一度唇を合わせてきた。

つまり、高階はもう義姉と翔太を捨てると決めたのだ。はっきりと思い知らされて、僚平は全身から力が抜け落ちるのを感じた。

「……いずみちゃん、あんたのこと、本当に好きなんだよ？」

「わかってるさ。どうせいずみは俺には逆らえないし、俺からは離れられない。――勝手に男をくわえ込むような女に好かれたところで仕方ないがな。石原の親もとうに定年退職して、何かの役に立つわけじゃなし」

「――――」

返す言葉はもう、どこにもなかった。

男の手が肌を探るにまかせながら、僚平は茫然《ぼうぜん》と、かつての恋人を見下ろしていた。

11

何かが崩れてゆく音を、聞いた気がした。

高階が、強引な男だということは知っていた。恐ろしくプライドが高い代わり、それに見合うだけのものは持っている人だとも思っていた。

一方的な都合で引きずり回されるのを、不愉快だと思ったこともない。むしろそれは僚平自身にはない「強さ」の現れだと、羨ましく思ってさえいた。だからこそ、三年が過ぎても忘れてしまえなかったのだ。

(慶祐さんには言わないで)

義姉の泣き顔が、脳裏に浮かんだ。同時に先ほどの、高階の言葉が蘇る。

(あいつがあんな恥さらしな真似しやがるから、能代なんかにコケにされて)

(勝手に男をくわえ込むような女に)

あれほどのいずみの苦しみを、目の前の男は何ひとつ見ようとしないのだ。高階にとって重要なのは自分が騙されたという事実と、同僚に妻を奪われたために傷ついた自分のプライドと、それによって左遷された屈辱だけだった。

何も言わずにいたのも、けして義姉を思ってのことではなかった——。

のしかかってくる身体を、精一杯の力で押し返した。険しく見上げた僚平に、高階は緩んだ顔で笑って言う。

「ここじゃイヤかなのか。ベッドに行くか?」

以前は精悍《せいかん》だと思っていたはずの表情が、ひどく薄っぺらいものに見えた。

僚平が気づけなかっただけで、最初からこの男はそうだったのだろう。三年もの間、音沙汰なしにいた相手と、顔を合わせるなり「ずっと好きだった」などと言ってのける。裏切りと断じるには辛すぎる義姉の事情を一方的に切り捨てて、僚平を都合よく傍に置こうとする。

離婚後に割のいい再婚話があったとしたら、この男はきっと迷うことなく僚平を捨てる。

今のいずみは三年前の僚平と同じだ。この男の思惑ひとつで振り回され、放り出されようとしている……。

ぐいと引かれた腕を、邪険に振り払っていた。床に転がったバックパックを拾い上げて、僚平は玄関ドアに手をかける。

「僚平？　おまえ、どう——」

「帰る」

「待てよ。おまえ、今来たばかりだろう」

それ以上、返事をする気にもなれなかった。かかっていた施錠を外しかけた、その腕を取られて仕方なく振り返る。怪訝に見下ろしてくる相手に言った。

「離せよ。おれに触るな」

「拗ねてるのか。ずっと相手をしてやらなかったからだな？　だから、これから構ってやると言ってるだろう」

「離せって言ってるだろ！」

言うなり、僚平は叩きつける勢いで高階の手を振り払った。

眉を顰めたものの、高階の顔つきはまだ呆れを含んだままだ。それへ、切り捨てる口調で言い放つ。

「あいにく、おれはあんたに構われるのなんざ願い下げだね。……ああ、離婚の件は安心してなよ。早々に届けを出すよう、おれがきっちりいずみちゃんを説得するからさ」

「――どういう意味だ」

高階の返答は、恐ろしく低かった。

腕を摑む指に、痛いほどの力がこもる。蠟《ろう》人形のような作りものじみた無表情さを、僚平はよく知っている――高階が、本気で腹を立てた時の貌だった。

三年前には首を引っ込めてやり過ごしていたその顔を、真っ向から見返した。

「おれは誰かのアイジンをやる気はない。万一、やる羽目になったとしても、あんたを相手にするのだけは真っ平だ。――前言は撤回する。あんたは病院には来るな。いずみちゃんや翔太の前に顔を出すな。離婚届を出した時は、おれが会社経由で連絡する」

「何だ、それは。どういう意味だ？」

「簡単な話だろ。あんたがいずみちゃんを切り捨てていいんなら、おれやいずみちゃんにはあんた以外を選ぶ権利がある。そんだけだ」

瞬間、高階の顔つきが険しくなった。

「……どの口で、誰に対してものを言ってやがる……ッ」

唸るような声音に、「まずい」と悟った時は遅かった。肩を摑まれ、力まかせに壁に叩きつけられる。後頭部をもろにぶつけて、目の前が眩むような痛みが走った。崩れた膝を立て直すより先に床に引き倒され、容赦のない力で背中を押さえつけられる。伸ばした指が冷たいフローリングを引っかいて、耳触りな音を立てた。

「えぇ？　おまえいつからそんな立派になったんだ？　ざけんじゃねえよ、人の——俺の許しもなく勝手に消えたあげく男作ってやがったくせに、何をさかしらぶってッ」

「な、——にす、ッ」

言い返そうとした声は、逆手に捩り上げられた腕の痛みに寸断された。抵抗する暇もなく、その手首を左右合わせた形で摑まれる。振り向こうとした首を容赦のない重みで床に押し付けられたかと思うと、両の手首を巻き付いてきた何かで戒められた。

「いい格好だな。まあ退屈しのぎにはなりそうだ」

歪んだ声と同時に、首と背中の重みが消える。どうにか振り返るなり目に入った高階は、異様なまでにギラつく眼で僚平を見据えている。

尋常とは思えない顔つきを目にして、今さらに自分の迂闊《うかつ》さを呪《のろ》った。少しでも離れようと戒められた腕ごともがくなり、苛立たしげに何度も蹴《け》りつけられる。革靴の先が脇腹に食い込む痛みに瞬間的な嘔吐《おうと》が込み上げ、食いしばった歯の間から獣じみた声がこぼれる。本能的に丸まっている間に、スニーカーを履いたままの足首を摑まれた。

「――、ッ」

まさか、と思う間もなく、床の上を引きずられた。蹴りつけてやろうにも、計算ずくなのか高階が摑んでいるのは弱い方の右足で、その扱いに古傷はすでに悲鳴を上げかけている。

引きずり込まれた場所は、どうやらリビングになるらしい広い空間だった。家具もカーテンもない空っぽな空間の真ん中で、ゴミでも捨てるような乱雑さで足首を放り出された。

痛みを堪《こら》えて身を起こそうとする僚平を眺めながら、高階がワイシャツを脱ぎ捨てる。歪んだ笑みを浮かべて膝をついたかと思うと、またしても僚平の右足を摑んで引きずり寄せた。

乱雑にシャツの襟を引っ張られ、飛んだボタンが音をたてて床に散る。上からのしかかってきたかと思うと、生温《なまぬる》い手でじかに肌を撫でまわしてくる。

再会した直後は悦楽を生んだはずの指に、今は嫌悪と悪寒しか感じなかった。顔を寄せられ精一杯に顔を背けると、骨が軋むほどの力で顎を摑まれ引き戻される。無理やり重なってきたキスに唇の合間を探られて、せり上がるような嘔吐感に襲われた。

その時、突然インターホンが鳴った。

はっとしたのは僚平だけで、高階はそれをきれいに無視した。必死にもがく僚平の喉や胸許を唇でまさぐりながら、さらに下へと手を伸ばしてくる。

二度、三度と響いたインターホンの間隔が病的に短くなり、やがて連打に変わっていく。

その間に、今度は鉄製のドアを殴るような音まで聞こえてきた。

「——ッ」

　さすがに無視できなくなったらしい高階が、苛立たしげに僚平の上から退く。荷物扱いで転がして手首の戒めを確かめてから、「おとなしく待ってろ」と言い捨てて廊下へと出ていった。それを視界の端で見送りながら、僚平は必死に両の手首を動かす。

「——どうやってここに来た？」

　完全には閉じられなかったドアの向こうから聞こえてくる高階の声は、不機嫌に低く尖っている。あれが戻ってくるまでに、何としてでも逃げなければならない。焦りながら背中でぐいぐい引っ張っていると、聞き覚えのある高めの声がした。

「そんな言い方、しなくったっていいじゃない。あの男の子、もう帰してもいいんでしょ？」

「……つけてきたのか。どうやって集合玄関を入った？」

「そんなの簡単よお。ロック解除して入ってく人のあと、わたしも住人ですって顔でついてきたの。ねえ、すごいマンションなのね。中、見せてもらっていい？」

「あいにく俺は忙しいんだ。帰れ」

「やあよ。だってあたしの方が先約だったのよ？　いいじゃない、まだ終わってないんだったら用がすむまで寝室ででも待っっててあげるから。ねえ」

　手首の戒めは、予想以上に固かった。擦り切れでもしたのか、両の手首が触れ合うだけでヒリつくような痛みが走る。顔を歪めながら必死にもがいて、どのくらい経《た》った頃だろうか。脈打つように痛む右の手首を、ようやっとの思いで戒めから引き抜いた。

傷口が擦《こす》れる激痛に、食いしばった歯のあいだからかすかな声が漏れる。大きく息を吐いて見下ろすと、両手首のぐるりの皮膚はひどく擦り切れて血が滲んでいた。

手首に引っかかったネクタイを外す暇すら惜しんで、僚平はどうにか身を起こす。バックパックを手に腰を上げたのと同時に、リビングのドアが全開になった。

「――な、に？　何なのこれ、……」

唖然とした顔で立っていたのは、駅前で見た女性だった。背後に、高階の姿はない。

チャンスだ、と悟った。シャツの襟をかきあわせ、極力なんでもないフリでワンピースの横を擦り抜ける。目と口を開けたまま見ている女性を放置し、早足に玄関へと向かう。

「僚平ッ」

玄関ドアに手をかけた、その瞬間に叩きつけるような怒声がした。反射的に振り返ると、二メートル先のドアから高階が飛び出してくる。

「――ねえ、これどういうことっ？　何なのあの子、何で、あんな格好してるのよッ」

悲鳴にも似た、はじけた声が上がった。ぎょっとしたように振り返った高階が、リビングの入り口に立ってこちらを見ている女性に気づいて目を吊り上げる。

「勝手に上がり込むなと言ったろうがッ。どうしておまえがそこにいるんだッ」

「何よそれ。そんなこと言えた義理ッ？　男の子縛り上げて何やってたのよ、この変態ッ」

「な、ちが——馬鹿野郎ッ、誰が野郎なんか相手にするか、気色の悪いッ」

「だったら説明しなさいよッ。あの子のあの格好はなんなのッ？」

「あれは、——あれはただ」

賑《にぎ》やかに飛び交う怒号をＢＧＭに、僚平は急いで玄関の外に出た。「待て」とかかった声をドアが閉じる音で遮断し、廊下の先で静止していたエレベーターに駆け込む。

オートロックの集合玄関は、入る時とは違って出る者には何の制約もない。躊躇《ためら》いなく飛び出して、必死で走った。

どこに行こうという目的もなかった。ただ走って走って、人気《ひとけ》のない静かな場所でようやく足を止めた。

全身が震えて、立っていられなかった。崩れるように傍にあったベンチに座り込んでシャツの襟をかきあわせながら、それでも律義にバックパックを握り締めている自分に呆れる。

あのワンピースの女性と、高階の見栄に助けられたのだ。

助かったと本当に思った瞬間に、深海の底に引きずり込まれるような恐怖に襲われた。

両腕で自分を抱き締めながら、全身のそこかしこが鈍く痛むのを感じた。両の手首は出血と鬱血の痕で見るも無残な状態だし、蹴りつけられた箇所にも鈍い痛みが残っている。

——帰らなければ。

乾いたように思いながら、身体が鉛を詰め込んだように重く動けなかった。

「……っ」

喉の奥からこぼれたのは、数時間前に別れた後輩の名前だった。

無性に左右田に会いたかった。あの大柄な後輩に傍にいて欲しかった。それ以外には、何も考えられなかった。

電話をしようと、思った。

左右田の携帯ナンバーなら、手帳にメモしてあるはずだ。公衆電話を探して連絡して、すぐ来て欲しいと頼んでみよう。バイト中で通話が繋がらなければ、現場まで行ってもいい。そんなふうに気持ちは逸《はや》るのに身体は動いてくれなくて、だから夢かと思ったのだ。

「やっぱりせんぱいだ。ンなとこで何やってんすか、……？」

突然聞こえたその声に、信じられない思いで目を上げた。

左右田が、駆け寄ってくるところだった。安堵して力が抜けた僚平とは対照的に、泰然としていた顔が見る間に険しいものに変わっていく。

「な、……んなんですかそれ！　いったいどこで、何があって」

声も、出なかった。何を考えるより先に身体の方が動いて、気がつくと僚平は大柄な後輩に自分からしがみついていたのだった。

12

資材調達の都合で、その日の工事が延期になったのだと左右田は言った。

「だもんで、顔なじみの親方に飲みに誘われたんすよ。途中で抜けてきたんですけど、せんぱいは病室にいないし、看護師さんに訊いたら夕方帰ったきりだって言うし。マンションに電話しても留守録だったから、何かあったのかと思って」

どうにも気になったため、左右田は義姉と翔太の様子を見ながらたびたび病院の外に出て携帯電話の履歴をチェックしたり、マンションに連絡したりしていたのだそうだ。そうやって何度目かに入った病室の窓から、何気なく外へと目を向けた。

「したら、せんぱいがここに座ってるのが見えて」

異状を感じて、左右田はすぐさま病室を飛び出した。夜間通用口から外に出て、僚平がいたはずのベンチを探して歩いたのだという。

あの後、どこをどう走ってきたのか、僚平は覚えていない。最寄り駅は同じでも病院と高階の部屋では方角が違っていたはずで、ここまで辿《たど》りつけたことが奇跡のように思えた。

足許が覚束《おぼつか》ない僚平を、左右田は半ば抱えて駐車場に停めた自分の車まで連れて行ってくれた。僚平の傷ついた手首に応急処置の手拭を巻き付けて、バイト後の着替えに置いていたというシャツを貸してくれた。今は、不自然に前を見てハンドルに肘をついている。借りたシャツの襟を無意識にかき寄せながら、僚平は震える身体を持て余していた。

「い、いずみちゃん、は？　翔太は」

「お義姉さんは今のところ眠ってます。坊主も点滴が終わったし、熱が下がって落ち着いてます。今は眠ってますけど、一度目を覚ました時にオレの顔見て笑ってました」

「そ、か。……ごめん、ありがとう」

声の震えを、最小限に留《とど》めるのがやっとだった。それを聞くなり、左右田はうっそりと身を起こす。車のエンジンをかけて言う。

「病院も消灯ですし、帰ってシャワーでも浴びましょう。その怪我もきちんと手当しないと」

「……ヤだ」

瞬間、僚平の頭に浮かんだのは、最後に見た高階の顔だった。

高階は、いずみと翔太が病院にいると知っている。あるいはマンションで僚平の帰りを待ち構えているかもしれない。思いつくなり、僚平は左右田の肩を摑んでいた。

「ヤだ、ウチは――ウチだけは」

「じゃあオレんとこにしましょう。風呂ないっすけど、救急箱は常備してますから」

あっさり言ってのけて、肩を摑んだままの僚平の手を優しく叩いてくれた。

いつも通りの落ち着いた声音に、泣きたいほど安堵した。摑んだ袖を離せず握っていても、心得たように左右田は何も言わなかった。

二十一時を回っているせいか、車通りは少なかった。上向きになったヘッドライトに、見覚えのある家並みや景色が浮かび上がる。それを眺めて、今さらに気がついた。

僚平が座っていたベンチは、病院の敷地の端にあるちょっとした庭のようなスペースの、さらにすみに置いてあった。夜間に人が行き来する場所ではないせいか、明かりも申し訳程度に設置されているだけで、ベンチの辺りは薄暗かったはずだ。おまけに、翔太や義姉の病室からでは、辛うじて見えたとしてもかなりの遠目になる。

「おれがあそこにいたの、よくわかったな。七階からじゃ豆粒くらいだろうに」

「そりゃ。豆粒でもせんぱいだけは判別できるのが、オレの特技ですんで」

（あいつ、どんだけ混んでようがメゲずに人波かき分けて菅谷に忍び寄ってくるじゃん）

即答に、思い出したのはいつかの斉藤の言葉だ。確かにその通りだと認識して、泣きたいような笑いたいような気分になった。

左右田の部屋は、築年数四十年超えの古いアパートの二階になる。風呂トイレ台所とも共同という、今時滅多にないような物件だ。その階段を、半ば支えられるように上がった。

「そのへん座っててください。すぐ手当しますんで」

久しぶりに入った部屋は相変わらず殺風景で、目につくものと言えばひび割れた壁際に積み上げられた分厚い本の山と、部屋の真ん中にあるちゃぶ台くらいだ。

僚平を座らせてから、左右田が押し入れから救急箱を取ってくる。いったん外に出て洗面器に水を入れて戻ると、手首に巻き付いた手拭をそっと剝がしてくれた。幸いなことにすでに血は止まっていて、手拭に針で突いたような痕があるきりだ。

「たぶん、ちょっと染みます。我慢してくださいね」

こういうことに関して、この後輩は不思議なほど手際がいい。治療中の痛みはあったが長引くことはなく、数分後にはきっちりと包帯を巻き付けてくれていた。

痺れた右手首を左手で覆って顔を上げると、いきなりまともに左右田と目が合った。

ぶつかった視線を、外せなくなった。全身が固まったように、僚平は後輩を見上げる。

「他に、痛いところはないですか？　上、脱いでみてもらえますか」

「……いい。怪我はない、から」

穏やかに命じられて、僚平は我に返る。思わず、大きく首を振った。

……高階に、触られた痕が残っているかもしれないのだ。それを、左右田に見られたくはなかった。

「本当ですか。どこかにぶつけたりは？」

「ないよ。ありがとう、もう大丈夫」

「そうですか」と返した左右田が、救急箱を手に腰を上げる。押し入れに片づけて戻ると、もう一度、僚平の傍に腰を下ろす。右手首を握った僚平の左手に、そっと手を重ねて言う。

「じゃあ、訊きます。この手首、あの人の仕業ですよね？」

「……！」

直球の問いに、僚平は絶句した。

それで、左右田は事態を察したようだった。僚平のシャツの襟を摑んだかと思うと、手早くボタンを外し始める。ぎょっとして退いた手をもろに畳についてしまい、とたんに激痛が頭のてっぺんまで走った。声もなく、僚平はその場に転がってしまう。

僚平にのしかかる形で四つ這いになった後輩は、一拍躊躇《ちゅうちょ》を見せたものの手を止めることはしなかった。そのまま、優しい手つきで大きすぎるシャツの裾《すそ》をまくり上げる。

制止は一拍遅かった。肌を晒《さら》される気配に、僚平はきつく目を閉じる。

すぐ傍で、息を呑む気配がした。

「……何で、こんな――」

耳に入った声は低く、唸るような響きを含んでいる。その響きに追い詰められた気がして身を竦めていると、そっと頬を撫でられた。おそるおそる目を開くなり、痛いような顔つきで見下ろす左右田と目が合う。

後輩の瞳に、嫌悪の色はなかった。ただ、切りつけるような怒りだけを感じた。

知らず、短く息を吐いていた。緊張の抜けた身体を畳の上に伸ばして、僚平は言う。

「怒らせた。っていうか、おれが反抗したのが気に入らなかったんだろ」

「怒らせたって、……それよりせんぱい、どこであの人に会ったんです？」

「病院に行く途中に、駅前で見かけた。声かけたら、話があるって言われて」

眉根を寄せた後輩を見たままで、僚平は続ける。

「自分の都合ですぐに離婚はしないけど、いずみちゃんたちと暮らす気はないんだってさ。代わりにおれに一緒に住めとか言い出した。——腹が立ってその場で断って、二度といずみちゃんたちに近寄るなって怒鳴ったら、プライドに障ったらしくて」

「……——」

「あの人の頭ん中だと、おれはまだあの人のことが好きで仕方がないはずだったらしいな」

僚平を見下ろしたまま、左右田は無言だった。一文字に食いしばった後輩の口許を宥《なだ》めるように、僚平はそっと手を伸ばす。

「でもまあ、幸運だったたな。この程度の怪我で逃げて来れたんだし」

「逃げて、きたんすか……？」

「馬鹿たれ。見りゃわかるだろうが。だいたい本気で捕まってたら、今ごろここでこう暢気《のんき》にしていられるかよ。好き勝手されてるに決まってンだろうが」

言いながら、ぐにぐにと左右田の頬を摸ってやる。伸びかけの髭《ひげ》を、ピンポイントで引っ張ると、さすがに「痛いっすよ」と顔を歪めた。その反応に、僚平はまたしても安堵する。

「どこをどうやって病院まで行ったか、正直言ってよく覚えてねえんだけど……でも、おまえが見つけてくれたから。安心、した」

「——せんぱい？」

窺《うかが》うように見下ろしていた顔が、ふっと近くなる。摘んでいた髭を離した手でその頬を覆って、僚平は声を絞った。

「おまえがいるのに、あいつに何かされるのは——触られるのは、どうしても厭《いや》だったんだよ。だから、——ん」

続くはずの言葉は、不意打ちで呼吸を塞いだキスに飲み込まれた。見開いたままの視界の中、ピントが合わない距離にいた左右田ともろに目が合う。

痛む腕を伸ばして、剛《かた》い髪に指を絡めて握り込む。押し付け合うだけのキスの、先を唆《そそのか》すように舌先を伸ばして後輩の唇の合間をちらりと舐《な》めた。直後、間近にあった左右田の目が色を変えたかと思うと、顎を摑まれ唇を開かされた。

「……、——」

歯列を割った体温に、上顎を辿るように撫でられる。喉の奥からこぼれた声まで掬《すく》うように頬の内側を抉られる。じきに舌を搦め捕られ、やんわりと歯を立てられた。

高階とは明らかに違う匂いと体温に、勝手に身体から力が抜ける。顎を摑んだ指に喉を擽《くすぐ》られて、それだけでぞくりと背すじがうねった。その感覚が指先にまで溢れるような気がして、僚平は左右田の髪に繰り返し指を絡めている。

息苦しさに音を上げるより一呼吸早く、左右田の唇が移る。鼻先から目尻を啄《ついば》み、最後にもう一度唇を齧《かじ》って離れていく。浅い息を吐きながら見上げていると、左右田の頭を抱いていた腕をそっとほどかれた。頰を撫でられ、取られた右手首の包帯にキスされる。

とても大事なものを、確かめているような仕草だ。そう思うだけで、肌の表面がさらに温度を上げていく気がした。

「何……？」

「傷。痛みませんか？」

躊躇いがちに告げられた言葉は思い切り場違いで、僚平は思わず目を瞠る。

「脇腹とか、肩もですけど。ひどい痣《あざ》になってるし、ずいぶん痛そうに見えます。けど、オレもその、手加減できる状況じゃないっていうか。しばらくせんぱいに触れなかったんで」

「――……」

すぐには、返事ができなかった。浅い息を吐きながら、僚平は間近の後輩を見つめている。

いつも、そうなのだ。好き勝手にしているようで、左右田は驚くほどきちんと僚平の反応を見ている。本当の意味で、無理強いや無茶をされたことはほとんどない。

急に、泣きたいような気持ちになった。

「おまえ、馬鹿？　ンなの、痛いに決まってんだろうが」

わざと軽く言いながら、もう一度左右田の首に両手を回した。強引に引き寄せて、僚平の方から唇を合わせる。押し当てたままで動こうとしない唇を割って舌先を差し入れ、深いキスを仕掛けた。遠慮がちにしていた後輩の舌先に、思い切り歯を立ててやる。

「——、ちょ、せんぱ……」

「何。何か不満でもあんのかよ」

「いやあの、ないっていうか。オレは非常に嬉しいんですが、その」

「だったらいいだろ。少し黙ってろ」

吐息が触れる距離で脅しつけて、今度は左右田の唇を舐めてやる。上下のラインをなぞるように辿ってから、今度は顎先に噛みついてやった。同時に首から背中にしがみつく位置を変え、引きつけるようにして腰を押しつけてみる。

自己申告通り、後輩の下肢はゆるりと熱をもたげていた。それでも躊躇うふうに動かないのに焦《じ》れて、僚平はすり付けるように腰を押し当ててやる。

「え、あのっ、せんぱ、……」

「うるさい。あんまり騒ぐとてめえ、捨てるぞ！」

今すぐに、左右田を感じたかったのだ。高階の痕跡《こんせき》など、きれいに消してしまいたかった。

これ以上うだうだ言うなら本当に捨ててやるとばかりに睨みつけると、後輩は困ったように眉を下げた。小さく息を吐いたかと思うと、改めて僚平の顎を摑む。最初は触れ合うだけだったキスはじきに吐息を共有するものに代わり、やがて顎から喉へ、耳朶《じだ》へと移った。

しんとした部屋の中で、湿ったような水っぽい音がする。それをやけに大きく感じながら、僚平は左右田の背に回した指に力を込めた。

シャツの前を、開く気配がする。喉から鎖骨の辺りをしつこく辿っていたキスが、そろりと胸許の肌に落ちた。そこだけ色を変えた箇所を啄んで、やんわりと歯を立ててくる。

左右田が触れていった箇所で起こった熱が、波紋のように肌の表面に広がっていく。そこかしこで疼《うず》くようなカタマリとなって、ゆっくりと流れを作り始める。

先に焦れたのは、僚平の方だった。背中に回していた手で、胸許に顔を伏せたままの左右田の髪を無理矢理に引っ張る。「いて」と声を上げた男の頬をぐいと伸ばしてやった。

「手加減すんな。真面目にやれ」

夢中になっているフリをして、この男は両手と膝を不自然に立てたまま、僚平に体重をかけてこないのだ。隙間を埋めたくて何度も引っ張っているのに、しぶとく抵抗を続けている。

「真面目ったってせんぱい、さっき痛いって――」

「そこまで我慢してやる気はない。限界寸前に殴るなり蹴るなりして教えてやる」

鼻先が触れる距離にいた後輩が、僚平の返事に虚を衝かれたように黙る。ややあって、くしゃりと笑った。そのまま顔を寄せてきたかと思うと、今度こそ容赦のないキスをされる。

いつの間に布団に移されたのかも、覚えていない。そもそも押し入れに収まっていたものを、いつ出したのかすら記憶にない——ただ、繰り返し傷を気遣う後輩の丁寧すぎる動きがもの足りず、二度三度と文句をつけたのを覚えている。そのたび、左右田はけろりと笑った。

「ご心配なく。埋め合わせはいずれしてもらいますんで」

何だそれ、と言い返す声は、うねり広がる悦楽に飲み込まれた。時折思い出したように走る痛みに思わず眉を顰めるたび、宥めるようなキスが落ちてくる。

高くなってゆく熱に浮かされながら、ふいに——本当に突然に、高階の言葉を思い出した。

(あの男。俺の身代わりなんだろ?)

そうじゃないと、僚平は胸の奥で高階に言い返す。

左右田は左右田だ。最初から高階とはまったく別の位置にいて、そこから不器用に僚平を思いやってくれていた。

ただ、僚平が終わってしまった過去を引きずっていただけだ。凍らせたままの「レンアイ」の断ち切られた思いに気を取られて、自分の今の気持ちを蔑《ないがし》ろにしていた。

その結果、左右田は高階とは違うのだという——だから必要以上に身構えることはないのだという、ごく当然の答えになかなか辿りつけずにいたのだ。

せんぱい、と呼ぶ声に僚平は目を開く。慎重に身を進めてくる後輩の心配そうな顔つきに、勝手に頬が緩むのがわかった。

「え、あの、せんぱいっ?」

いきなり笑ったのがおかしかったのか、左右田が狼狽えたような声を上げる。その両方の頬を両手で掴んで引き下ろすと、唇に齧りつくようなキスをした。剛い髪ごと左右田の頭を抱き込んで、短く先を促してみる。大丈夫ですかと問う声に答える代わりに目についた耳朶に食いついて、舌先を耳の奥に押し込んでやった。

「あのですね……そういうことをされると、ブレーキがぶっ壊れてしまうんですが……っ」

「いいよ、別に。ぶっ壊せば——」

返答は、いきなり激しくなった動きのせいで半端に途切れた。淩《さら》うように重なってきたキスに唇の奥を明け渡しながら、僚平は今自分に触れている体温を身体で感じていた。


翌朝、病院に行く前にと僚平はいったん自宅マンションに戻った。

マンションは、無人だった。昨夜どうだったかは別として、今は高階の姿はない。

安堵し、シャワーと着替えをすませた僚平がリビングに戻ると、左右田が珍しく青い顔で携帯電話にかじりついていた。

謝罪の言葉と同時にむやみに頭を下げているのを怪訝な思いで眺めて、僚平はひとまず朝食を用意することにした。

手の込んだものを作る気力はなかったから、トーストにインスタントスープとコーヒーの組み合わせだ。二人分がテーブルに並んだところで、ようやく左右田の謝罪電話が終わる。げんなりした顔で、テーブルについた。

「何。おまえ、何かやったのかよ」

濃いめに淹《い》れたコーヒーを飲みながら訊いてみると、左右田は情けなさそうな顔になった。

「いや、実はオレ、昨夜はせんぱいに頼みがあって病院に行ったんすよね」

「頼み？　って、何だそれ」

何でも、バイト先の親方つまり工事現場の監督が、どうしても僚平に会いたいとゴネているのだそうだ。これまでは理由をつけてごまかしていたが、昨夜は見事な酔っ払いと化した親方に押しまくられて「本人に訊いてみます」と言ってしまった。飲みを抜けて病院に行っても僚平が捕まらず、その時点で親方に「捕まらないので今日は無理です」と連絡した。すると、「朝まで待ってるから捕まったら連絡してこい」と言われたのだそうだ。

「朝、起きたらすぐ電話しようと思ってて、すかっと忘れてました。明け方の着信が凄《すご》かったんで、連絡したんすけど……それならせんぱいの都合で日を決めろと言われまして」

「何だそれ。何でその親方がおれに会いたがるんだよ」

左右田から話は聞いているが、一度も面識がない相手だ。わざわざ会いたいと思う理由もない。それは先方も同じはずなのだが。

とたんに、左右田はばつの悪そうな顔になった。

「いやその、こないだ一緒に食堂に行きましたよね？　あそこに仕事仲間のおっちゃんがいたもんで、せんぱいの面が割れちまって。……すんません、バレました」

「バレたって何が」

「その、せんぱいのこと。オレが惚《ほ》れてる人だって、ついノロケちまったもんで、そんなら是非とも会わせろって」

思わぬ話に、きょとんと目を瞠った。トーストの最後の一口を咀嚼《そしゃく》しながら、僚平はまじまじと後輩を眺めてみる。

「おまえ、正気かよ。おれ男だぞ？　そういうこと、わざわざ他人に言うか？」

「えーと……前に言いましたけど、オレはバレてもかまわないんすよ？　そりゃ相手は選びますけど、あの親方は基本ざっくばらんなヒトだし、せんぱいに会いたいってのもトメさんがすげえ美人だとか余計なこと言ったせいみたいで」

焦点の合わない言い訳を聞きながら、今度こそ目眩がした。同時に、この男を相手にあんなにも意固地に「コイビト」という呼び名を拒んでいた自分につくづく呆れ返る。

「……親方さんの方にも、仕事の都合があるだろ。いつがいいか、わかったら早めに言え。時間が空けばつきあってやる」

「え。本当っすかっ？」

「たぶんな」

喜色満面になった後輩に、わざと素っ気なく返してやる。とたんに上がったわあいという歓声に、つい苦笑が漏れた。

「んじゃ、そろそろお義姉さんたちの様子を見に行きましょうか。せんぱい、確か今日は一限めナシでしたよね」

「おれはいいけど、おまえは講義あるだろ。急がないと間に合わないぞ」

「あ、オレは本日、自主休講ですんで。運転手やります」

「馬鹿やろ。学生の本分は勉強だって」

「それよりオレ、今日はせんぱいといたいですー。ってえことで」

にっこり笑顔で言うなり、僚平の肩に腕を回してくる。それでも極力傷に当たらないよう気を遣っているのがわかった。

むやみに嬉しそうな後輩を、わざと上目に睨んでやった。

「言っとくが、昨夜は特別だ。怪我が治るまで、当分はしないからな。まめに相手してると治るモノも治らなくなる」

「えー。あー。はい、わかってます。反省します！」

神妙な顔の後輩をひと睨みして、僚平は食器を下げにかかった。テーブルの片づけを左右田に頼んでキッチンで洗い物を始めた時、居間で電話が鳴った。

慣れたもので、左右田がすぐに電話を取る。間を置かず、子機を手にキッチンを覗いてきた。奇妙な顔つきに予感を覚えて、僚平は渋々子機を受け取る。

『僚平か。おまえ、あれからどこで誰と何をやってたんだ』

「……そんなもん、あんたには関係ないだろ」

高階の詰問口調を聞くなり、昨夜の憤りが蘇った。切り返す声音は我ながらやけに冷ややかで、そのせいか通話の向こうがいきなり沈黙する。

『いずみにバラされてもいいのか』

唐突な台詞の意味がわからず、眉を顰めていた。その耳に、低く下卑た声音が続けて届く。

『三年前、俺とおまえが本当はどういう関係だったか。以来、あいつの知らないところで続いていたと付け加えてやったら、あいつはどう思うだろうな？』

「……！」

予想外の言葉に、全身が跳ねた。顔色が変わるのが、自分でもわかる。

「な、んで、……あんた、何言っ……いずみちゃんは、関係な」

『大いにあるだろう。俺の女房でおまえの義姉だ。知る権利ってものがあるさ』

「――――」

絶句したまま、僚平は病院にいるはずのいずみの寝顔を思い出す。

義姉は、間違いなく精神的にギリギリの場所にいるのだ。そんな時に余計な過去まで教えてしまったら、今度こそ壊れてしまうかもしれない……。

「それで？　おれにどうしろって」

『今夜。夕方六時までに、あのマンションに来い。来なかったら、いずみに全部バラすぞ』

言うなり、通話はぶつりと途切れた。

全身が、凍りついたような気がした。

僚平の手から子器を取り上げた左右田が、音を立てて元の場所に戻す。何か言いたげに僚平を見下ろしたその時に、計っていたようにもう一度、電話のベルが鳴った。

今度はどちらも動かなかった。二度三度と続いた呼び出し音が、やがて目の前で留守録に切り替わる。

『総合病院の看護師で、前田《まえだ》と申します。高階いずみさんはいらっしゃいますか』

反応したのは、左右田の方が先だった。子器を取り上げ、二言三言、言葉を交わす。それを聞きながら、僚平は固唾《かたず》を呑んで見守っている。

「せんぱい」と振り返った後輩の、いつになく切迫した顔付きに大きく心臓が跳ねた。

「坊主とお義姉さんが病院からいなくなったそうです。たぶん、お義姉さんが坊主を連れ出したんじゃないかって」

「連れ……って、でも今日退院じゃあ」

「それが、手続きも挨拶もしていないみたいです。荷物も全部そのままになってるのと、お義姉さんの様子がどうも尋常じゃなかったようで」

瞬間、昨夜目にしたいずみが——操り人形のように虚《うつ》ろだった表情が、脳裏に蘇った。

13

どうして、傍についていてあげられなかったのか。

総合病院病室に辿りついても、その問いが頭から離れなかった。

看護師の話では、義姉は今朝出された食事にほとんど手をつけなかったのだそうだ。目を覚ましてすぐに翔太の傍についていて、片時も離れなかったらしい。

「回診前に旦那さんがいらっしゃったので、お義姉さんと息子さんの状態を説明させていただきました。他は、これといって変わったことはなかったんですけど」

「義兄《あに》と義姉が、何を話していたかわかりませんか」

「そこまでは……息子さんの回診中は、病室の外に出ておいでてでしたし。ただ、帰って来られた時はお義姉さんおひとりで、ひどく顔色が悪かったので声はおかけしたんですけど」

高階が翔太の顔も見ずに帰っていったため、看護師も気にはなっていたらしい。とはいえ、大丈夫ですすと返した義姉は落ち着いた様子だったから、特には追及しなかった。三十分後に声をかけた時にはもう、翔太もいずみも姿がなかったという。

説明に、頭を殴りつけられた気がした。

「手透きのスタッフが捜しに出ていますが、どうやら院内にはいらっしゃらないようです。警察に連絡というのも大仰ですし、ご実家とか、何か心当たりは」

看護師の問いに、僚平は今さらに自分が義姉のことを何も知らないのだと思い知る。

事故後に石原を離れて以来、いずみとは年賀状だけのつきあいに等しかったのだ。もちろん、引っ越し後の石原の家がどこにあるかも、僚平は知らずにいる。

バックパックの中に、昨夜押し込んできたいずみのハンドバッグがある。やってはいけないと承知で中身を確かめてみたが、手帳も携帯電話も入っていなかった。

「せんぱいは、心当たりはないですか。お義姉さんが行きそうなところとか」

「あったらとうにそっちに向かってるよッ……おれ、――おれが」

思わず、目の前の後輩に摑みかかっていた。とたん、耳障りな声がする。

「仲のいいことだな」

振り返ると、スーツの上着を肩にかけた格好の高階が、憮然《ぶぜん》とした顔付きで立っていた。

目にした瞬間、僚平は義姉の夫を怒鳴りつけていた。

「あんた、いずみちゃんに何言った⁉　余計なこと喋《しゃべ》ったんじゃないだろうな⁉」

「事実をありのまま話しただけだ。責められるスジアイはない」

「事実ってッ」

「翔太が俺の子じゃないって話と、能代と寝てやがったことの事実確認だよ。ついでに、今後は別居だと言い渡した。三年後に離婚してやるから、それまでは貞淑にしてろとな」

「――！」

「我ながら、寛大な処置だと思うぞ。実際、可愛げなく泣きもしなかったしな」

無造作な言い方に、目の前が白く染まった気がした。

(慶祐さんには言わないで)

(慶祐さんに軽蔑されたら、わたしもう生きていけない)

思い出したのは義姉の言葉だ。泣きながら、必死に懇願していた。

それが泣きもしないというのなら、衝撃が大きすぎたか、あるいは精神的な限界を越えてしまったのではないか？

「なん、で、……そんな、こと」

直感で悟った。おそらく目の前の男は、僚平に対する意趣返しを義姉に向けたのだ。

「で？　人騒がせなあの女はどこに行ったんだ」

「院内にはいないそうですよ。それよりあんた、何でここに来たんですか」

切りつけるような声音で言い返した左右田が、僚平を庇《かば》うように斜め前に立つ。

一瞬、怯《ひる》んだ様子を見せたあと、高階は肩を竦めた。

「社に連絡が来た。女房とガキが行方不明だってのに、俺がいつも通りに仕事するわけにはいかないだろうが」

「なるほど。世間体ですか」

けろりと返した声音には、鋭い棘が含まれている。気に障ったのか、じろりと睨む高階を無視して、僚平の手を包帯ごとそっと握った。

「捜しに行きましょう。バッグがここにあるんですから、そう遠くには行けないはずです」

「あ——ああ。うん、そう」

いずみは、財布も持っていないのだ。頷いた僚平を落ち着かせるように、左右田は言う。

「お義姉さんも坊主も、ほとんど出歩いてないですよね？　だったら行動範囲は狭いはずです。どこか心当たりはありませんか。気に入りの場所とか景色とか、好きなものとか」

「近くにある公園には、時々翔太を連れて行ってたはず……あと、屋上——」

ぽとりとこぼれた言葉に、自分でもぎくりとした。

翔太は、左右田の肩車が大好きだった。マンションの屋上に連れて行ったら、見るからにはしゃいでいた。まだいずみと高階の関係がそこまでこじれていなかった頃、三人で上がった屋上で、義姉は「ここは広くて、人が少なくていいわね」と笑っていた——。

「翔——翔太が高いところ好きで、だからうちのマンションの屋上……ッ」

聞くなり、左右田が大きく表情を変える。すぐさま僚平の肘を摑んで引き起こした。

「行きましょう。急いだ方がいい」

「待てよ。ついでに乗せてけ。ひとりで残れるかよ、みっともない」

当然のように割って入った声に、危うく怒鳴り返しそうになった。そんな僚平を制して、左右田が淡々と言う。

「わかりました。ただし、邪魔はしないでください」

僚平がぎょっとするほど、ひやりと冷えた口調だった。もっとも高階は何を感じた様子もなく、当然のように後についてくる。

真冬でもないのに、全身の震えが止まらなかった。助手席のシートベルトが嵌まらず悪戦苦闘している間に、四輪駆動車は病院を出てマンションへと向かう。信号で停まった合間に、左右田がシートベルトを嵌めてくれた。

「落ち着いてください。大丈夫っすから」

「でも」と反論しかけてやめたのは、大きな手がぽんと肩に触れたせいだった。

「オレね。お義姉さんはせんぱいに会いに帰ったんだと思うんすよ」

「え……」

「昨夜、お義姉さんと少しだけ話したんですけど。何度も、せんぱいがいてくれてよかったって言ってましたから」

目を瞠ったまま、それでもどうにか頷いた。そうであってほしいと、祈るように願う。

念のため、通りすがった公園を確かめたものの、義姉と翔太の姿はなかった。

マンションの駐車場に辿りつくのももどかしく、助手席から飛び降りる。よく晴れた空の下、見上げた屋上の高さは十五階に当たる。人影らしいものは見えない。

そのままエントランスに飛び込み、エレベーターのボタンを押す。八階のランプが灯ったまま、なかなか降りてこないのに焦れて繰り返し叩きつけるうち、左右田が追いついてきた。車に残ったのか、高階の姿は見えない。

「——っ」

待ちきれず、今度は階段に取り付いた。二階、三階と駆け上がった辺りで息が切れてくる。手摺《てす》りを握る手首と身体のそこかしこが、痛みと熱をもって脈打つのがわかる。

考えてみれば、昨夜からほとんど眠らず無茶ばかりしているのだ。重くなった足を必死に持ち上げていると、壁の「五階」表示が目に入った。直後、ぐらりと足許が崩れかける。

「せんぱい！」

「あ、悪い。ごめ——」

間一髪で、背後から左右田が支えてくれる。それを見上げて礼を言い、今度は半ば抱えられるようにして上がってゆく。

週日の午前中だけあって、屋上に人影はほとんどなかった。肩で息をつきながらコンクリートの床を踏み、祈るような思いで周囲を見回す。

「……ずみ、ちゃ……」

予想は当たった。抜けるような青空をバックに、翔太を抱いた義姉が髪を風になぶられながら、ぼんやりと立っていた。

——屋上の、柵《さく》の外側に。

全身が、凍ったかと思った。息を詰めた瞬間に腕を引かれて、僚平はぎょっと振り返る。

背後にいた左右田に、低い声で囁かれた。

「行って、声をかけてみてください。できるだけ穏便に、刺激しないように」

黙って頷いた。

同時に動いた左右田が、義姉たちからは遠い位置の柵に駆け寄る。音もたてず乗りこえる動作が、大型の肉食獣を連想させた。そのまま身を低くして、そろりと近づいてゆく。

わざと足音をたてて、僚平は歩き出す。柵まであと二メートルに近づいた時に、気づいたらしい義姉が振り返った。揺れた髪がかかる細い肩に凭《もた》れた翔太は眠り込んでいるのか意識がないのか、目を閉じたままぴくりともしない。

「りょう、ちゃん?……」

「うん。いずみちゃん、そんなところで何やってるの?」

何度か瞬《まばた》いた姉の瞳が、僚平を認めたのがわかる。それへ、いつも通りに笑ってみせた。

「かぜにあたってるの。しょうた、ここがだいすきだから、……よくはれてるから、けしきをみせてあげようとおもって」

笑って言う声音に、いつもとは違う、宙に浮いたような響きを感じた。

「ここ、眺めがいいからね。でもいずみちゃん、翔太はまだ寝てるみたいだよ。重いだろうし、おれが代わろうか」

何げない仕草で僚平が両手を差し出すと、いずみがぴくりと顔付きを変えた。

「けが、してるの？」

「ああ、うん。でも翔太くらいなら大丈夫、抱いてられるよ」

柵の外の左右田から義姉までの距離は、残り三メートル少しだ。それに気づいた様子もなく、いずみは心配げに僚平と、その手首の包帯を見比べた。

「むりしたらだめよ。それにわたし、なおさなきゃならないから。このこのことも」

言って、いずみは腕の中の翔太を抱え直す。気がついたように、僚平を見つめた。

「やっとわかったの。まちがってるものはもう、なおすしかないのよ」

「でも、そこは危ないよ？　とりあえずこっちに戻ってからにしようよ」

僚平の声は、届く前に消えてしまったようだった。壊れた機械のように平坦に、義姉は続ける。

「ずっとあのままでいたかったけど、そんなのむりだったのよ。だって、まちがってたんだもの。まちがいはどうしたってきえないんだもの」

ひとつ息を吐いて、痛いような笑みを浮かべた。

「さいしょから、まちがってたのよ。わたし、わかってたのに――しってたのに、りょうちゃんのきもちもなんにもかんがえなくて、じぶんのことでせいいっぱいで」

「いずみちゃん、でも」

「……わかってるんなら、これ以上の面倒はかけるなよ」

ふいに背後から聞こえた声にギクリと振り返ると、ようやく上がってきたらしい高階が、肩に上着をぶら下げて不機嫌な顔付きで立っていた。

「とっととこっちに戻れよ。こんなところで勝手に死なれちゃ、こっちが迷惑なんだよッ」

容赦のない物言いに、いずみの肩がびくんと揺れる。色を失っていた瞳に、怯《おび》えの気配がさす。それを目にするなり、僚平は反射的に言い返していた。

「何しに来たッ。出てけよッ」

「てめえの女房を連れに来て、何が悪い。──おい。いつまで突っ立ってんだ、とっとと戻れッ。どれだけ人に面倒かければ気がすむんだおまえは」

「慶祐、さ……」

「今、自殺なんかされた日には、俺の立場がないんだよッ。どうしても死にたいならあと三年待て。離婚《わか》れてからなら、どこでどう死のうが俺の知ったことじゃない」

「……っ、いい、加減にしろッ」

怯えたように全身を竦ませる義姉を、それ以上見ていられなかった。

近づくなり渾身《こんしん》の力で、かつての恋人を殴りつけていた。直後、そのまま手首を取られ、容赦のない力で包帯ごときつく握られる。

「逆らうなとあれほど言ったろうが。もう忘れやがったのか」

顔を近づけられ、恫喝《どうかつ》めいた口調で言われる。激痛に、目の前が赤く染まった。抵抗したはずの左手首までも掴まれ、ギリギリと握られて、食いしばった歯が音をたてる。

「あァ？　今朝も言ったろうが。あまり好き勝手しやがると全部バラすぞ？」

脅しかける声音が耳許で響く。それにかぶさって、「やめて」という悲鳴が聞こえた。

先ほどまでとは違い、明らかな色を取り戻した声音だった。どうにか開いた目に、柵にしがみついて叫ぶいずみが見える。血相を変えた左右田が柵を越え、駆け寄ってくる。

「やめて、僚ちゃんに触らないで。ひどいことしないでッ」

義姉の悲鳴を聞いたのが最後だった。

ふいに、掴まれていた手首が解放された。支えをなくし、そのままコンクリートの床に崩れ落ちてゆく。これは痛いなと他人事《ひとごと》のように思いながら、僚平は意識を手放した。

14

僚平が気がついた時、目の前にあったのは泣き腫《は》らした義姉の顔だった。

「いずみちゃん？……」

一瞬、記憶が混乱した。ぽかんと見上げる僚平の額を冷たい手のひらでそっと撫でて、いずみはぽとんと「ごめんね」と言った。

「僚ちゃんを、巻き込むつもりはなかったの。わたし、わたしが」

何か言う前に、僚平は手を伸ばしていた。まだ痛みと痺れが残る手で、額に触れたままの義姉の細い指を握る。確かな温かい感触に安堵して、ため息がこぼれた。

「落ち着い、た？　いずみちゃん、もう大丈夫？」

頷く義姉の顔はひどくやつれていたが、見返す瞳には確かな光が宿っている。

「ごめんね。ごめん、なさ——」

「もういいよ。でも、二度めはナシだよ？」

どうにか笑って見せて、僚平はそろりと身を起こす。とたんに走った痛みに自分の手に目をやって、両手首の包帯が新しいものに変わっていることに気がついた。

どうやら、左右田が手当をし直してくれたらしい。ほっと息を吐いて、その後で自分がいる場所が左右田の車の助手席だと知った。限界まで倒したシートに横になっていたのを、後部座席に座った義姉が見ていたらしい。

窓の外には、白く四角い建物が複数立ち並んでいる。

例の、総合病院だった。その駐車場に停めた車中に、僚平といずみはいるのだ。

「……翔太は？　大丈夫だった？」

「診ていただいて、今は点滴してもらってるの。動かしたせいかまた熱が出てたから、お医者さまと看護師さんに叱《しか》られちゃって」

「いずみちゃん、翔太についてなくていいの？」

「今は左右田くんがついてくれてるから。熱も下がりかけて落ち着いてるし、何かあったら携帯に連絡するって。できれば、わたしには僚ちゃんの傍にいてほしいって……僚ちゃんが一番気にしてるのは、わたしのことだからって」

「そっか。そうなんだ」

そこまで見透かされているのかと、つい苦笑した。義姉の顔がよく見えるようシートの上で座り直して、僚平はそろりと言う。

「お義兄さんは？　どこに行った？」

「たぶん会社じゃないかしら。あの後、すぐにいなくなったから」

義姉の返答に今まではなかった色を感じて、僚平は瞬く。

「いずみちゃん。お義兄さんとのことだけど」

「僚ちゃん。リビングのテーブルの上に置いてあった紙、どこにあるか知ってる？」

間髪を容れずの問いに頷いた。後部座席にバックパックを見つけて、僚平は言う。

「そのリュックのポケットに入れてあるよ。いずみちゃんのハンドバッグも、中に入ってる。ごめん、勝手に持ち出したし、中も見せてもらった」

「いいのよ。ありがとう」

少し笑って、いずみはバックパックのポケットから薄い紙を取り出した。広げて眺めてから、自分のハンドバッグに収める。それを見届けて、僚平は助手席のドアに手をかけた。

「翔太んとこ、行こうよ。もしかして、目を覚ましていずみちゃんを待ってるかも」

「そうね」

いつもと同じ柔らかい口調で言う義姉と連れ立って、僚平は車を降りた。

いつの間にか、太陽は真上から少しだけ西に傾いていた。腕時計は三コマめの講義の開始時刻を二十分ほど回っていて、二度目の自主休講かと少しばかり落胆する。

退院手続きをしていなかったことが幸いしたとかで、翔太は昨夜と同じ病室にいた。まだ点滴中らしく、ビニールパックに中身が残っている。ぐずる様子もなく、あどけない顔で寝入っていた。その枕許に、パイプ椅子からはみ出す大柄な背中が座っていた。

振り返った後輩が、僚平を見るなりほっとしたように頬を緩ませる。ほんのかすかなその変化に気づく自分に驚いて、同時にひどく安心した。

「ごめんなさい、翔太はどんな様子でした？」

「すこーしぐずってましたけど、さっきからずっと眠ってます。点滴も、あと三十分ほどで終わるそうです」

「ありがとう。じゃあ、僚ちゃんと左右田くんは先にお昼に行ってきて？　別館の二階の食堂が美味しいって聞いたから、そこはどうかしら」

え、と思わず後輩と顔を見合わせていた。

「でも、いずみちゃんは？」

「わたしはあとでいいわ。夕方には退院できるんだから、気にしないで」

ね、と言われ強く促されて、僚平は左右田と肩を並べて病室を出た。

何となく、どちらも黙って歩いた。いずみが言った通り、別館の二階にある食堂へ向かう。

昼時から少し外れたせいか人影はほとんどなく、待つほどもなく定食が出てきた。

向かい合わせの席で、会話も少なく食事を終えた。左右田の提案で、売店で弁当を買って病室のいずみに届けることにする。その後は、左右田に引っ張られるままに屋上へ向かった。

「手首。平気すか」

端のフェンスに凭れるなりの左右田の言葉がそれで、やけに慎重な様子に借りてきた猫ならぬ借りてきた「熊」を連想した。つい笑いをこぼしながら、僚平は言う。

「痛いよ。けど、いずみちゃんも翔太も無事だったからチャラだな」

「すんません。オレ、役に立たなくて」

「どこがだよ。おまえがいなかったら、かなりヤバかっただろ。おかげでおれも安心してあの人のことぶん殴れたし。それでいずみちゃんが戻ってくれたんだから万々歳だ。――で？具体的に、何がどうなったんだよ」

「あー……それがですねえ……」

渋面のままの左右田の説明によると、高階は気を失った僚平をその場に放置して逃げるように去ったのだそうだ。いずみの方は自分から柵を乗り越えて、僚平に駆け寄っていった。

「お義姉さん、すごい大泣きしてました。半分はオレの責任っすけど」

「って、おまえ何かしたの」

「せんぱいの手首の怪我の理由、問い詰められたんすよ。で、あの旦那の仕業だってだけ言ったら、何だか自分のせいだと思ったみたいです。そんで、泣くだけ泣いてから思いっきり腹が立ったみたいで。その、旦那にってよりは自分に、って感じでしたけど」

言いかけて、左右田はふと黙る。苦笑まじりに僚平を見た。

「前言撤回します。オレ、お義姉さんに迫力負けしました」

「だろ。……でもおまえ、全然役立たずじゃねえよ。あの人が逃げたの、間違いなくおまえがいたからだろうし」

へ、と怪訝な顔になった左右田の鼻をいつものように摸って、僚平は手首の痛みに自分の方が顔を顰める羽目になった。

「おまえと喧嘩する度胸も覚悟もないってことだろ。どう見てもガタイで負けてるしな」

「何すかそれ」

「いずみちゃんや翔太相手なら、間違いなく勝てるじゃん。おれのことも、簡単に言いなりになると思ってるから突っかかってくるんだよ。負けそうな勝負からは、とっとと逃げるが勝ちってことだな」

「何すか、それ。とってもムカつくんですが」

唸るように言って、左右田はぎりと金網を握りしめる。滅多にないほど凶悪な面相になった後輩の顎を摑んで、力任せに引っ張った。怪訝そうに見下ろしてくるのに顔を寄せて、唇を齧るようなキスをする。

「せ、せせせせせんぱいっ？」

茹《ゆ》だったように真っ赤になった後輩の頬をぺしぺしと叩いて、僚平はにっこりと笑う。

「礼だよ」

「礼ってあの、ここは病院の屋上でつまりは天下の公道でー」

「公道は道。それで言うなら公共の場所だ。やっぱりおまえ、もう少し勉強しろ」

言い捨てて、僚平は背を向ける。階段の入り口に辿りついたところで、後ろから足音が追いついてきた。

「せんぱい、待ってくださいってー」

声とともに抱きついてくる重みを受け止めながら、それをとても大切なものだと自覚した。

(夕方六時までに、あのマンションに来い。来なかったら、いずみに全部バラすぞ)

電話での、高階の言葉を思い出す。

おそらく、高階は本気だ。従わなければ、三年前の経緯を——表向き「いい義弟《おとうと》」の顔をしていた僚平が隠してきたことを、洗いざらい義姉にぶちまけてしまうに違いない。

よりにもよってそれが「今」になるのだけは避けたいのだ。いずれ知られてしまうのは仕方ないとしても、せめていずみが精神的に落ち着いた後にしたかった。そう頼んだところで高階に聞く耳があるとは思えず、——だからといって背中のこの重みを裏切ることだけはしたくない。選びようのない二者択一に、どうしようもなく腹の底が冷えてゆく。

腕時計は午後五時半を回ろうとしている。今の僚平には、迷う猶予も残されていない。

左右田に気づかれないよういつもの顔を装いながら、僚平は病棟へと引き返す。

「おや。何か賑やかっすねえ」

「うん……？」

翔太の病室は、ナースステーションから離れた廊下の奥にある。その前に、スーツを着た男女が複数溜まって何やら話し込んでいた。

そのうちのひとりに見覚えがある。誰だったかと記憶を探って、高階の会社の社員だと気がついた。漏れ聞こえる会話からすると、翔太の入院は社内で知られているらしい。都合のつく部下たちが、揃《そろ》って見舞いにやってきたということのようだった。

高階はドアを全開にした病室の、翔太の枕許に陣取っていた。眠っている翔太を心配顔で眺めて、「大事な長男」だの「俺がついてないと泣く」だのと、出鱈目《でたらめ》な、いかにも親らしい台詞を垂れ流している。

「僚ちゃん？　ごめんね、今ちょっと賑やかになってて」

「いずみちゃん」

声に振り返ると、急いで買ってきたらしい缶ジュースを両腕いっぱいに抱えた義姉が立っていた。落ち着いた笑顔で僚平を見上げて言う。

「先生の回診は終わったから。看護師さんには、お客さんがお帰りになったら退院するって伝えてあるの。ごめんね、もう少しここで待っててくれる？」

これまでの動揺など欠片《かけら》も感じさせない表情に、呆気《あっけ》に取られて頷いた。

僚平たちをドア前で待たせて、いずみは笑顔で社員たちに缶ジュースを配り始めた。

「悪いな。おまえも疲れただろう？　今日は早く帰ってゆっくり休むか」

高階が、いずみをねぎらう声をかける。どの顔でそれを言うかと呆れながら見ていると、社員たちの間でさざなみのような声が上がった。

「可愛いお子さんですねー。奥さんに似てるのかしら」

「それもあるが、俺の子だからだろう」

「うっわ、課長代理も言いますねえ。それで奥さんとは恋愛ですか、それともお見合い？」

「さあ。どっちだと思う？」

社員たちと話す高階は表情も態度も鷹揚《おうよう》で、落ち着いたゆとりを感じさせる。傍目《はため》には仕事ができて部下思いな上司であり、妻子を労《いたわ》り大事にする夫に見えるに違いない。

もちろん、その全部が嘘だというわけでもない。――ただ、あらゆる意味で高階の許容範囲から外れた時に、この男が豹変《ひょうへん》するだけの話だ。

「え、どっちなんですかー？　ねえ、奥さんは？　課長代理のどこがよかったんですう？」

女性社員がいずみに話を振ったのは、その場の流れだったに違いない。それへ、義姉はにっこりと柔らかく笑って答えた。

「どうだったか、よく覚えてないんです。だけど、どっちみちわたしはもうこの人の『奥さん』じゃないから、もうどうでもいいことじゃないかしら」

問いを投げた女性社員が「え」と言ったきり絶句する。賑やかだった病室に、不自然な静寂が落ちた。笑顔のままで固まった周囲を見渡して、いずみはふんわりと笑ってみせる。

「離婚したんです。その子もわたしが引き取りますから、もう高階とは無関係です」

「いずみ、ちゃ――」

「いずみッ」

「何ですか」

僚平の声をかき消す勢いで、高階が大声を上げる。それを、いずみは静かに見返した。

「あなたが署名捺印なさった離婚届を提出して、きちんと処理していただいただけです。何か仰りたいことでもおありですか？」

「な、……嘘をつけ！　おまえにそんな真似、できるわけが」

「お疑いなら役所で確認なさったら？　あなたの荷物は明日にでも新しいマンションにお送りしますので、ご心配なく」

「いずみっ」

「わたしはもうあなたとお会いする気はありませんし、翔太に会わせるつもりもありません。ですから、僚ちゃんのマンションには二度と近づかないでください。もしいらっしゃったその時は警察を呼びますから、そのおつもりで」

いつもの柔らかい口調ではっきりと言う義姉を見たまま、高階は愕然《がくぜん》と口を開けている。僚平もまた、突然の展開にぽかんと義姉とその夫とを見つめていた。

居づらくなったのか、高階の部下たちがひとりふたりと病室から出ていく。ご丁寧にもドアを押さえてやった左右田に、恐縮したように頭を下げていった。数分後、病室にいるのはベッドの中で眠る翔太と義姉とその夫、それに左右田と僚平の五人になっている。

「本気か。おまえ、本気で俺と別れるつもりなのか」

「つもりではなく、別れたんです。届けを出した以上、今さら本気も何もないと思いますけど」

「しょ……翔太はどうする気だ。俺は養育費だの慰謝料だのは」

「あなたから、何かいただくつもりはありません。それと、翔太の親権は絶対に差し上げません。もっとも、あなたは翔太には興味がないようですから不用でしょうけれど」

ぴしりと言って、いずみはまっすぐに高階を見た。

「わたしはこれから退院準備がありますから、あなたはもうお帰りください。二度と、ご連絡いただかなくて結構です」

「ふ、ざけるな！　そんなわけにはいかないだろう！　翔太はうちの親にとっても孫で」

「翔太があなたの子じゃないのなら、高階のお母さまにも孫ではないはずです。説明はあなたからなさってください。わたしに言った通りに仰れば納得していただけるでしょう」

「馬鹿を言え！　女ひとりが子どもを抱えて、どうやって生きて行くつもりだ」

叩きつけるような高階の言葉に、いずみがにっこりと笑う。僚平が一番好きな、柔らかくて強い笑顔だった。

「翔太がいれば、どうやってでも生きていけます。僚ちゃんも、いてくれますから」

「馬鹿な」

言いかけて、高階はじろりと僚平に目を向ける。厭な予感を覚えて動きかけたのを、左右田に押し止められた。さらに表情を歪めて、高階は改めていずみを見る。

「おまえは知らないんだろうがな。僚平は三年前まで」

「あなたの恋人だった。そのことなら知ってるわ」

即答に、僚平は思わず息を呑む。その気配に気づいたのか、いずみがドアの傍にいる僚平を見た。もう見慣れた柔らかい笑顔で頷いてみせる。

「知ってたって？　おまえ、だったらどう——」

「だけど、それが何なの？　もう終わったことでしょう。そのために、僚ちゃんは石原の家を出てわたしから離れていったんでしょう？　わたしを、傷つけないために」

「家を出たから終わったとは限らないぞ。俺と僚平は——」

「慶祐さん。あなた、言ってて自分が恥ずかしくないんですか」

負け惜しみのような高階の言葉を、義姉はきっぱりと切り捨てる。

「そんなもの、僚ちゃんを見ていればわかることでしょう。あんなに一生懸命わたしを守ろうとしてくれた僚ちゃんと、いらないから切り捨てようとしたあなたと、信じていい相手を選ぶのに迷うほどわたしは馬鹿じゃないつもりよ」

「な、——」

「出てってください。何か話があれば今後は弁護士を通してください。もう二度とお会いする気はありませんから」

言い切ったいずみの声を最後に、病室に沈黙が落ちる。

高階は、完全に言葉を失っていた。僚平も、思いがけない成り行きに固唾を呑んでいる。

「あー？」

その時、ふいに翔太が声を上げた。点滴後の絆創膏が残る手を上げ、ぱっちりと目を開いてころりと首をまわす。ぱっと顔を輝かせたかと思うと、嬉しそうに手を伸ばしてきた。

「みーぎーっ」

「おお、ご指名っ」

場に合わない声を上げた左右田が、僚平を引っ張ってベッドに駆け寄った。

身体が楽になったのか、左右田に頬をつつかれた翔太がきゃっきゃと無邪気な声を上げる。

傍にいた僚平が目に入ったらしく、「あ!」と顔を向けて小さな手を伸ばしてくる。

「しょー」

思わずその手を握り返すと、図らずも握手したような形になった。にこにこ笑顔で僚平の指を振りまわして、今度は僚平の向こうに目を向ける。

「まあまー」と呼ばれて、義姉が近づいてきた。優しく声をかけられ、抱き上げられて機嫌のいい笑い声を立てる。

と、その声がいきなり消えた。え、と目をやると抱かれた翔太の視線の先に、憮然とした顔つきの高階がいる。直後、子どもはふにゃりと顔を歪め、いやいやをするようにいずみの胸に顔を埋《うず》めてしまった。

「……ッ」

翔太にまで拒絶されたのが気に入らなかったのか、身の置き所がなかったからか。乱暴にドアを押し開けた高階は、靴音も荒く病室を出て行った。

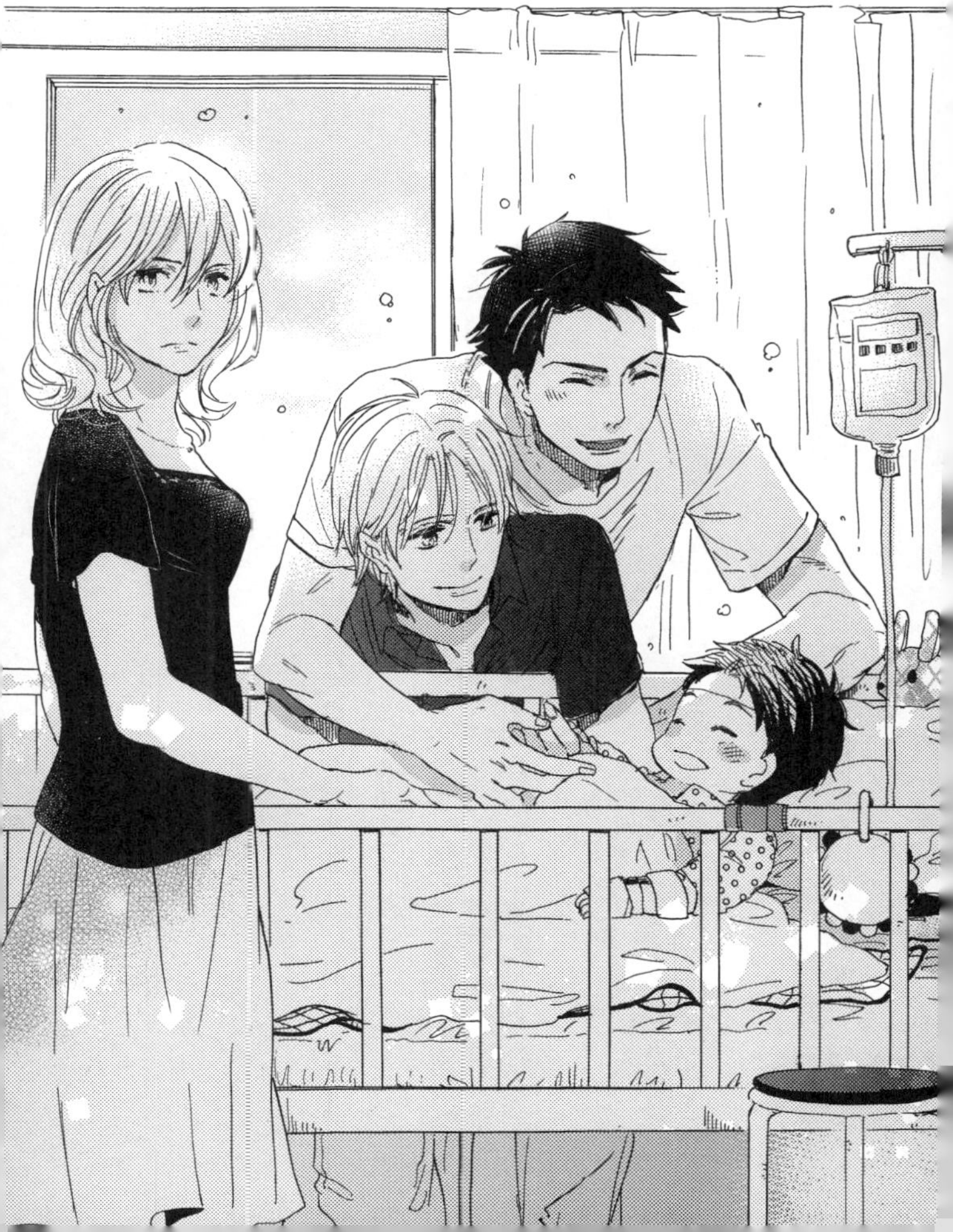

「せんぱい、ちょっとすみません」

「え、何。おい、おまえ、どう――」

「すぐ戻りますんで、ここにいてください」

おっかぶせるように言って、左右田は高階の後を追うように廊下へと出て行く。後には、翔太を抱いたいずみと僚平だけが残された。

ぐずる翔太と、それをあやす義姉を前に、どうにも言葉が出なかった。言いたいことも訊きたいことも山のようにあるのに、何をどう言えばいいのかわからない。

「……僚ちゃん、ごめんね」

翔太の声が落ち着いた頃、ふいにいずみがそう言った。

今日何度めとも知れないその言葉に、僚平は茫然としたまま義姉を見下ろす。

「何も知らなくて――ずっと気づかなくて、ごめんね。辛かったでしょう？」

「いずみちゃん、……いつから？」

「三年振りに会った夜から。僚ちゃんとあの人が、キッチンで話しているのを聞いてたの」

予想外の言葉に息を呑んで、僚平は義姉を見返す。

落ち着いた表情と声で、いずみは淡々と続けた。

「あの時に、やっとわかったのよ。僚ちゃんが何も言わずにいなくなったのも、結婚式に出てくれなかったのもそのせいだって。知っていて、甘えていたの。あの時のわたしはどうしたらいいのかわからなくなってて、……だけど僚ちゃんだったら、助けてくれる気がして」

「……ごめん！　ずっと黙ってて——あの、おれ」

「わかってるの。だから、ごめんね？　それから、本当にありがとう」

腕の中の翔太を小さく揺すり上げて、いずみは僚平を見上げる。

「僚ちゃんがいてくれたから、頑張れたのよ。ちゃんと、自分でいられるようになったの。ずっと近くで見ていてくれたから、わたし」

泣き笑いのような笑顔に、返す言葉が見つからなかった。黙って義姉を見下ろしていると、翔太がまじまじと僚平を見つめてくる。不思議そうに首を傾げたかと思うと、僚平の方へと手を伸ばしてきた。差し出した僚平の指をぎゅっと握って、満面の笑顔になる。

「……いずみちゃん、そろそろ帰ろっか。帰ってさ、四人で夕飯にしようよ」

僚平のその言葉に、義姉は鮮やかに笑って言った。

「そうしましょうか。僚ちゃんは、何が食べたい？」


あれこれの騒動で迷惑をかけたから、ナースステーションに差し入れをして帰りたいといずみが言い出したのは、退院準備がほとんど終わる頃だった。

「焼き菓子かお饅頭《まんじゅう》にしたいんだけど。僚ちゃん、この近くにお菓子屋さんってある？」

「正門出て少し歩いたところにあるよ。ああ、じゃあおれが行こうか。どんなのがいい？」

「でも」と固辞する義姉を「いいから」と説き伏せて、僚平は先に病室を出た。

「まだ時間はあるよね？　ミギタが帰ってきたらあいつ留守番にして、先に手続きとか行ったらいいよ。おれもすぐ戻るから」

「ごめんね。ありがとう、お願いね」

申し訳なさそうに言ういずみに請け合って、僚平は病室を出る。左右田を捜しながら歩いているうち、ホールの片隅にある喫煙コーナーから聞き覚えのある声がした。

「……で、あれホント？　奥さんの、離婚しましたって」

「嘘じゃないだろ。ふつう冗談でもあそこまで言わないぞ」

目をやった先には案の定、高階の部下だという面々が揃っている。どうやら、あの後もここに残っていたらしい。

「でも、何となくわかる気がするなあ……課長代理って、どことなく違和感あるし」

「え、何それ。違和感って」

「完璧主義にしても病的じゃない。何かこう、歪んでる感じがするの。そもそもうちにきた理由が左遷てことは、何か問題があったわけで」

「問題っていうか、ただの見栄っ張りなんじゃないの？　さっきの兄ちゃんにもやられっ放しで、最後は逃げておしまいだったしさ。会社だとやたら偉そうなのにな」

会話の不穏さに、何となく厭な予感がした。エレベーターに乗り込み病院を出るまでにも、僚平は無意識にあの大柄な後輩を捜している。十分後、焼き菓子の詰め合わせを買って戻った病院の、一階エレベーターホールに突っ立っている左右田を見つけた。

「ミギタ？　おまえ、どこ行っ……」

かけた声が半端に途切れたのは、左右田の手の甲——正確には指の関節部分に、今朝はなかった傷を見つけたせいだ。素人目《しろうとめ》にもわかるそれは誰かを殴った痕で、だったら先ほどの会話の「兄ちゃん」は左右田のことに違いなく。

何とも言いようのない気分で、僚平は改めて後輩を見上げた。

「ミギタ。おまえね」

「はい？」と笑う左右田に、悪びれた様子はまるでない。

「……だから、公共の場で人に喧嘩売ってどうするんだよ。下手すりゃ警察呼ばれるぞ」

「警察ならさっき帰りましたよ？　あの野郎もその後を追っかけるみたいに帰りましたし」

「おい待て。警察っておまえまさか」

高階の部下たちが見ていたというなら、言い逃れのしようもないのだ。加えてあの話の様子では、喧嘩《きぐ》というより左右田が一方的に腕にものを言わせたとしか思えない。

僚平の危惧に気づいたのか、左右田はけろりと肩を竦めた。

「大丈夫っすよ。オレは無関係ってことで事情も訊かれませんでした。一応、逃げ隠れする気はなかったんでその場にいたんすけど、あの野郎が自分で足を滑らせて階段から落ちたと言い張ったんで、それで通ったみたいっすよ？」

「階段、って……おまえ、まさか突き落としたとか？」

「そんな卑怯《ひきょう》な真似は趣味じゃないっすよー。ちゃんと正面から顔に一発、腹に四発入れさしていただきました。素人相手ってことで手加減もしました。あ、ちなみに内訳は顔に一発がオレからで、腹に二発ずつがお義姉さんとせんぱいからってことで」

あっさりと言われて、僚平は啞然とする。

「ミギタ、おまえねえ」

「本当は再起不能なまでにギタギタにしてやりたかったのを、ナデるだけにしといてやったんすよ？　立派な自制心だと思いませんか」

「……それ、自分で言うことかよ」

ちなみに、高階の被害が傍目にもわかりやすく悲惨だったことは数日後に偶然知った。左右田のアパートに用があって出かけた時、仕事中らしい高階を見かけたのだ。

遠目にも、マスクで半分を隠した高階の顔は見事なまだら模様になっていた。あの様子では、歯の二、三本は欠けてしまったに違いない。

にもかかわらず、高階からはそれきり何の沙汰《さた》もなかった。それが左右田からの報復を恐れたからなのか、あるいは脅されていたせいなのか。

訊く気にならなかったから、僚平はその後も真相を知らない。

15

手紙が届いたのは、その年のクリスマスを目前にした師走の半ばだった。

「せんぱい、お義姉さんから定期便来てますよー。もう昼過ぎなんだし、そろそろ起きてくださいよ。今日は映画に行く約束じゃないすかー」

未だベッドの上で毛布を被《かぶ》っていた僚平は、暴力的に元気な声とともにゆさゆさと揺すられて低く唸った。

「……うるさい。手紙はそこに置いて、おまえは出てけ」

「そんなあ。あの映画、今日が最終日なんすよー？　今日なら丸一日空いてるからつきあってくれるって、せんぱいが言ったんじゃないすかあ」

「……今日が一日空いてるからって、今朝がたまで人の身体好き勝手に扱っておきながら、この期《ご》に及んでまだ何か文句があるのかてめえはッ」

毛布を引き剝いでぎろりと睨みつけると、後輩は「う」と返答に詰まった。そこを逃さず、冷ややかに言った。

「当分、声かけてくんな。暇ならてめえはそのへんの掃除でもしてろ」

すごすごと出てゆく左右田の背中を毛布の隙間から見送って、僚平は枕許の封筒に手を伸ばす。分厚い手触りに首を傾げながら、傍のテーブルにあった鋏《はさみ》で封を切った。

折りたたまれた便箋《びんせん》の枚数は二桁《けた》近く、数枚の写真も同封してあった。よく見れば、定形料金を大幅に上回る額の切手が貼られている。

最初に目に入ったのは、広い芝生の上に転がってこちらを見ている甥《おい》っ子の写真だ。それと重ねるように、小さなショップ内で撮られたらしいいずみのスナップが入っている。

手紙は、「翔太は見ての通り元気です」という文面で始まっていた。

義姉の一存で提出した離婚届に絡んだゴタゴタが、ようやく解決したという報告だった。揉《も》めていた翔太の親権は、母親である義姉が取ることで認められた。高階からの養育費の申し出もきれいに退け、二度と会わない取り決めをしたという。そうした経緯が、義姉らしいきちんとした文章で綴《つづ》られていた。

離婚後、翔太を連れて石原の実家に戻ったいずみは、石原の三度めの妻――つまり義姉にとって二人目の継母《ままはは》に誘われて、彼女が経営する雑貨店に勤め始めた。接客に経理にと覚えることが山ほどあると、これまでの手紙でも知らされている。

継母の店が、少し離れた海辺の町で二号店を出すことになったのだそうだ。古参の店員と一緒にという条件つきだが、義姉は正式にその店を任せられることになった。

忙しくなりそうです、と締めくくられた手紙の最後、追伸と記された一文に目を走らせて、つい苦笑がこぼれた。

左右田くんは元気ですか。翔太が会いたがっているので、一緒に遊びにきてください――。

「一緒に、ねえ……」

もしかしたら、いずみは僚平と左右田の間柄に気づいているのだろうか。

迂闊な真似はしていないはずだが、そもそも僚平が「そう」だということは義姉にバレてしまっている。ついでにいずみがいる間もあの後輩を自室に泊めていたわけで、もはや言い訳のしようがないような気がとてもする――けれども。

折り畳んだ便箋を写真とともに封筒に戻し、机の横の状差しに差し込む。たったそれだけの動作なのに、そこかしこの関節が軋んだ。ベッドに戻るのさえ、かなりの気合が要《い》る。

「この状況で映画になんか行けるか、馬鹿たれ」

唸りながら楽な体勢を探してうつ伏せると、洗い立てのシーツの匂いがした。

僚平が寝ている間に、シーツを交換していたらしい。毛布を被りながら気がついて、ほんの少しだけ機嫌が上向いた。思いついて顔を出し、ドアに向かって叫ぶ。

「牛乳っ。あったためたやつッ」

「へいっ」

小学生並みに元気な返答から数分後、賑やかな足音とともに、大柄な後輩がカップを手にやってきた。テーブルに置くよう顎で指示し、置かれたソレをそろそろと手に取る。神妙な顔で見ている後輩をよそに、顔を歪めて言ってやった。

「問題は、明日大学に行けるかどうかだな……」

「えーとー。あのー、だったら今日の映画ってえのは」

「楽しみにしてたんだよなあ。主演女優もいいし、あの監督の作品も好みだしさあ」

わざとらしく、僚平は大きくため息をつく。

「わざわざあの守銭奴の斉藤に頼んで前売り券手配してもらって、手数料まで取られてさあ。なのにコレじゃあたまったもんじゃないよなあ」

「へ」と左右田が声を上げる。

「あのー、オレも取られたんすけど。チケット代はせんぱいが立て替えで払ったけど、手数料はてめえが払えって斉藤さんからわざわざ請求書が来て」

ふたりで顔を見合わせていた。お見合い状態の沈黙の中、左右田がそろりと訊いてくる。

「せんぱいは、いくら払いました？　手数料」

「……ふたりぶんで四百円」

「オレ、六百円。先輩使ったんだから割り増しだそうで」

「待て。じゃあ何か、おれとおまえで千円余分にチケットに使ってることに」

「なりますよねえ。……どうします？　これで行かなかったらすげえ丸損」

「だから手加減しろって言ったろうがッ」

手にしたカップの中身を、目の前の男の顔にぶちまけてやりたくなった。寸前で自制して、僚平はカップをテーブルに置く。ベッドにうつ伏せに転がったまま指で後輩を呼び、おとなしく近寄った鼻を加減なしでねじくってやった。

「……へんはひ、いらいんれふけろ……」

「自業自得だこの馬鹿たれがっ。誰のせいだと思ってるッ」

「らっへ」

素直に振られたまま喋る様子が、さすがに哀れになってきた。腹いせに指先で鼻をはじいて手を離すと、左右田は頬を歪めて手で鼻を覆う。ようやくのように言った。

「だってせんぱい、最近何か積極的だし。そうなると嬉しいし、楽しいしでつい我慢が」

「！」

聞いた瞬間、頭に血が上った。

思わず繰り出した拳《こぶし》は、間のいいことに顔を寄せていた左右田の鼻にもろにめり込んだ。声にならない呻《うめ》きとともに、大柄な身体が床に沈没する。憤然と身を起こした僚平は、懇切丁寧にふたケタを数えるまでその背中を踏ん付けてから、とっとと浴室へ向かった。

「せんぱいー、怒ってますー？」

「――ッ、やかましいッ。てめえ暇ならメシでも作ってろッ」

シャワーを浴びながら、ドア越しに聞こえた哀れげな声に怒鳴り返してやる。懲りた様子もなくメニューのリクエストを催促する声に、わざと尖った口調で答えた。

「何でもいいから適当にやってろッ。それと言っとくが、映画の帰りに夕飯奢《おご》れよッ」

「はーいッ」と返った声の明るさに、少しばかり業腹な気分になる。それなら埋め合わせをさせてやるとばかりに、覚えている限りで一番ランクが高い店の、さらに最も値段の高いメニューを頭の中で検索した。絶対それを奢らせてやると、内心で決意を新たにする。相手が借金山盛りのバイト小僧だからといって、今回ばかりは譲歩してやる気はさらさらない。

「絶っ対ッ、いつか何かでやり返してやる……」

シャワーに紛れてつぶやきながら、僚平は自分の頬が妙な具合に緩んでいるのを自覚した。ドア一枚を隔てた外からは、後輩が仕掛けたらしい洗濯機が回る音が聞こえている。

――これから先、自分たちの関係がどうなっていくかはわからない。二年経ち三年後になり、左右田が大学を卒業する頃にはきっと、互いの間で何かが変わっているだろう。だとしても、それはそれだ。今はあの男こそが、僚平の「コイビト」なのだった。

ゼニス・ブルー

■

世の中、何が起きるかわからないものだ。

待ち合わせ場所の広場にある時計塔を見上げながら、左右田《そうだ》幹彦《みきひこ》はつくづくそう思った。

ターミナル駅の構内にある広場は、地元ではもっともポピュラーな待ち合わせ場所だ。交通アクセスがいい上に、地元商店街、駅前デパート群、最寄りの公共機関と、どこに行くにもわかりやすく道案内がある。そのためか、平日休日祝祭日を問わずで人が多い。今も、時計塔の真下のスペースにはうじゃりとばかりに人待ち顔が並んでいた。

その中に入っていく気になれずに、左右田はやや離れた通路へと続く壁に凭《もた》れかかる。階段や駅から流れてくる人影を眺めた。

時刻は、そろそろ約束の十一時だ。待ち合わせ場所は間違いなくここで、それは昨夜の電話でも念押しをした。

行きすぎる人影が左右田を避けるように流れていくように思ったのは、数分と経《た》たないうちだ。おやと思い何気なく周囲を見回して、やや離れた向かいのショップのガラスに自分の姿が映り込んでいるのに気がついた。

人の波から頭ひとつ飛び出した長身に、真新しい黒い上着とジーンズを身につけている。

髪質が剛《かた》いせいか少しごわついた印象になるためずっとやや長めにしていた髪を、つい先日思い立ってばっさり短くした。すると、昨日遊びにやってきた幼稚園児の姪《めい》っ子にまじまじと見上げられ、「みきちゃんやくざさんみたーい」と明るく言い放たれた。

その前提で、わざわざ日除《ひよ》けのサングラスまでかけてきたのだ。確かに人相がよろしくなかろうという自覚はある。

(変われば変わるもんよねえ……中学生がいきなりおっさんになった感じ?)

ちなみに姪の母親、つまり実の姉が髪を切った左右田を見た時の第一声はそれだ。この子にしてこの親としか言いようのないコメントには脱力したが、それを実の親にまで肯定された日には、非常に複雑な気分になった。

ちなみに母親の言い分は、「いきなりこんなにでっかくごっつくなっちゃうから、着るものがなくなって往生するのよ。不経済で困るわねえ」だった。

何しろ、卒業式では当分会っていなかった顔見知りや後輩に「あんた誰」と言わしめるまでに、左右田の外見は変化したらしいのだ。

そういうわけで、今日の左右田はとても楽しみにしている。

会う待ち合わせ相手が、今の自分を見てどう反応するか、を。

二十日目ほど前に、左右田は高校を卒業した。昨日には第一志望大学の合格発表があり、進路も無事に確定した。

その左右田の、去年までの呼び名は、「ミキちゃん」だ。本名にひっかけているとはいえ十八の野郎にそれはないだろうと思っても、言うに言えない状況だった。

何しろ昨年末までの左右田の身長は百六十に届かず、柔道場でそれなりに鍛えて筋肉質にはなっても手足は微妙に細いままだったのだ。加えて、私服で歩いていると女の子に間違われることもあるような、いわゆる「可愛い」顔立ちをしていた。

変化が起きたのは、本格的な受験態勢に入った年明け早々——正確には大晦日《おおみそか》の夜中だ。いきなり手足の節々が痛みだして、ほとんど一睡もできなかった。センター試験が目前だっただけに風邪かインフルエンザかと焦ったが、それにしては悪寒も鼻水も熱もない。にもかかわらず、三が日が明けてもただひたすら、そこかしこの関節が痛い。

一応は受験生という立場を鑑《かんが》みて、思い切って病院に行ってみた。

かかりつけで顔見知りの老医師は、ざっと左右田の症状を聞いてから呵々《かか》と笑った。

——そりゃ成長痛じゃろ。おまえさん、これからにょきにょき伸びるぞう。

何だそれはと半信半疑でいたら、念のため検査するという名目で血を抜かれた。追って連絡との言葉通り一週間後に「何ら異状なし」の結果が戻ったが、その頃には既に左右田の身体《からだ》に変化の兆しが見えていた。

面白いを通り越して不気味だと思うような勢いで、手足が伸びていったのだ。日に日にセーターやズボンの裾《すそ》が足りなくなり、胸周り首周りがきつくなっていく。二日に一度顔を出す姉には、「リアル早回し映像ねえ」とからかわれ、高校生活最後の三学期が始まる頃には、辛うじて入るだけの制服はつんつるてんの拘束服となり果てていた。

卒業式までは自由登校だが、始業式の日は友人と約束していた。姉の旦那《だんな》の服を借りて出かけたら、友人はしばらく左右田に気づいてくれなかった。

結局、卒業式は学校の許可を得て、姉の旦那のスーツで出席した。違うクラスの友人の中には卒業式で久しぶりに会った相手もいて、その全員に驚かれた。

(縦横の伸び方だけでもふつうじゃねえのに、あの可愛かった顔がこうなったんじゃなあ)

友人にそう言わしめるほど、左右田の外見は変わったのだそうだ。体格は言うに及ばず、顔に至っては「面影はあるけど兄弟か、くらいのレベル」で別人のようになっているらしい。

「せんぱい、オレに気づいてくれるかねえ……」

そして、今日の待ち人――高校の先輩だった菅谷《すがや》僚平《りょうへい》と最後に会ったのは去年の十一月末なのだ。

(おまえ、これからが正念場だろ。邪魔すんのもあれだし、当分会わないことにするからな。真面目に受験に専念しろ)

前回の別れ際に真面目な顔で言われて、どうにも逆らえなかったのだ。実際、自分でもどうかと思うくらいに、左右田はあの人には弱い。

手持ち無沙汰《ぶさた》に脚を組み替えた時、待ち人が慌てたように駆けてくるのを見つけた。凭れていた壁から背を離して、左右田はこっそりと彼——菅谷僚平を見つめる。

会うのはこれが三か月ぶりになる僚平は、去年と比べてほとんど変わった様子はなかった。頭が小さくバランスが取れているため、ぱっと見は長身に見えるが、実際には平均よりも少し高い程度だ。ハイネックのシャツとチノパンにベージュの上着を羽織って、きょろきょろと周囲を見回している。

声をかけようかと思ったが、何となく機会を逃した形になった。ついでにもうしばらく様子を見てみようとの悪戯心《いたずらごころ》が生まれて、左右田は知らん顔で背後の壁に凭れ直す。

しばらく周囲を見渡していた僚平が、怪訝《けげん》そうな顔になる。時計塔を見上げてから自分の腕時計を確認し、さらに眉《まゆ》を顰《ひそ》めたのが見て取れた。

僚平との待ち合わせに、左右田が遅れたことは一度もないのだ。そのせいか、狼狽《うろた》えたふうにあちこちを探す様子がやけに可愛かった。

本人に知られた日には血の雨が降りそうだから一度も言ったことはないが、僚平はちょっとした時にやたら可愛い反応を見せるのだ。周囲から、「ぶっきらぼうで素っ気ない」と評されているのが不思議なほどだった。

いつ声をかけようかと思いながら眺めていると、ふっと僚平がこちらを見た。人波の合間でまともに視線がぶつかって、左右田はすんでのところで顔が緩むのを堪《こら》える。

と、僚平がいきなり動いた。躊躇《ためら》うふうもなく、まっすぐに左右田に向かって歩いてくる。無言のまま真ん前に立つと、じろじろと見上げてきた。他人のフリをするかネタばらしをするかと悩む間もなく、伸びてきた両手で左右の頰《ほお》をぱしんと挟まれる。

「……あのー？」

「いきなり伸びたもんだな。まさかおまえ、ヤバい薬とかやってねえだろうな？」

つけつけという僚平は、見事な真顔だ。今度はぐにぐにと左右田の頰を引っ張ってくる。

「ヤバい薬、っすか。それってどういう……？」

「いろいろあるだろ。成長ホルモンとか、あとプロテインでも食った？」

「えー……それってヤバい薬っすか」

「違うだろ。けど、おまえの育ち方は絶対ヤバい。っていうか、何でいきなりおれより伸びてんだよ」

最後の台詞《せりふ》の中の響きで、真顔の理由が何となくわかった気がした。何となく気まずくなって、左右田はそろそろと言う。

「いやあの、伸びようと思って伸びたわけでは」

「もったいねえなあ……前はあんだけ可愛かったのに、こんなになっちまってさ」

心底残念そうな台詞とともにぺしぺしと頰を撫《な》でられて、肩身が狭い気持ちになった。去年より広く分厚くなった肩を竦《すく》めて、左右田はぼそぼそと言う。

「えー……でもあの、中身は変わってないっすよ？　今でも十分可愛いじゃないっすかー」

サービスのつもりで「ねえ」と首を傾《かし》げてみたら、僚平は本気で厭《いや》そうな顔になった。

「その図体でそれはやめろ。破壊力が強すぎる。本気で気色悪いぞ」

「うっわ、せんぱいひどいっすよ。そこまで言いますかー？」

「本当のことを言って何が悪い」

ふんぞり返って言ったかと思うと、僚平はやっと左右田の頰を解放してくれた。仕上げのように頭を撫《な》でてから、にっと笑う。

「合格おめでとさん。来月から、また後輩だな」

「えー……ありがとうございます。ていうかせんぱい、よくオレがわかりましたね」

照れ隠しにそう言うと、僚平は笑ったままで左右田の鼻先を捻《ひね》った。つけつけと言う。

「見りゃわかるだろ。何か企《たくら》んでそうな顔とか、全然変わってねえし」

「え、そうっすか？　でも、友達とかなかなか気がつかなかったっすけど」

「澄ました顔でもしてたんだろ。それよりおまえ、コレ外した方がいいんじゃねえの？　そのスジの人に見えるぞ」

声とともに、鼻の上からサングラスを奪い取られる。ためつすがめつ眺めたかと思うと、今度は僚平が自分の鼻に載せた。その光景に、左右田は思わず吹き出してしまう。

「せんぱい、……似合いませんねえ！」

「ふーん。そういうこと言う奴には合格祝いはいらないよな」

不機嫌そうに言うなり、僚平はこちらに背を向け歩き出してしまった。

泡を食って後を追った。人混《ひとご》みに紛れる前に肩を摑《つか》んで引き留めた——はずが、呆気《あっけ》なく僚平が腕の中に転がり込んでくる。直後、僚平にじろりと睨《にら》みつけられた。

どきりと、心臓が音を立てるのを聞いた気がした。

「馬鹿たれ。くそ力で引っ張んじゃねえよ」

「いやあの、くそ力って……」

「図体がでかけりゃ、力も強いに決まってんだろうが。そんくらい理解しとけ」

早口で言うなり、僚平は左右田を押し退《の》けた。そのまま、じろじろと見上げてくる。

「で？　どうすんだ、これから。どっか行きたいとこがあるんだろ」

「あ、はいそうっす！　あの、新しくできた店で」

「んじゃ、とっとと案内しろ。行くぞ」

いつも通りのぶっきらぼうな声に答えて歩きながら、左右田は隣を歩く僚平を見る。

これまで見上げていた人を見下ろしているのが、ひどく不思議な気がした。

——先ほど数秒だけ腕の中にあった僚平の体温が、焼き付けたように腕に残った。

■

先輩後輩と一口に言っても、いろいろ種類というものがある。

左右田と僚平の場合は文字通り「同じ高校の先輩後輩」であって、それ以上でも以下でもない。何しろ僚平は高校二年で編入して以来、卒業まで部活動に所属することはなかったし、左右田は左右田で部員不在で廃部になりかけていた写真部に入部し、友人数人と細々活動している状況だった。

僚平の卒業後にもつきあいが続いていたのは、左右田の努力があってこそだ。

学年が違う僚平の存在を左右田が知ったのは、彼が編入して一週間と経たない頃だった。田舎の公立高校での編入生は、本人がどうあれ珍獣並みの扱いを受ける。それが他の学年——もとい学校中にまで広まった理由は、僚平の経歴のせいだった。

何でも、僚平は名の知れた私立高校のスポーツ特待生だったのだそうだ。種目は陸上の長距離で、関係者の間でも将来有望と期待された選手だった。それが、不慮の事故で右膝《ひざ》を痛めて再起不能となり、件《くだん》の高校を退学、転校してきたのだという。

選手時代の僚平の苗字《みょうじ》は、「菅谷」ではなく「石原《いしはら》」だ。なのに噂が早かったのは、個人的に僚平の追っかけをしていた女生徒が学内にいて、大仰に騒ぎ立てたためだったらしい。

一気に走った噂の中で、渦中にあるはずの僚平は潔いほどきっぱりと、学校やクラスに溶け込む努力を放棄していた。

授業態度は真面目だが、クラスメイトが声をかけても生返事をするばかりで、ろくな会話にならない。休憩時間にはひとり黙々と広げた本に没頭し、昼休み早々に教室から姿を消して学生食堂にも現れない。松葉杖《づえ》をついているから体育は見学で、部活動には無関心だ。

何を言われても我関せずのその態度を、周囲は二通りに解釈した。再起不能になったショックで落ち込んでいる。あるいは、過去の栄光にしがみついてお高く止まっている、云々《うんぬん》。

華々しい噂は、当然のことに本人の耳にも届いていたはずだ。にもかかわらず僚平はやはり無反応で、何を言われてもまともに相手にしようとしなかった。

その様子を見ていた左右田が連想した言葉は、「我が道を行く」だ。もっとも高校生になってやっと半年の一年坊主と、噂の渦中にある二年生では接点などあろうはずもなく、ただ遠目に見かける程度でしかなかった。

最初に言葉を交わすきっかけは、唐突に訪れた。写真部で「青」いものを撮るというテーマが決まったため、安直な思いつきで上がった屋上に僚平がいたのだ。人気《ひとけ》のないすみで、フェンスに寄りかかって立っていた。

近寄り難かったけれど目を離せなくて、左右田はその場で僚平の背中を見つめた。

最初は、グラウンドを眺めているのかと思った。僚平がいる方角はちょうど陸上部の練習場がある辺りで、そこから練習風景が見て取れる。やはり諦《あきら》めきれないのかと思いながら、何気なく当時買ったばかりだったカメラのレンズを向けてみた。

そうして、左右田は自分の思い違いに気づいたのだ。

僚平が見ていたのは、グラウンドではなく空だった。それも、遠く目に入る山々の稜線《りょうせん》ではなく、真上を——遥《はる》かに高い空のてっぺんを、やけに真摯《しんし》な顔つきで見据えていた。

それと気づいた瞬間に、勝手に口から言葉がこぼれていたのだ。

(飛び降りるんだったら予告してくださいね。記念に一枚撮りますんで)

(あいにくそんな気はねえよ)

振り返った僚平と目が合った後で、まずいことを言ったと気がついた。謝らなければと思ったはずなのに、勝手にもっとろくでもない台詞が口からこぼれていたのだ。

(走りたいんですか)

左右田のその言葉に、僚平の、のっぺりと表情のなかった顔が変わったのだ。ほどけたように苦笑して、肩を竦めて言った。

(走れるもんならな。まあ無理だけど)

それが、僚平との最初の会話だった。そのままぽつぽつと話をして、別れ際には「またな」との言葉を貰《もら》った。先に降りていく背中を見送ってから思いついてフェンスに寄って、僚平が見ていた空にカメラを向けた。

夕暮れ時で、太陽は西にあった。真上に広がる秋特有の高くて深い青——それを見据えて、シャッターを切った。

それだけの会話が、やけに印象に残ったのだ。もっと、あの先輩を知りたいと思った。

数日後にあった学校を挙げての校外学習の時に、左右田はわざと強引に僚平を誘った。「何だこいつ」という露骨な表情を見ないフリで人懐こさを装うと、僚平は渋々のようにつきあってくれて、結局その日はずっと一緒に過ごした。

にこやかに強く出られると、僚平は断るタイミングを失うらしい。それと悟ってからは意図的に無邪気な後輩を装って、押して押して押しまくった。

当初は迷惑そうな表情を隠さなかった僚平が、左右田の存在に馴染《なじ》むのは思っていた以上に早かった。冬になる頃にはたびたび校外で遊ぶようになって、知り合いから「どうやって親しくなった？」と訊《き》かれた。親しくなってみれば僚平は思った以上に口が悪く手が早く、素っ気なくてぶっきらぼうで——なのに時折、驚くほど素直で可愛いところを見せてくれた。

一緒にいるのが楽しくて、できるだけ近くで見ていたいと思うようになった。それだから、僚平が卒業した去年にはこれきりになってしまうかもしれないと不安を抱《いだ》いたのだ。

幸いなことに僚平が行く大学は通学圏内で、今まで通り自宅から通うとは聞いた。けれど、元を正せば僚平と左右田の関係は「学内で親しくなった先輩後輩」でしかない。せめて部活動での繋《つな》がりであれば周囲まで巻き込んだ口実も作れるが、ただの顔見知りから何となく遊びに行くようになっただけの間柄では何の強制力もありはしない。

（せんぱい、五月の連休とか一緒に遊びに行きませんかー？）

だからこそ、卒業式の前日にいつも通りを装って僚平に声をかけた。

屋上のフェンスに寄りかかっていた僚平は、左右田の誘いに面倒そうな素振りを見せた。

（遊びにって、おまえ来年受験だろうが。そんな余裕あんのかよ）

（余裕はあるものではなく、作るものなんすよ。ウチの家訓っす）

いつもの笑顔で言うと、僚平はいかにも胡乱《うろん》そうな顔になった。

（……保留。おれ大学入ったらバイト始めるんで、スケジュールは未確定）

（えー、そんなあ。せんぱい、冷たくないっすかー？　せっかくオレが誘ってんのにい）

（阿呆。連休は絶好の稼ぎ時なんだよ。遊びに行くからバイト出られませんとか言えるかっての。時間が空いたら連絡するから、おまえはおとなしく待ってな）

（本当っすか。ほんっとーに連絡してくれますかあ？）

思わず食い下がった左右田を、僚平はじろりと睨んで言ったのだ。

（おれが、おまえに嘘言ったことがあるかよ）

（……ないっすね）

渋々ながらに、引き下がるしかなくなった。

やはりバイトが入ったとかで、連休の誘いは断られた。けれど、代わりに他の日を僚平が指定してくれて、揃《そろ》って映画を観にいった。

幸運なことに、僚平はそれなりに左右田を可愛いと思ってくれていたようだ。これきりになったらという危惧《きぐ》は無用だったらしく、以降も月に何度かは会って遊ぶようになった。顔を合わせる頻度は減ったけれど、ふたりきりで行動する機会はかえって増えた。

僚平といるのは、この上なく楽しかった。同い年の友人たちと馬鹿騒ぎする時とも、僚平以外の年上の友人と話す時ともまるで違う何か「特別」な感覚があったのだ。

だから、十一月に「当分会わない、受験に専念しろ」と言われた時には心底落胆した。

(えー。当分ってどのくらいっすか?)

情けない声で抗議した左右田をじろりと睨んで、僚平は言ったのだ。

(合格発表までだな。その間は電話も禁止だ。ウチにかけてきてもおれは出ないから、そのつもりでいろ)

僚平は、わかりやすく有言実行の人だ。押しには弱いところがあるくせに、妙なところで頑固で意固地でもある。決定事項が翻ることはまずないし、いつまでもぐずぐず文句を垂れると追加で期間延長されかねない。

言葉通り、それを最後に僚平からの連絡はきれいに途絶えた。息抜きにとこっそり電話してみても、本当にまったく出てくれない。何となくムキになって公衆電話でかけてみたら、「馬鹿たれ。勉強しろ」の一言でぶっつりと通話を切られてしまった。

これが、自分でも予想外に堪えたのだ。少しくらい会ってくれてもいいのにと未練がましく思いながら、春までだと腹を括《くく》って受験に集中した。

だから昨日、合格発表の掲示板で自分の受験番号を見つけた時に、真っ先に僚平に知らせた。電話口で祝ってくれる声が弾んでいるのが伝わってきて、「都合がよかったら、明日会ってくれませんか」と切り出した。

(了解。合格祝いに昼飯奢《おご》ってやるよ。駅の中にある広場に十一時な)

さらりとしたその言葉が、小躍りするほど嬉しかったのだ。これであと三年は僚平と同じ大学だと思うと、それだけで頬が緩んだ。

不思議な関係だと、自分でも思う。

男女年齢を問わず知人友人が多く、いつどこで誰とでも大抵はうまくやっていける。それが左右田の特技であり、取り柄でもある。

そんな中で、それでも僚平は左右田にとって「特別」なのだ。改めて、そう思った。

■

世の中というのは、得てして思い通りにはならないものだ。

ようやく慣れてきた大学の、学生食堂の一角で、左右田はテーブルに突っ伏すようにしてため息をついた。

入学式から十日ばかり経ったが、左右田の生活はなかなかハードだ。理由はわかりやすく、生活費のためのバイトに忙殺されていることにあった。

左右田家の家訓として、大学生になったら自活しろと実家から追い出されたのだ。知り合いの伝《つて》で安いアパートを見つけたまではよかったが、自活となると家賃以外にも水道光熱費だ何だと細かく金がかかる。学費は出すが他は自力でと言い渡された身ではどこに泣きつくこともできず、優雅な大学生活とは無縁の毎日を送っていた。

もっともその要因のひとつとして、高校の卒業式を待たずに中古の四輪駆動車を買ってしまったこともある。満足のいくものを見つけたまではよかったが、頭金として貯金の多くをはたいてしまった。

車を買うと決めたのは自分なのだし、自活も以前からわかっていたことだ。多少逼迫《せっぱく》したところで不満を言う気はない。それより気に入らないのは、せっかくの大学生活で、僚平との接点が予想以上に少なかったことだった。

学年学部が違えば、講義が重なることは滅多にない。僚平自身が真面目に去年の単位を取っていればなおさらだ。それはわかるが、だから納得できるというものでもない。

「あ、左右田みっけ。らっきー！」

もう一度ため息をついた時、いきなり上から声が降ってきた。のろりと身体を起こしてみて、左右田はうんざりと息を吐く。

「……どうも。何かオレに用っすか？」

「オマエに用はないけど、菅谷にはある。てーことで、菅谷はどこにいんの？」

すぐ傍《そば》に立ってけらりと言う相手——斉藤《さいとう》は、本人曰《いわ》く僚平の「友人」だ。男にしては小柄で華奢《きゃしゃ》な体軀《たいく》に女の子と見紛《みまが》う可愛い顔と、かつての己を思い出す風貌《ふうぼう》の持ち主でもあるが、あいにく性根の方は似ても似つかない。

「これから合流しますが。せんぱいに何の用で？」

「そっかー。困ったなあ、これからすぐ出ないとまずいんだけどなあ。誰かが菅谷に伝達してくれたら、すっごく助かるんだけどー」

見た目には非常に可愛らしい笑顔で言われて、左右田はうんざりと言い返す。

「預かってもいいっすけど、一文字につき百円いただきますんでよろしく」

「うっわ、何それ。左右田ってそんな守銭奴だったんだー？ 信じらんねー！」

「……前にあんたがオレに言った台詞、そのまんまなんですが？」

この斉藤は、学内で押しつけ便利屋のような真似《まね》をしているのだ。何でも引き受けますとの謳《うた》い文句はいいとして、料金設定が見事に細かくてせこい。「友人」の僚平を何かといいように使っていながら、僚平の頼みには当たり前のように料金請求している。もちろん僚平限定で多少の贔屓《ひいき》はあるようだが、元々が暴利なのだから差し引いても割高に違いない。

「ちぇー、そうくるかあ……仕方ないなあ、んじゃ待つか！」

頬を膨らませて言うなり、斉藤は左右田の向かいの席に座り込んだ。テーブルに頬杖をついて、思い出したようにまじまじと左右田を見た。

「そういや、いっぺん訊いてみようと思ってたんだけどさあ。おまえと菅谷って、どういうカンケイ？」

「高校ん時の先輩後輩ですが、それが何か？」

「そう、それ。本気でそんだけ？　実は幼なじみですとか遠縁ですとか、部活の先輩後輩でしたとか、そういうのなしで？」

妙にしつこい追及に、本音を言えば気分が悪くなった。辛うじて顔には出さず、穏便に「ないっすねえ」と答えると、斉藤は心底わからないという顔で言ったのだ。

「ヘンなカンケイだよなあ。そういうのってアリ？」

「何がどう変ですか。気が合って親しくしてるだけでしょうが」

「それにしては空気が濃すぎんだよ、おまえらさ」

したり顔で言って、斉藤はじろじろと席に座ったままの左右田を眺める。

「何かさあ、いつ見ても二人でいるじゃん？　てーか、傍目《はため》にはおまえが菅谷を追い回してるようにしか見えない。ほどほどにしとかないとさあ、菅谷の邪魔になるんじゃないの」

「何すか、それ。オレがいつせんぱいの邪魔をしたと？」

「菅谷さあ、冬にいい雰囲気になった子がいたんだよね」

いきなり、話が余所《よそ》にすっ飛んだ。思わず眉を顰めた左右田を見たままで、斉藤は続ける。

「もうちょっとでいい感じっていうか、そろそろつきあうかなって頃合いだったんだけど、それがパアになった。誰かさんが、しつっこく菅谷のまわりをうろうろすっからさあ」

「……はあ？」

「おまえ、でかくてごついから近寄るのが怖いんだってさ。おかげで菅谷とも話ができないって泣いてたんだけどー？」

したり顔で言われて、思い切り脳天を殴られた気がした。ぎりぎりで顔には出さずに、左右田は表向き平然と言う。

「それ。せんぱいに、彼女がいたってことっすか？」

「いたっていうか、友達以上恋人未満って奴？　せっかくうまく行きかけたのに、おまえが思い切り邪魔したんだよ。少しは自覚して反省したら？」

珍しく不機嫌そうな斉藤の言葉に、胸の奥がざわめいた。無難な返事を探していると、いきなり背後から聞き慣れた声がする。

「……珍しい面子《メンツ》が揃ってんな。悪巧みでもしてんのか？」

「あ、菅谷だ！　待ってたんだよっ」

「こっちの台詞だ。おまえ、今日も高崎《たかさき》教授の講義に出てなかったろうが。言っとくが、試験前になって泣いてもおれは絶対に助けないからな」

僚平だった。呆《あき》れ顔で斉藤に言うと、今度は左右田を眺めて顔を顰《しか》める。

「ミギタ、昼メシも買わずに待ってたのかよ。席は取っといてやるから、何か買って来な」

用意周到というのか、僚平はすでに定食のトレイを手にしていたのだ。

「はあ。んじゃ、すみません」

これ幸いとばかりに席を立って、カウンター横の自販機で食券を買った。定食が出てくるのを待ちながら目をやると、斉藤が僚平を拝み倒している様子が見て取れる。左右田がトレイを手に席に戻るのと入れ替わりに、慌ただしく食堂から出ていった。

「また何か押しつけられたんすか？」

「いや。ノート持って行かれただけ」

箸《はし》を手にさくさくと食事にかかった僚平は、斉藤に対して毎度この調子だ。言いたいことは言っているようだが、面倒になると好きにさせているらしい。そういうところは妙に大雑把だと改めて思うと同時に、僚平が確かに「変わった」ことを改めて認識する。

高校の頃の僚平はひとりでいることを好んで、あまり人を周囲に寄せなかった。卒業までには親しい友人もできたようだが、それでも自分から近づくことは滅多になかった。

けれど、大学での僚平は違った。何人もの友人に声をかけられ、駅前の喫茶店でバイトもし、「名前だけの幽霊」と言いながらサークルに所属している。ぶっきらぼうなところは変わらないが、物言いや表情はかつてと比べて明らかに穏やかになっていた。

それ自体は、好ましいことだと思う。けれど、同時に何となく——どこか奇妙に引っかかりを覚えてしまうのも事実だ。

「それよりおまえ、今日、本当にいいのかよ。バイトがあるんじゃないのか？」

「大丈夫っす。ちゃんと休み貰いましたんで、お気になさらず」

「気にするも何も、この年でお誕生会ってのはどうかと思うけどなあ」

「え、だってせんぱいの二十歳《はたち》の記念日じゃないっすか！　今日から堂々と、煙草吸って酒飲んでOKなんすよ？　祝わないともったいないっす」

思わず力説した左右田に、僚平は胡乱そうな顔を向けてきた。

「煙草の臭いは嫌いなんだよ。酒ったっておまえはまだ未成年だろ」

「ご安心くださいっ。どっちにしろオレは運転手なんで、はなから飲む気はないっす。責任持ってご自宅までお送りしますんで、せんぱいは遠慮なく潰《つぶ》れていただいて大丈夫っすよ」

「……いきなりそこ推奨するか？」

呆れ顔になった僚平と約束を再確認して、食堂の前で別れた。

僚平も左右田も、午後の講義が入っているのだ。それを終えてから、改めて西門で合流することにした。

急ぎ足で先を行く僚平が、途中で友人らしい人物と挨拶《あいさつ》を交わす。肩を並べて歩き出すのを見送るように眺めて、左右田は先ほどの斉藤の言葉を思い出した。

(そろそろつきあうかなって頃合いだったんだけど)

あっても、けしておかしくはない話だ。今の僚平は雰囲気も落ち着いているし、よほど無理をしない限りは右足の怪我《けが》の後遺症も出ない。見た目には多少とっつきづらいかもしれないし、物言いはぶっきらぼうで素っ気ないが、本質的には真面目で誠実な人柄だ。むしろ、これまでそれらしい話を聞かなかった方が不思議と言っていい。

ひとつひとつ確かめながら、そのたびに左右田は何となく不愉快になった。

それも変だという自覚はあるのだ。あるがしかし、「気に入らない」事実ばかりはどうしようもない。

「……うーん……」

知らず唸《うな》った時、慌てたように建物に駆け込んでいく学生が目についた。目をやると、いつの間にか時刻は講義五分前をさしている。

のんびり歩いた日には、確実に遅刻だ。とりあえずソレは棚上げすることにして、左右田は午後の講義に向かうべく足を早めた。

■

僚平の誕生日が四月中旬だと知ったのは、去年の春のことだった。

その三日前が、左右田自身の誕生日なのだ。僚平が大学生に、左右田が受験生になって一週間ほど経った頃、揃って映画に出かけた後の喫茶店で何かの拍子に明らかになった。それがまたちょうど互いの誕生日の中日のことで、左右田はその場で「じゃあプレゼント代わりにランチ奢ります」と主張した。

(何言ってやがる。おまえも昨日が誕生日だったんだろ。相殺したって割り勘で妥当だ)

(あ、じゃあ誕生日は抜きで。大学入学祝いとこれまで世話になったお礼ってことにします。ただ、オレ今日は持ち合わせが少ないんでしょぼくなりますけど)

その後もしばらくあれこれと言い合って、やっとのことでファストフードのセットメニューを奢ったのだ。

トレイを手に席についた時、僚平は少し照れくさそうに「ありがとう」と言ってくれた。あの表情が気に入ったから、今年こそきちんと「お祝い」をするつもりでいた。

「けどなあ、何かおかしくないか？　おれ、おまえの誕生日に何もしてやってないぞ」

「こないだご馳走《ちそう》してくれたじゃないっすか。順番でいけば今回はおれの番っすよ」

「あれは合格祝いだろ。誕生日とは別物だ」

呆れ顔で言って、僚平は興味津々に店内を見回す。

左右田が選んだのは居酒屋だが、いわゆるチェーン系列ではなく個人経営の、家庭的で落ち着いた雰囲気の店だ。基本個室仕様になっているが、間仕切りが低めの障子《しょうじ》に似た格子のしつらえで目隠しにグリーンが配されているため、狭くても閉塞感《へいそく》がない。

やがてやってきた店員に、左右田は率先して注文を出した。

二十歳の誕生日なのだ。せっかくだからと、僚平用にはアルコールを頼むことにした。もちろん、自分用にはウーロン茶をキープしておく。

「何がいいっすか。ビールとか日本酒とか？」

「チューハイでいい。梅あたり」

諦めたようにそう言った僚平は、しかし実際にチューハイが運ばれてくると好奇心満々といった様子で口をつけた。一口飲んで気に入ったらしく、見ている方が気になるようなペースでくいくいとかうにして、お代わりを注文する。空きっ腹にそれはまずいだろうと食事を勧めると、素直に料理に手をつけ始めた。最初から気分がよかったのか、酒が回ってきたせいなのかは定かでないが、いつになくよく喋《しゃべ》って笑う。

途中、手洗いに立った僚平を見送って、左右田はつい緩む頬を持て余していた。

どうやら、僚平の酒癖は「上機嫌で饒舌《じょうぜつ》」に分類されるようだ。これはちょくちょく飲みに誘ってみるのもいいかもしれない――そう思っているうちに、閉じた障子の向こうから高めの声が聞こえてきた。

「菅谷くん？　わあ、ここに来てたんだ！　ねえ、せっかくだから一緒に飲まない？」

「いや。悪いけど、おれ連れがいるから」

「じゃあその人も一緒でいいわよ。ねえ、聞いたけど菅谷くんて今日が誕生日なんでしょう？　お祝いも兼ねてご馳走するから！」

最後まで聞かずに、左右田は席を立った。廊下に出る引き戸を開けて外を覗《のぞ》くと、数歩先で立ち止まった僚平と、それに話しかけている女の子が目に入る。

「気持ちだけでいいよ。そっちは女の子ばっかりなんだろ？　ちょっと入れないしさ」

苦笑でかわして、僚平は左右田に近づいてきた。少しふらつく足取りで個室の中に入ってくる。残された女の子を気にする素振りはない。

「――――」

どうしようかとは思ったが、左右田本人は面識もない相手だ。まあいいかと戻りかけて、件《くだん》の女の子がじっとこちらを見ているのに気づく。

まともに目が合う直前に、相手は大袈裟に視線を逸《そ》らした。突《つ》っ慳貪《けんどん》な仕草で、傍《そば》の個室に入っていく。怪訝に思いながら左右田が踵《きびす》を返しかけた時、背後から高い声が聞こえた。

「さいってー！　何で今日まで菅谷くんにくっついてんのー⁉　せっかく誕生日なのに！」

その声を聞いた瞬間に、昼休みに斉藤に言われた邪魔云々の台詞を思い出した。

「ミギタ、どーした？　せっかくの男前が歪《ゆが》んでんぞ」

個室内に戻ってすぐに、遠慮のない口調で指摘される。口は悪いが気にかけてくれているのは表情でわかって、酔っ払っても健在な気遣いに少しばかり感動した。同時に、今日までの自分の言動を改めて思い返してみる。

今日の飲みに僚平を誘ったのは、合格発表の翌日に顔を合わせた日だ。その時、僚平は少しばかり呆れ顔になった。

(まだ先じゃんか。今から言うか、それ)

(今から言っておかないと、せんぱいの予定とか都合があるかと思いまして)

真面目に言った左右田をまじまじと見上げて、僚平は肩を竦めて言ったのだ。

(了解。ただし、バイトとかほかの都合次第だからそのつもりでな)

口ではそう言っても、きちんと予定を空けてくれるのが僚平だ。事実、一週間前にもう一度予定確認した時には即答で「空けてるぞ」と返してくれた。

けれど、二十歳の誕生日なのだ。年下の後輩とふたりで祝うより、男女含めたもっと大人数か女の子とふたりきりの方がよかったのかもしれない——。

「ミギタ?　どう——」

「えーと……すんません。もしかして、オレ空気読めてなかったっすか?」

「あ?」

怪訝そうに眉を上げた僚平に、左右田は少しばかり口ごもる。

「その、誕生日に誘ったりしたのがまずかったかと。もしかして、せんぱいにも予定とか都合があったんじゃあ」

「ねえよ。ていうか、あったら最初っから断るだろ」

「でもその、今日、ちょっと斉藤さんから言われたんで。その——せんぱいに彼女ができそうだったのに、オレが邪魔したとか何とか」

もっとも、「怖くて近寄れない」割にはかなりの嫌みをかまされたような気はするが。つくづくよくわからないと首を傾げていると、僚平はあからさまに怪訝そうになった。

「何だそりゃ。どういう話だ」

「どういうって、えーと……せんぱい、友達以上彼女未満の人がいたんじゃあ……？」

「いるか、そんなもん」

返答は、無情なまでにきっぱりとしている。茹《ゆ》だったように赤い顔で、僚平は何杯めかのチューハイを飲み干した。グラスに残った氷をからからと振っている。

「斉藤の言うことをいちいち真に受けんな。あいつが勝手に仲人ごっこやってるだけだ」

「勝手に仲人ごっこ、ですか」

「そ。デート一回にこぎつけたらいくら、相手に告白されてつきあいだしたらいくらって、料金設定してやってるらしいぞ」

「げ。何すか、それ」

「でかいバイクが買いたいらしい。バイトだけじゃ追っつかないんで、サイドであゝやって稼いでるんだと」

あっさりと、片づけられてしまった。それであんなにも熱心だったのかと感心しながら、左右田は同時に別のことを考えている。思い切って言った。

「えーと……じゃあああの、せんぱいには彼女とかは……？」

「そんなんがいたらここには来てねえよ。つーか、おれ女には興味ないし」

「…………………………は？」

「だから、おれはそういう意味では女に興味がねえの。前につきあってたのも男だし」

やけにきっぱりと断言されて、頭の中が真っ白になった。直後、引き戸を開けて入ってきた店員に追加のアルコールを頼む僚平を目にして、左右田は眉を顰めてしまう。

「せんぱい、大丈夫っすか。かなり酔ってないですか？」

「こんくらいで酔うか。人を馬鹿にすんじゃねえ。ていうか、おまえこそ、ろくに食ってないんじゃないか？　それ全部食え、残すなよ」

「いやあの、残すなと言われても」

「ああ？　おれの言うことが聞けねえのかおまえは」

言うなり、僚平はだんと音を立てて空のグラスを置いた。テーブルに肘《ひじ》をついて、中身が残った料理の皿をこちらに寄せてくる。ぎろりと左右田を見据えてきた。

さっきまでの上機嫌はどこに行ったんだと言いたくなった。もしかしたら一定の酒量を越えると豹変《ひょうへん》するたちなのかと思いながら、左右田はせっせと料理を片づけにかかる。

「……いんだよ、別に。今はおまえがいるし」

料理の皿があらかたからになる頃に、僚平がぼそりと言う。先ほど新たに運ばれてきたばかりのチューハイのグラスを揺らしながら、背後の壁にぽすんと凭れかかった。

「せんぱい？」

「どっちみち、野郎同士じゃ先も知れたもんだしなあ。正直、ああいうのはもう懲りた。当分はいらねえや。おまえと会ってる方が気楽でいいし」

「当分、ですか」

オウム返しに言いながら、何となく息苦しくなった。

「以前」があるからこそ、出てくる言葉だ。そう認識して、僚平から目が離せなくなった。先輩後輩としてつきあい始めて、そろそろ一年半だ。それなりに遠慮のない関係になれたと思うし、僚平も自分の前では気楽に振る舞ってくれているとの自負もある。

それなのに、今の僚平の顔は本当に初めて見るものだったのだ。左右田ではなくずっと遠くを見ているような――無表情にも似て静かなのに、見ているこちらが胸苦しくなるような。

左右田の表情に何を思ったのか、僚平は軽く肩を竦める。自虐的に笑って言った。

「おまえ、退《ひ》いたろ」

「え、あ、いや……それは」

「言っとくが、妙な心配はすんなよ。おれはおまえとどうこうなろうとは思ってねえし、そっちに彼女ができたら祝福して、邪魔にならないように心がけてやるよ」

「そんなことは……その、別に」

「おまえ、高校ン時とはずいぶん変わったもんな。前は可愛すぎてアレだったけど、今ならすぐ彼女ができるんじゃねえの。なんなら斉藤に頼んでやろうか？」

後半はすっかりからかい口調だ。それでも、声音のトーンと表情で僚平が後悔しているのは伝わってきた。

（女に興味がねえの。前につきあってたのも男だし）

酒の勢いで思わず言ってしまったが、ふっと我に返った――というところなのだろう。それで、今さらに左右田の反応を気にしている。

それはわかっていたのに、笑い返す顔が妙にぎこちなくなった。

「遠慮します。伝言一文字に百円取るような高利貸しに頼み事した日には、骨の髄までしゃぶられそうっすから」

「骨が残ると思ってるあたり、まだ甘いな」

「……まじっすか。てーか、斉藤さんってどういう人なんすかー？」

「さっき言わなかったか？　阿漕《あこぎ》な守銭奴って。――まあいいや、そろそろ帰るか。おまえ、もう腹いっぱいだろ」

確かに、これ以上は何も入らない状態だ。頷いて、左右田は伝票を手に腰を上げる。一足先に階段に向かってから、僚平が追ってこないのに気がついた。引き返してみると、僚平は掘り炬燵《ごたつ》風に深くなった床から足を上げた格好で、途方に暮れたようにじたばたしている。

「あ。もしかして、足腰に来ました？」

「う」

そういえば、手洗いへの行き来の時点で足許《あしもと》が怪しかったのだ。あの後さらに追加で飲んだことを思えば、動けなくなっても無理はない。さすがに僚平もまずいと自覚したらしく、ふだんにはない素直さで左右田の肩に摑まってくれた。結局、支払いを終えた左右田が肩を貸す形で、揃って駐車場まで辿《たど》りつく。

「道はわかりますんで、せんぱいは寝てていいっすよ」

助手席に転がしシートベルトを嵌《は》めてから言うと、僚平はこれまた素直に頷《うなず》いた。

「ん。悪い」

僚平の自宅は、マンションの六階になる。駐車場に車を入れ、僚平を担いでエントランスへと向かった。エレベーターを経由して部屋に辿りつくと、渡された鍵でドアを開ける。

本来は父親とふたり暮らしの僚平だが、去年の秋に父親が遠方に単身赴任になったため、今はここでひとり住まいなのだ。

何度か遊びに来たことがあるから、およその勝手は知っている。手荷物扱いで僚平を本人の部屋のベッドに放り込んでから、年明け以降急激に「成長」した自分に感謝した。

去年までの自分なら、ひとりでここまで僚平を担いで帰れなかったかもしれないのだ。

「……悪かったな。変な話聞かせて」

「は？」

ベッドの足許に畳んであった布団を引っ張っていると、いきなりそんな声がした。

驚いて振り返ると、眠っているとばかり思っていた僚平が、横になったままでこちらを見ていた。まだ酒が残っているらしく頬や首すじはもちろん、目許までもが朱に染まっている。

それを目にした瞬間に、背すじがぞくりとした。

思わず狼狽えた左右田を見るなり、僚平はわずかに顔を顰めて言う。

「気にしなくていいから、おまえはもう帰れ。あとは適当にやる、から」

「でもせんぱい、かなり飲みましたよね。あんまりひとりでいない方がいいんじゃ……」

「どうってことねえよ。水でも飲んで寝てりゃ治る。──おまえも明日大学だろ。バイトもあるんだろうし、帰って寝な」

言ったきり、僚平は腕で目許を覆う。寝返って、左右田に背を向けてしまった。

「──……」

何とも言いようのない、沈黙が落ちた。

胸の中に溜《た》まった形容できない感情を持て余して、左右田はしばらく躊躇《ちゅうちょ》する。ひとつ頭を下げ、部屋の入り口へと向かった。

廊下に出る前に、足が止まる。一度振り返ってしまったら、もう先に進めなくなった。そのままベッドの傍に引き返して、左右田は僚平の背中を見下ろす。

「……――ふたつばかり、お訊きしたいことがあるんすけど」

ようやく絞った声に、ベッドの上の僚平が身じろぐのがわかった。かまわずベッドの端に腰を下ろして、左右田は言う。

「さっきの話はつまり、せんぱいが男と恋人づきあいをする人だってことですよね？」

僚平は、しばらく返事をしなかった。短く息を吐いた後で、振り返りもせずに言う。

「そうだよ。ただしさっきも言ったように、おれはおまえに対してそういう感情は持ってない。だけど、気色悪いと言われりゃどうしようもないし、おまえがもうおれと関わりたくないって言うんだったら、それはそれで」

「だったら、オレと恋人づきあいをしてくださる気はないっすか」

話の流れのようにさらりと言ってしまって、その後で自分が何を言ったのかを認識した。同時に、これでは屋上で初めて話した時と同じだと思う。

あの時のことを、左右田は後悔していない。むしろ、絶好のチャンスを逃さなかった自分を大したものだと思った……。

「おまえ、馬鹿か？」

いきなりの僚平の声は鋭く、いつになく尖《とが》った響きがあった。おもむろに身を起こしたかと思うと、ベッドの上に座り込んで左右田を睨みつけてきた。

「全っ然、意味がわかってねえだろ。恋人づきあいするったって、おれは男だぞ。男とそういうつきあいするってのは、要するにゲイなんだよ、ゲイ！」

険しく言い切るなり、ふいと顔を背けてしまった。

「もういいからとっとと帰れ。さもないと、こっちが何するかわかんねーぞ」

「何かって、何すか。何かしていただけるんすか？」

「……っ、ミギタ！　てめえ、ふざけんのもいい加減にしろ！」

きっと振り返った僚平の視線の、殺人的な鋭さに首の後ろがぞくりとした。

酒の名残に怒りが加わったせいか、僚平の目許がさらに赤く潤んでいく。その表情に誘われるように、左右田は身を乗り出した。

触れてみたいと、思ったのだ。僚平の唇の味や体温を、自分の肌で確かめてみたくなった。

伸ばした指先で顎《あご》を掴んで顔を寄せても、僚平の表情は険しいままだ。振り払おうという素振りもなく、かえって目つきも鋭く左右田を見据えてきた。

「何する気だよ。おまえ、野郎相手にその気になれんの？　無理だよなあ、そんなもん。人をからかうのも大概にし――」

棘《とげ》を含んだ言葉ごと、僚平の唇をキスで塞《ふさ》いだ。

予想外だったのか、僚平は目を見開いたままで固まった。

女性はともかく、男の唇に触れるのはこれが初めてだ。漠然と、もっと固いかと思ってたのに、僚平の唇は思いがけないほど熱くて柔らかかった。そのせいかもっと触れてみたくなって、左右田は合わさった唇のラインを舌先でそっと辿ってみる。

とたんに我に返ったように、僚平の腕が左右田の胸を押し返す。触れ合った唇が離れていくのが惜しくて、考えるより先に傍にあった腰を強引に抱き寄せていた。

「……っ、ちょ、ミギタ待っ——」

いったん離れてしまった唇を、嚙《か》みつくようなキスで塞いだ。半ば開いていた歯列の合間に強引に舌先を押し込むと、驚いたように腕の中の背中が跳ねる。首を振って逃げようとするのを、顎を捉《とら》えて引き戻した。

舌先で探った僚平の唇の奥は、焼けるように熱かった。その熱さを測るように上顎や頬の内側の形を執拗《しつよう》になぞっていくと、抵抗するように肩に爪《つめ》を立てられた。構わずさらにキスを深くし、逃げる舌を追いかけ捉えて歯を立てると、喉《のど》の奥で小さな声が上がる。さんざんに唇の奥を探ってキスを解《ほど》く頃には、僚平の抵抗はほとんど形をなさなくなっていた。

酒の影響が、まだかなり残っているのだ。それを承知で、どうにも止まらなくなった。

くらりと揺れた背中を抱き込んで、目についた耳朶《じだ》を舌先でなぞる。腕の中で跳ねた肩を横目に、今度はやんわりと歯を立ててみた。

「こっちは十分、その気になれそうですけど。せんぱいは？」

「ば、かやろ……キス、くらい男も女も大差ねえだろ！　首から下が別物なんだよ！　胸なんか真っ平らだし下にはてめえとおンなじもんがついてんだ！　だか――」

「ああ、なるほど。そういうことっすか」

言うと同時に、僚平の顎の下に顔を押し込んだ。顎の裏から首の付け根へとキスを落としながら、あいていた指先で僚平のシャツのボタンを外していく。引きつけるように腰を抱いたままでやんわりと肩を押すと、僚平の身体は呆気なくベッドの上に転がった。

「ちょ、待っ……ミギ、――っ」

もがく身体を上から押さえ込んで、目についた喉仏にキスを落とす。やんわりと歯を立てると、下になった身体が竦んだように固くなるのがわかった。構わず下に滑らせた手のひらでシャツの合間の肌を撫でると、胸許の肌の上でわずかに兆した箇所が触れる。とたんに僚平が息を詰めたのを知って、今度は意図的にその箇所を指先で探った。

「や、――い、いかげん……に、し……」

引きつったような声に、これまで知らなかった色が混じっている。声をあげる喉仏が、いつにない早さで上下する。その全部から、目を離せなくなった。鎖骨の窪《くぼ》みを舌先で抉《えぐ》って、左右田はさらに下の、指先で繰り返しなぞった箇所へとキスを移していく。

女性らしい膨らみや柔らかさとは無縁の胸だ。それでも高校二年までスポーツ選手だったせいか、薄くはあっても貧相というイメージはない。

「……！　や、めっ――馬鹿、てめえ何考え……っ」

指先でいじっていた箇所を、今度はキスに譲り渡す。舌先でなぞって押しつぶし、やんわりと歯を当てると、僚平の腰がびくりと跳ねた。目を向けた先で僚平がきつく唇を嚙みしめているのを知って、もっと熱心にその箇所を――正確にはあいていた手で片方の胸許を探った。左右同時にいじったり片方だけ集中的に触れたりと繰り返しているうち、じきに僚平の唇から細い声がこぼれ始める。

声というより音に近いその響きに、ひどく煽《あお》られた気分になった。

「や、めろ……無理、だって言っ――」

「無理じゃないすよ。全然」

言いながら、左右田はキスを胸許から下へと落としていく。脇腹を辿って臍《へそ》に行き着き、小さな窄《すぼ》みにも舌で抉るようなキスをした。同時に下へと移した手のひらで、僚平のジーンズの前をやんわりと押さえてみる。

「……や、めっ――！」

僚平が、息を吞むのが聞こえた。構わずその手をゆっくりと蠢《うごめ》かして反応を窺《うかが》うと、喉の奥で引きつったような声を上げるのが聞こえる。

初めて触れた僚平のその箇所は、布越しにも明らかに変化の兆しを見せていた。

――自分がそうさせたのだと、思うだけでひどく感動した。気がついた時には、左右田は僚平のジーンズの前を開いて、その箇所にじかに触れている。

「い、——い、加減にしろっ！」

いきなり、僚平が叫ぶ声がした。直後、もがくように跳ねた腰が左右田の手から逃れるように大きく寝返る。

僚平が、初めて見るようなぎらついた目でこちらを見据えていた。

「て、めえの好奇心に他人を巻き込むな！　興味半分で触ったあげく萎《な》えたなんざ言いやがった日には、てめえ本気でタダじゃおかねえ——」

鋭い声を最後まで聞かずに、摑んだ腰を引き戻す。仰向けに転がった身体にのしかかり、嚙みつくようなキスで唇で声を封じた。首を振って逃げようとするのを力ずくで押さえ込み、逃げる舌先を追いかける。僚平の下肢の合間を手のひらで捉えて、乱暴に指先で煽った。

「——っ、ン、ン……っ、や、——」

左右田の肩を押し、背中を叩いていた手がじきに力を失っていく。かすかな音を立ててシーツの上にその腕が落ちる頃には、キスから逃げようとする動きも消えていた。

下肢の合間を探っていた手のひらが、濡《ぬ》れていくのがわかる。粘着質に響く音が厭なのか、力なく動いた僚平の手が左右田の手首を弱く握った。

手の中で、僚平の熱が限界近く上がっていく。手のひらの感触だけでなく、間断のない呼吸音と間近の表情でそれと知って、なおさら煽られる気分になった。そのまま、左右田は僚平が終わりを迎えるのを見届ける。

引きつれたような呼吸を繰り返す僚平がおとなしくなったのを確かめて、左右田はゆっくりとキスをほどく。目を閉じたままの僚平の唇の端から飲み込みきれなかったらしい唾液《だえき》がこぼれているのが目について、後を追うように舌先で拭《ぬぐ》っていった。そのたび、触れた肌が小さく震えるのが伝わってくる。

「……せんぱい？」

額をぶつける距離でそっと呼ぶと、僚平がようやく目を開いた。怒鳴られるかと思ったが、僚平は何も言わなかった。潤んで赤くなった眼差《まなざ》しに誘われるように、左右田はもう一度、深く唇を重ねてみる。

僚平は、今度は抵抗しなかった。そのことに安堵《あんど》して、唇を齧《かじ》ったキスをうなじから顎の下へと移していく。かすかに首を振る仕草に先ほどの言葉を思い出して、シーツの上に落ちた僚平の手を取った。そのまま、自分の下肢へと導いていく。

「……！　な、に――」

とたんにびくりと逃げかけた手首を離さずに、さらに強く押しつけた。瞬《まばた》いた僚平の目尻から涙がこぼれるのを目にして、ずんと腰が重くなる。反射的に歯を食いしばった努力も空《むな》しく、押さえた箇所がさらに高まるのを、僚平の手のひら越しに知った。

浅い息を吐く僚平の、目尻に溜まった涙をキスで拭って、左右田は耳許で低く囁《ささや》く。

「萎えるどころじゃないっすよ？　オレ、この通りですから」

「……も、やめ、――い、くら何でも、無理……」

「無理かどうかはオレが決めます。オレはもっと、せんぱいに触りたいんで」

声もなく首を振る様子に、煽られた気分になった。ゆるりと身を起こして、左右田は再び僚平のジーンズに手をかける。弱い声での制止を無視して下着ごと引き下ろし、開かせた膝の間に身を入れた。いったん終わった僚平のその箇所に、今度は唇を寄せていく。気配と吐息でそれと気づいたのか、僚平がぎょっとしたように顔を上げてこちらを見た。

「や、そ……ば、何、考え――」

「大丈夫です。だから、せんぱいは楽にしててください」

かすかに逃げる素振りを見せた大腿《だいたい》を掴んで、力尽くで引き戻す。下肢の間を唇で含み取ると、僚平の喉が小さく音を立てた。

「……ぁ、うっ――……ん、――」

半分以上、吐息のような声だ。それなのに、その響きを聞いただけでさらに腰が重くなった。同時に、同じ男のその箇所にこんなふうに触れて、まるで嫌悪を感じないことに――それどころかもっと泣かせたいと思っている自分に、感心した。

アルコールのせいか、それともある程度慣れているのか、僚平の肌はわかりやすく素直だ。口で拒否しようが身体で逃げる素振りを見せようが、左右田の指ひとつに過敏に反応する。

唇で捉えた箇所を煽りながら腰の奥に指を進めると、待ちかまえていたように下肢が震えた。

男同士のやり方は、うすうすには知っている。高校の時に友人とこっそり見たビデオの中にその手のものが混じっていて、好奇心のまま全員で最後まで視聴した。逸《はや》る気持ちを堪えてその記憶を辿り、僚平の身体に準備をほどこしていく。

怪我や無理を、させたくはなかったのだ。せっかく今、感じてくれているのなら、最後までそのまま夢中になっていてほしかった。

最初は途切れがちだった声が、ひっきりなしになっていく。その声にまで煽られて、気がつけば捉えた箇所を執拗に探っていた。

頃合いを見て、左右田はそろりと身を起こす。下になった膝の合間に腰を入れ、敷布に肘をつく形で僚平の顔を覗き込んだ。

厭がられたらどうしよう——という危惧は、潤んだ目で見上げてくる僚平の、必死に堪えているような顔を見た瞬間にどこかにはじけて消えてしまった。たまらず強引に呼吸を塞いで深いキスを仕掛けると、僚平が喉の奥でかすかな声を上げる。探り当てた舌先を搦《から》め捕りながら、摑んだ膝を引き上げて深く腰を入れた。

「……ン、っ——」

僚平の悲鳴に重ねて、ぎりぎりで声を押しつぶした。そのまま持っていかれるかと思うほどの深い悦楽に、左右田はどうにか自制する。はずみで離れてしまった唇を啄《ついば》んで、頬から目尻や、瞼《まぶた》へとキスを落とす。こめかみや耳朶を撫でながら、僚平が落ち着くのを待った。

「——ぁ、う……」

唇越しに聞こえた声にすら、煽られる気がした。身体の間にわずかな隙間すら作りたくなくて、左右田は片手を僚平の腰の下に入れる。強く抱き寄せながらさらに身を進めると、下になった相手が悲鳴のような声をこぼした。

喘《あえ》ぐような呼吸を繰り返す頬を、指先でそっと撫でる。縋《すが》るように見上げる表情に誘われて目尻にキスをしながら、左右田は荒くなった呼吸の合間に声を絞る。

「せんぱい、大丈夫、すか……？」

返答の代わりのように、僚平はきつく目を閉じる。それが拒絶に見えて、そう思うだけで胸が苦しくなって、なのにどうしても手放せなかった。

「……ぁ、……っ」

耳に入ったかすかな声に、腰から背すじがぞくりとする。それが伝わったように、抱き込んだ僚平の腰が小さく跳ねて震えた。その感覚にすらたまらない気持ちになって、左右田は浅い呼吸を繰り返す喉に顔を寄せる。

その時、躊躇いがちに上がった手が左右田の背に触れた。引っかくように爪を立てられる、その痛みに泣きたいほどの安堵を覚えた。

■

覆水盆に返らず。

という諺《ことわざ》を知ったのがいつだったかは記憶にないが、こうもしみじみとその意味を噛みしめたのは初めてだ。

一週間後の昼休みに、左右田はいつものように学生食堂にいた。入学以来、僚平との定番の待ち合わせ場所になっている窓辺の席に座り、頬杖をついて入り口を眺めている。そこから視線を右に流した場所にある時計が指すのは、昼休み終了五分前の時刻だ。

……どうやら、僚平は今日もここには来ないらしい。

落胆して、左右田はテーブルの上で組んだ腕に顎を載せる。

午後の講義に駆け込むつもりか、複数の足音がばたばたと食堂から出ていく。それを聞きながら、ずんと重い気分になった。

あの日——僚平の誕生日の翌朝に左右田が目を覚ました時、見覚えた部屋の中に家主の姿はなかった。しばらくぼうっと天井を見上げ、何がどうしたんだったかと悩んで、その後でようやく前夜の経緯を思い出したのだ。

慌てて捜した部屋のどこにも、僚平はいなかった。代わりに居間のローテーブルの上に短い書き置きが置かれ、その上に小さな鍵が載っていた。

書き置きの内容は、ごく簡潔だった。必ず今日も大学に行くこと、出かける時はきちんと施錠をし、鍵は玄関ドアの郵便差し込み口から部屋の中に落としておくこと。事務的な文面に僚平の感情は窺えず、その通りにする以外にどうしようもなかった。

左右田が大学に辿りついたのは、午後一番の講義にぎりぎりで間に合う時刻だった。ひとまずおとなしく講義に出て、その後はバイトに行った。夜半になった帰り道、どうしても気になって僚平のマンションに立ち寄ったが、何度インターホンを押しても部屋の中からの応答はなく——結局、僚平とはあれきり顔も合わせていない。

僚平の身体は、大丈夫だっただろうか。

まず気になったのは、そのことだ。極力注意して慎重にしたつもりではあるが、それが「つもり」でしかなかった可能性も十二分にある。

腹を割って言うなら、左右田本人は「アアイウコト」が初めてではない。小柄で童顔でもそれなりに——もとい、そこがいいと好いてくれる女性はいたし、今はきれいに別れてはいるが、当時はそこそこ深い関係も持っていた。

ただし、彼女と「アアイウコト」になった時に、あそこまで我を忘れて夢中になったことは一度もないのだ。

どんな時にどんな表情で、どんな声を出すのかとか。さらに言うならどんなふうに泣くんだろうとか——それが気になって、どうにも目が離せない。頼むからと、もうやめろと懇願する声にすら神経を持って行かれそうになって、結局は明け方まで──僚平が気を失うまで、手放せなかった。

僚平の隣で寝入る前に、怪我をさせていないことは確認した。肌のそこかしこに露骨に残る痕《あと》に、自分がどれほどしつこかったかを思い知って肝が冷えた。

後悔先に立たずというが、まさにそんな心境だ。その時になって、左右田は自分がこの先輩にこだわっていた本当の理由に──どうして僚平に誰かが近づくのを快く思えないのかに、気がついた。

男女を問わず、友人知人が多い。それは事実だが、左右田の場合は「気がついたら周囲に人が集まっている」のがふつうで、だから敢《あ》えて自分から追いかけることは滅多にない。けれど、僚平は別だった。あの秋の日に初めて屋上で向かい合った時から──もっと僚平を知りたいと思った時から、たぶん左右田はそういう意味で僚平に惹《ひ》かれていたのだ。ただ、男同士だったから──左右田の中ではそれまで存在しなかった感情であり関係だから、まるっきり思いもしなかっただけだった。

自分だけそうなら諸々問題があるが、僚平が「女に興味がない」のなら話は別だ。きちんと話をして、手順を踏めばそういう関係になれるかもしれない。

問題は、自分が明らかに順番を間違えてしまったことだ。そもそもの告白すらもすっ飛ばした上に、酒に酔って動けない僚平に一方的な狼藉《ろうぜき》をはたらいてしまった。

どんな言い訳も通じまい。あれはどうあっても「合意」とは言えない行為だったのだ。

だから、会いに行く前に許可を取るべきだと思った。ここ一週間、僚平の自宅に何度も電話を入れて、そのたび留守録に謝罪と、一度会ってほしいとの伝言を残した。

基本的に律儀な僚平は、大抵の場合は当日中に折り返し連絡をくれる。それが、一週間経っても音沙汰《おとさた》がない。大学の学生食堂に現れず、ふたりでよく行った場所でも顔を見ない。

その全部が無言の拒絶だと察しがつく以上、左右田はひたすら待つしかなかった。

何より怖いのは、僚平の信頼を裏切ったことだ。言いたい放題に左右田をいじり倒すのも、何かと声をかけてくれるのも僚平が左右田を信じてくれていたからに違いない。

それがあの夜に壊れてしまったとしたら——きれいに根こそぎ引っこ抜かれて、影も形もなくなってしまっていたとしたら……？

「ふーん。やっぱひとりなんだ？」

背後からかかった高めの声に、返事をする気にもなれなかった。それでも突っ伏していたテーブルからうっそりと身を起こして、左右田はのろのろと顔を上げる。

「うっわー、萎《しお》れた顔してやがんのー。鬱陶《うっとう》しい奴」

「……オレが鬱陶しくて、アンタに迷惑でもかけましたか？」

「こっちはどーでもいいけど、食堂のおばちゃんとかここで飯食う奴には迷惑かも。ひとりでブラックホール掘ってやがるしさ」

そう言う斉藤は、やけに興味津々という様子で左右田を覗き込んでいる。

次に言われそうなことは薄々察しがついて、左右田は意図的に突っ込みを入れた。

「ブラックホールはいつから『掘る』ものになったんすか」

「何それ。掘れるわけねーじゃん。おまえ案外頭悪いなー」

「――今、アンタが言った台詞ですが？」

「昔のことをいつまでもネチネチ言う奴って器がちっさいんだってさー。てことはおまえ、かなりちっさそうだよなあ」

もはや返事をする気にもなれず、左右田は時刻を確認する。

この時刻、僚平は講義が入っているはずだ。つまり、まずここにはやって来ない。

「なあ。そんで、イッタイ何があったわけ」

移動するかと腰を上げかけた、その時を狙《ねら》ったように斉藤が言う。うっそりと顔を向けた左右田に、畳みかけるように続けた。

「菅谷の奴、ここんとこずーっと機嫌悪ィし、何か悩んでるっぽい感じもするし。あいつさあ、ああいうの滅多に顔に出ないじゃん？　だから、相当なんだと思うんだけど」

「――……」

「吐けよー。何があった？　ていうか、おまえ何やらかしたん？」

「……なにゆえそこでオレですか」

「だって見事に避けられてんじゃん、おまえ」

きっぱりと、斉藤は言う。

「こないだまで昼メシは絶対に一緒だったのに、菅谷は全然食堂に来なくなったろ。なのにおまえは前とおンなじように昼にここにいて、メシ食わずにひたすら入り口ばっか睨んでんの。そんで何もなかったら嘘だね！」

「――……」

まともに答える気はなかったから、ずっと気になっていたことを訊いてみた。

「せんぱいは、講義には出てこられてるんすよね？」

「当たり前。ていうか皆勤だよん。菅谷って真面目だよねえ。つくづくそんけーする」

それならろくに講義に出ない我が身を振り返ってみたらどうなんだ。口には出さなかった左右田の意見は、しかしもろに表情に出ていたらしい。露骨に顔を顰めて、斉藤は言う。

「なあ、言ってみなってば。何だったら力になるよん？　こう見えても、喧嘩の仲裁って得意技だしさあ」

「……遠慮しておきます」

間に人が入ってどうこうという状況ではないのだ。素っ気なく言って再度腰を上げかけると、今度はその肩を上から押さえつけられた。

「聞いたぞ。菅谷の様子がおかしくなったのって、おまえと飲んだ後からなんだろ？」

「何の話ですか、それ」

すっとぼけて言った左右田を、斉藤はじろじろと見下ろした。

「菅谷の、友達以上彼女未満からの情報。おまえ、ストーカーみたいだって言われてたぞ」

「そういう人に心当たりはないと、せんぱいは仰《おっしゃ》ってましたが？」

「そりゃそーだ。向こうが一方的に熱上げてるだけだもんよ」

「一方的に？」

思わず顔を向けた左右田に、斉藤は仕方なさそうに言う。

「菅谷さ、昔は有名な陸上選手だったんだろ？　その頃ファンだったとか言う子なんだけど、同じ大学だって知って、どーしてもお近づきになりたくなったらしいんだよ。そのためだけにお気に入りのサークル辞めて、何の興味もないＵＦＯ研に入ってきたんだってさ。けど、菅谷はあの通りじゃん？」

「あの通り、とは」

「基本的に一匹狼。野郎友達とは遊ぶけど、女の子絡みの集まりには出が悪い。合コンにも滅多に出ないし、出てももろに仕方なさそうな感じで、自分から女の子に寄っていこうとしない。でもって、部員のはずなのにＵＦＯ研の会合にはろくすっぽ出てこない、と」

「……せんぱいからは、アンタに『幽霊でいいから』と頼み込まれて籍を置いているだけだと聞いてますが」

ちなみに「UFO研」とは、学内のサークル「未確認飛行物体研究会」の略称だ。未確認なのは活動そのものだと陰で囁かれるような意味不明の集まりだが、部外者の左右田はもちろん、一応は部員であるはずの僚平も具体的な活動内容を知らないという。

「うん、そう。会合とかはいっさい出なくていいから名前貸せって頼んだからさー」

頷いた斉藤は、「UFO研」の中心人物のはずだ。平然とした顔で、けろりと続ける。

「そういうわけで接点がほとんどなくて、進展のしようがないんだよねー。で、やっと勇気を振り絞って誘った三月末は後輩と約束があるからって断られて、今度こそと思って声かけた誕生日にも以下同文で、彼女も意地になったみたいでー。誕生日当日に菅谷の後をつけてみたら、おまえと居酒屋に入ってってたのを見たってさ。部屋から出てくるの見て必死で声かけたのも、おまえに邪魔されて駄目だったとか何とか」

「——……後をつけたんすか？　そりゃまた」

「一生懸命だったんじゃないの？　どっちみち相手にされなくてしょげてたんで、不問に付してあげてほしいんだけどさ」

「不問も何も、オレは罵倒《ばとう》されましたが」

状況を聞かされれば無理もないかと思うが、何しろ今日までそんなことは露ほども知らなかったのだ。要するに八つ当たりだからなかったことにしろと言われても、あいにく今は首肯できる精神状態にない。

「仕方ないじゃん？　ていうかさ、三月末に菅谷が約束してた後輩っておまえだろー？　二回ともおまえ絡みで断られたら、そりゃ逆恨みくらいするさあ」

いったん言葉を切ったかと思うと、斉藤はじろりと左右田を見上げた。

「で、話戻すけど。その誕生日以来、おまえらが一緒にいるの見ないんだよな。つまりその日におまえらの間で何やら起こったんじゃないかと、そういう推論が成り立つわけでー」

「……せんぱいは、何か仰ってましたか」

「ないしょー。知りたいか？　だったら一文字につきー」

「そっすか。仰ってないならいいっす」

「え、何だよそれー。おまえ可愛くないなあ」

斉藤の文句を右から左に聞き流して、左右田は今度こそ席を立った。

「何。おまえどこ行くよ？」

「……次の講義まで時間がありますので、大学図書館にでも」

「ふーん」

興味なさそうに答えた斉藤が、思い出したように言う。

「あ、そうだ。その子さあ、おまえと菅谷が会わなくなったのかなり喜んでんぞー。菅谷に声かけやすくなったって」

「……さようですか」

「追加な。仲直り、取り持ってほしくなったら言いな。特別料金で請け負ってやっからさ」

「はあ」

適当に答えて背を向けると、斉藤はそれきり追っては来なかった。

辿りついた図書館で、左右田はレポート用の資料を探しにかかる。パソコンで検索、プリントアウトした紙を手に棚の間を行き来しながら、先ほどの言葉を思い出す。

(当たり前。ていうか皆勤だよん)

つまり、講義に出てこられる状態ではある、ということだ。

大学に来ているはずだとは思っていたが、何しろ一度も顔を見なかったのだ。ほっとした反面、僚平が意図的に、しかも徹底して自分を避けているのが明白になった。

僚平のバイト先の喫茶店——「駅裏」に、左右田は敢えて近寄っていない。どうやらそれは賢明な判断だったようだと、他人事《ひとごと》のように思う。

接客のバイト中では、やってきた相手がどんなに鬱陶しくても避けられない。特に「駅裏」での僚平は始終カウンターと店内とを行き来していて、奥に引っ込むということがない。加えて言うなら左右田は僚平の後輩としてマスターに覚えられてしまっている。

追いつめるのは簡単だが、それでは余計に僚平を困らせる。そんな真似はしたくないし、したが最後、あるかなきかの希望が消えるのが目に見えている。

もっとも今は、「あるかなきか」ではなく「まずなさそう」と言い換えた方がしっくりくるようではあるけれども。

■

四日後に、実家から連絡が入った。

誕生祝いをしてやるから一度帰って来い、というのだ。

どうしてわざわざ、という気分になった。

十九にもなって家族でお誕生祝いもないだろうということもあるが、肝心の日から既に十日以上が過ぎているのだ。その間きれいに音沙汰なしで、今さら何の誕生日だと思った。

もっとも、左右田家における母親の権限はいわゆる最高指令官のようなものであり、付け加えるなら財政元締めだ。当然ながら、物言いも堂に入っている。

『あ、そう。帰ってこないんだったらいいわよ？　その代わり、後期の授業料は自力で出しなさいねえ』

「……わかりました、明日帰りますー」

素直に返事をしながら、翌日の深夜バイトが休みだったことに心底感謝した。手ぶらでいいからとの言葉に甘えて、夕方のバイトが終わった早々に実家に向かう。

ちなみに左右田のアパートから実家までの距離は、車を使えばほんの十五分ほどだ。家を出てひとり暮らしをすると告げた時に、僚平から呆れられたほど近い。

（何だそれ。わざわざ家を出る意味あんのか？）

家訓なのでと説明したが、実際のところ厳しいのか甘いのかよくわからない家だと思う。帰った実家のリビングのテーブルに、ところ狭しと料理が並び立派な誕生ケーキまで置かれていた日にはなおさらだ。小学校に上がったばかりの姪っ子に誕生祝いの歌を聞かされ、十九本の蠟燭《ろうそく》を吹き消すように強要されて、頼むから勘弁してくれと言いたくなった。

もっとも同席した姉に言わせると、

「誕生祝いは口実でしょ。家を出てからこっち、あんたが全然帰ってこないからよ。お母さん、心配してたんだからね」

ということになるらしいが。

食事もケーキも堪能《たんのう》したが、だから気が晴れるというものでもない。こぼれそうになるため息をかみ殺していると、隣でケーキを頰張っていた姪っ子が不思議そうに左右田を見上げてきた。生クリームをほっぺたにくっつけたままで、可愛らしく首を傾げて言う。

「みきちゃん、どーしたのー？　おともだちとけんかした？」

いきなりのクリティカルヒットに、誤魔化《ごまか》すことも思いつけなかった。ああともううともつかない呻《うめ》きを上げていると、姪っ子は握っていたフォークを振りあげて力説する。

「ちゃんと、ごめんなさいしないからだめなのよー？　あのね、がっこうにいったときに、いちばんにそのおともだちのところにいくの。そんで、ごめんなさいっておじぎすんの。そーしたら、ちゃんとなかなおりできるのよ？」

「……さようですか……」

「そうなのよー。だから、みきちゃんもちゃんとやってね？　やらなきゃだめなのよー？」

懇切丁寧に説明されて、非常に微妙な気分になった。

言いたいだけ言ってすっきりしたのか、姪っ子は最後まで取っておいたらしい苺《いちご》をぱくりと齧ると、とっととテーブルから離れた。ちょうど始まったばかりのアニメ番組が気になるらしく、テレビに釘付けになっている。

「何だかねえ、お友達と喧嘩したらしくてね」

「え、え？　……ああ、りなが？」

ぎょっとして挙動不審になった左右田を怪訝そうに眺めて、母親――姪っ子にとっての「祖母」が言う。

「そうそう。二日くらいじめじめしてたけど、昨日やっと仲直りしたみたい。あの年頃も大変ねえ」

「変に意地を張って、なかなか謝らないんだもの。自己主張があるのはいいけど、強情なのはちょっとね」

口を挟んだ姉と笑い合ったかと思うと、ふいと母親は左右田を見た。

「で？　おまえはまだちゃんと友達に謝ってないのね？」

どうやら隠しても無駄らしい。曖昧《あいまい》に肩を竦めて、左右田は言う。

「あー……謝ってすむことでもなさそうな感じなんで……」

「それは、謝って謝ってとことん謝り倒して、その後で言うことだわね」

「賛成。今のあんただったら、気がすむまでサンドバッグにしてもらう手もあるでしょ」

「そういう問題じゃなさそうなんだよなあ……」

ぼやいた左右田を眺めて、姉は呆れたように肩を竦めた。

「あ、そ。じゃあそのまんま、そのお友達と疎遠になるなり絶縁するなりしたら？」

「あ、いやそれはちょっと」

不穏な単語に思わずそう言い返すと、姉は少しばかり意地悪く笑う。

「あらー、いやなの？　だけど、このままだと遅かれ早かれそうなるでしょうねえ。どうも、見たところあんたの方が悪かったみたいだし？」

「駄目かどうかは決めるのは、おまえじゃなくて友達だしね。諦める前にやるだけやってお くことよ。りなじゃないけど、日を置くだに仲直りの確率は下がっていくんだからね」

「ご忠告、痛みいります……」

母親と姉に丁重に礼を言って、左右田は午後九時過ぎに実家を出た。

車通りの減った道路を走ってまっすぐに自分のアパートに帰るつもりが、勝手にハンドルが別方向に向いていた。辿りついた先で路肩に車を停め、僚平の自宅マンションを見上げてどうしたものかと迷う。

謝る上でサンドバッグにしてもらうにしろ、まずはお互い顔を合わせなければどうにもなりようがないのだ。

自宅はもちろん、バイト先にいきなり押し掛けるのは逆効果だ。かといって、今までのようにじっとおとなしく待っていても、きっと僚平からはアクションを起こしてこない。

だったら、あらかじめ予告してから押し掛けるまでだ。逃げられる可能性は大いにあるが、どうしても「このまま疎遠」ルートだけは避けたかった。

「……帰るか」

明日にでも僚平にメールしてみよう。そう決めて車に戻りシートベルトを嵌め直した時、いきなり携帯電話が鳴った。もしやと慌てて開いてみたものの、表示されているのは十一桁のナンバーのみだ。

心当たりのなさに悪戯かと思ったが、コール音は十を過ぎてもやまなかった。さすがに気になって左右田は通話ボタンを押し、そろりと耳に当ててみる。

『やっと出た！　遅いよっ』

「……はあ。といいますか、何でアンタがオレの携帯ナンバーをご存じなんでしょうか」

『ナイショー。企業秘密って奴ー』

直接会っていようが電話越しだろうが、斉藤は斉藤だ。いつもの調子でけろりと言われて、それだけでぐったりした。

「オレ、これから車運転しますんで。切りますね」

『ば、待てって！　菅谷！　菅谷がヤバいんだよ、おまえ今どこにいんのっ⁉』

「せんぱいん家《ち》の前っすけど。ヤバいって、何がっすか」

思わせぶりな言い方が気にはなるが、何しろ相手が相手だ。慎重に問い返すと、斉藤は珍しく切迫した声になった。

『話はあと！　緊急事態ってことで、今すぐかっ飛んで来い。場所はな』

続けてまくしたてられた店は、左右田も行ったことがある駅に近い繁華街の飲み屋だ。

もっとも、下手に出向いた日には都合よく送迎係にされてしまいかねない。今すぐに通話を切りたい気持ちを抑えて、左右田はもう一度、問いを口にする。

「すんませんが、質問に答えていただけませんか。せんぱいがどうなさったと？」

『だっから！　うちのサークルん中に、菅谷を目の敵にしてる人がいんだよっ。何かしつっこく絡んでると思ったら、今の今、強引に外に引きずり出そうとしてんの！』

「……さようですか。ですが、せんぱいなら大抵のことは自力で何とかされるはずですが」

相手が誰だろうが、言うべきことは言うのが僚平なのだ。下手な手出しは無用無益、差し出た真似をしようものならかえって呆れられてしまうのが落ちだ。

思いながら、左右田は片手でナビを操作する。店の名前を表示し、ルートを確認していると、斉藤が切羽詰まったような声をあげた。

『いつも通りだったら電話すっかよっ。菅谷、誕生日を口実にがんがん飲まされて、見事にめろめろになってんの！　あのまんまじゃあぼこられて、どっかに捨てられるかも――』

「すぐ行きます。絶対、目を離さないでくださいっ」

即答と同時に携帯電話を助手席にぶん投げて、アクセルを踏み込んだ。ナビを頼りに黄色信号を突っ切って、目的の飲み屋へ向かう。

所要時間十分で、教えられた店に着いた。駐車場に車を突っ込み、運転席から降りながら斉藤に電話を入れる。すぐに応答した相手に言葉で誘導されて、路地の奥へと走った。

「あ、来た！　左右田だっ」

その直後、少し先から聞き覚えのある声がした。足を止めてみれば、路地の曲がり角の塀に張り付くように斉藤が立って、ほっとした顔で左右田を見ている。

「せんぱいは!?　どこに」

「この先の突き当たり。何か変な雰囲気になっててさ。その……例の女の子の件で」

「はあ？　何すか、それ。せんぱいは知らないって」

「菅谷が知らないだけで、サークルん中では有名なんだよ。んで、問題はうちのサークルの先輩方が、その子のことを気に入ってるってことでー」

語尾は曖昧に濁されたが、何となく経緯が見えた。

つまり、お気に入りの女の子が追いかけている男、つまり僚平がいろんな意味で気に入らないから絡んで連れ出した、ということなのだ。

「で？　あんたは何でここにいるんすか」

「え、だっておまえのナビゲーターやんなきゃだろ。それと、どう考えても俺が仲裁に入ったって無駄じゃん？　ってことで、おまえはとっとと仲裁に行ってくれば」

けろりと言い返されて、不快指数がマックスまで上がった。ぎろりと斉藤を睨んでから、左右田は極力足音を殺して路地の先へと急ぐ。

飲み屋が入ったビルが立ち並んだ通りは、徒歩でなければ通れないほど狭い。等間隔に街灯があり、そこかしこにネオンが光っているものの、ビルの壁面には窓もなく、ドアが閉ざされているためか閉鎖的な雰囲気がある。

その通りの奥から、いたぶるような複数の声が聞こえてきた。

「……からさあ、いい気になんなよ？」

「そうそう。昔有名選手だったか何だか知らねーけど、それって過去の栄光だろ。いつまで振りかざしてんだか。みっともねえのー」

どこの誰が、いつそんな真似をした。その場で怒鳴ってやりたいほど、腹が立った。

僚平は、選手時代のことは何ひとつ言わない。周囲が話題に乗せても受け流すばかりだ。

実を言えば左右田自身も、その頃の話を本人から聞いたことは一度もない。

——簡単に、口にできる過去ではないからだ。それを、どうして赤の他人が揶揄《やゆ》するのか。

思った瞬間に、左右田は足音を殺す労力を放棄した。大股《おおまた》に、路地の奥へ突っ込んでいく。

路地の突き当たりの狭い空間で、半円を描いていた四人分の影が振り返る。駆け寄る左右田の正体を確かめるように、じろじろと目を向けてきた。

その半円のさらに奥で、僚平が壁を背にアスファルトの上に座り込んでいた。

ぐったりと俯《うつむ》いて動かない様子に、頭の中が真っ白になった。

「何、おまえ」

「ちょ、……おい、何なんだよっ」

声を無視して、人影を乱雑に押し退ける。僚平の傍に膝をついて、顔を覗き込んだ。

「せんぱい、大丈夫っすか。——せんぱい？」

僚平の顔は赤く、アルコールの濃い匂いがする。ただし、表情は眠っているように穏やかだ。ジーンズの裾や靴が引きずったように汚れているが、見た限り外傷もない。

——間に合ったらしい。

安堵して、全身から力が抜けた。その背後から、揶揄めいた声が降ってくる。

「何だよ、こいつ」

「あ、そういや聞いたことあるな。菅谷にプチストーカーみたいな奴がついてるってさ。こいつじゃねえ？」

「何だそれ。金魚のフンか？」

けらけらと笑う声を無視して、左右田は僚平の脇に腕を回す。抱え起こそうとした時、無造作に背中を蹴《け》られた。辛うじて持ちこたえた頭上から、少々呂律《ろれつ》の怪しい声が降ってくる。

「待てよ。どこ行くんだよ、菅谷は俺らと飲んでんだぞ？」

「そうそう。そいつ、重大なペナルティがあるからさー」

「連れて行かれたら困るなあ。おまえイラナイから、菅谷だけ置いていきな」

「あ、金魚のフンだからどこまでも一緒かー？　だったらおまえも一緒にペナルティ被《かぶ》る？」

声と同時に、今度は左右田の腰や足に蹴りが入る。反射的に僚平を庇《かば》うと、馬鹿笑いの合唱が聞こえてきた。興が乗ったのか、左右田のシャツを摑んで引きずろうとする。

酔っ払いの集団ほど、たちの悪いものはそうそうない。判断力が低下するくせにノリだけはよくて、ろくでもない方向に傾き始めたら坂道を転がるように加速度をつけ始める。

そうなる前に、逃げるしかなさそうだ。

もう一度、僚平をその場に座らせる。その後の振り向きざまに、ちょうど飛んできた蹴りを片手で受け止めた。摑んだ足首を軽く引いて捻ると、派手な悲鳴を上げた相手が呆気なくその場で転倒する。一拍後、色めきたったように他の面々が表情を変えるのがわかった。

長引かせないよう、とっとと決着をつける。思い決めて、左右田はゆるりと腰を上げる。背に僚平を庇う形で、四人の酔っ払いと対峙《たいじ》した。

■

「——……げ、左右田っ!? おまえ怪我、してんじゃないのっ？」

左右田が僚平を抱えて例の店の駐車場に戻った時、車の傍には斉藤がいた。左右田を見るなり駆け寄ってきて、ぎょっとしたように目を剝《む》いて言う。

「別に、どうってこたないです」

素っ気なく返して、左右田は僚平を抱えたままで車のロックを外した。さすがに気を利かせたのか、斉藤がドアを開いてくれたのを幸いに、助手席に僚平を担ぎ込む。

どれだけ飲んだのか、僚平は相変わらず寝入ったままだ。ルームライトをつけて様子を見たが、寝顔も呼吸も落ち着いている。これなら、そのまま寝かせておいて大丈夫だろう。

シートベルトを嵌めた僚平に膝掛けを被せてから、車を降りてドアを閉じた。そのドアに凭れる格好で、おもむろに斉藤を見る。

「——で？ どういうわけだったのか、納得できるようにオレに説明していただけますか」

そう言った自分の声音は、思っていた以上に低くて不機嫌だった。

相手が四人揃って酔っ払っていたのが、今回は左右田に都合よく転んだのだ。「先輩方」の中に喧嘩慣れした人間がひとりもいなかったのも、酔っていたとはいえ一応の状況判断ができる程度だったのもこちらにとっては幸いだった。

つまるところ、ひとりの足を摑んで地面に転がし、もうひとりの腕を摑んで壁に叩きつけた時点で、残り二人は見事に戦意喪失してくれたのだ。後は空気を乱さないように、僚平を抱えてその場から抜け出すだけですんだ。

もっとも、だから不問に付してやろうというほど善人でいるつもりは毛頭ない。わざとじろじろと見下ろしていると、斉藤は少しばかり狼狽えたように言う。

「だから、UFO研の飲み会だったんだよ。いつもは菅谷は出ないんだけど、このところくさくさしてるみたいだったから俺が誘って」

「誘って飲ませて、絡まれているのは放置ですか。ずいぶん頼りになる友達ですね」

やんわりと皮肉った左右田に、斉藤は露骨に厭そうな顔になった。

「何、その言い草！　左右田、案外性格悪いよなー。見ればわかるだろー？　俺はおまえと違ってか弱いんだよ。先輩四人相手じゃあ、どう考えても勝ち目とかないじゃんか」

「その前に、あんた電話でオレに何て言いました？　例の女の子絡みでせんぱいを目の敵にしてる奴がいたんすよねえ？　それを承知でサークルの飲みにせんぱいを誘うってのは、どういう了見っすか」

追及に、斉藤はわかりやすく返事に詰まった。ややあって、開き直ったように言う。

「……そりゃ、俺もちょっとは配慮が足りなかったかもだけど！　でもまさか、本気であの人たちが何かやらかすとは思わないだろ⁉　それに、俺はちゃんとおまえに助けに来いって連絡したし！　だったら十分、お釣りが来るはずじゃんか！」

「釣り、ですか。アンタの方が、ずいぶんせんぱいに借りてるように見えますけどね」

自分でも、冷ややかな物言いになったと思った。案の定、斉藤は鼻の頭に皺《しわ》を寄せる。

「どこがだよ。何でおまえがそこまで言うわけ？　ていうか、そこまで言われるんだったら連絡すんじゃなかったかもー」

「あんた、本気で最低最悪っすね。酔っ払い相手に常識が通じると思ってんですか。本当に何かあったらどうする気だったんすか？」

「でも、菅谷は無事だった。おまえの怪我は名誉の負傷ってことで、仲直りのいいチャンスになるんじゃないの」

どうやら、何を言っても無駄なようだ。渋々ながらに得心して、左右田はうんざりと言う。

「あんたが墓穴を掘るのは勝手ですが、せんぱいを巻き込むのはなしにしてくださいよ」

「えー、何それ。誰が巻き込むって？」

「かえって面倒になるので、余計な気を回さないでくださいと言ってんです。――んじゃ、オレはこれで帰りますんで」

素っ気なく言って、左右田は運転席に回った。その背後から、斉藤の声が追いかけてくる。

「え、待てよー。ついでに俺も乗せてけよっ」

「あいにく方角が違いますんで。では失礼」

背を向けたままで言って、車のエンジンをかけた。まだ何か文句を言っている斉藤を置き去りに、左右田は車を走らせる。

酒酔いを免罪符に、とんでもない真似をやらかす輩《やから》はいくらでもいる。それを、左右田は間近で知っている。

姉の夫を通じてできた友人知人は社会人経験数年の「大人」ばかりだが、その中にも素面《しらふ》ではあり得ないことをやらかしたり、酒を言い訳に羽目を外すようなのがいるのだ。

自己責任で終わる範囲ならともかく、集団がひとりを標的にするとなると話は別だ。酔っ払い集団の攻撃はエスカレートしやすく、警察や病院沙汰になることも珍しくないと聞く。

無事ですんだというのは、あくまで結果論だ。あそこで左右田がいなければ、意識のない僚平など都合のいいサンドバッグにされてしまった可能性が高い。

唇の端が、少しばかり痛かった。そういえば二発ほど拳《こぶし》を食らったのだと思い出して信号待ちの合間にルームミラーで確かめると、なるほどそこが腫《は》れた上に血が滲《にじ》んでいる。

指先でその箇所を撫でながら、左右田は助手席に目を向けた。

僚平は、ぐっすり寝入っているようだ。穏やかなその寝顔に、ひどく安心した。

「——せんぱい。起きられますか。せんぱい？」

立ち寄ったマンションの前で、左右田は僚平を起こしにかかった。

以前なら勝手に鍵を借りて部屋の中まで送り届けるところだが、先日の今日でそうするのは躊躇われたのだ。僚平本人の同意の上で、手を貸さなければまずい。

「せんぱい。……って」

ところが、何度揺すっても僚平が起きる気配はなかった。

誕生日の夜に見た限り、僚平はけして酒癖が悪いたちではない。その代わり、足腰に来た上に寝入ってしまうタイプなのかもしれない。

女の子だったら、絶対に保護者同伴で飲めと厳命するところだ。つくづく思いながら、左右田はもう一度ハンドルを握った。

四月下旬とはいえ、今日は朝から気温が低めなのだ。一晩中車の中にいるわけにはいかず、だったら僚平を自宅に連れ帰る以外にない。

非常に微妙な状況だけに、諸々の注意を払うことにした。帰宅した自宅アパートでまず布団を敷き、そこに僚平を寝かせて掛け布団を被せる。そうして、左右田本人は余った毛布にくるまり、布団から最も遠い出入り口付近で丸くなった。

ある意味では、幸運だったのかもしれない。

明かりを消した室内で布団の陰を眺めながら、左右田はふとそう思う。

予告して会いに行こうにも、僚平が素直に待っていてくれるとは限らない。もとい、好都合とばかりにさらに避けられる可能性の方が高い。

明日の朝、腹を据えてきちんと話をして——ちゃんと、告白もする。その上でもう一度チャンスをくれないかと頼み込んでみる。

そうして、それでも駄目だった時には——。

「……サンドバッグにでも何でもなりますって言ってみるかな……」

いずれにしても、このままでは終わりたくないのだ。それなら、できる限りの努力をするしかなかった。

■

翌朝に目を覚ました時、最初に見えたのは古びて白くなりかけた玄関のドアだった。

「……あ？」

何度か瞬いて、左右田は背中や首の下あたりがごつごつしていることに気がついた。

左右田が住むアパートの天井は古い木目で、浮かんだ模様の中には「人の顔」に見えるものが点在している。一度、姉と一緒に覗きにきた姪っ子が「お化けみたいー」と泣いて厭がった、その「顔」がいつになく視界の端に寄っていた。

——天井が端に寄ったのではなく、自分が玄関のすぐ傍で寝っ転がっているのだ。

何でこんなところでと思った、その後で昨夜の経緯を思い出した。

「う、わ……！」

慌てて跳ね起きた。薄暗い部屋の奥でうずくまる人影を見つけて、左右田は息を呑む。

僚平だった。いつから目を覚ましていたのか、すっかり布団から抜け出して、左右田から最も離れた壁際に背をつけるようにしてこちらを見ている。カーテンを引いたままの室内でも、その目が冷ややかに据わっているのが見てとれた。

「——おれ、昨夜はUFO研の飲みに出てたはずなんだけど。何で、おまえの部屋に連れて来られてるわけ？」

目が合うなり聞こえた僚平の声は、唸るように低かった。初めて耳にした響きに、左右田は慌てて毛布を押しのけ座り直す。

「あの、それはえーと、昨夜、斉藤さんからオレの携帯に連絡をいただいて——」

「斉藤？　おまえ、いつあいつと連絡先交換した？」

「はあ。……いつ、と言われましても」

僚平の表情と声音の固さに、正直に答えるのがまずい気がした。とりあえずその話は棚上げすることにして、左右田は被っていた毛布をそろそろと外す。瞬間、僚平の肩が緊張したように揺れるのを目にして、それ以上近寄らないことに決めた。

「あの。すみません、オレ、せんぱいにどうしても話したいことがあって」

「断る。おれは何も話すことはない。てめえの言い訳を聞く気もない」

即答に、左右田は一瞬声を失う。それでも、どうにか気力を振り絞った。

「あの、もちろん今さらだと思いますし、ムシのいいことを言ってるのもわかってます。ですが、オレはせんぱいが好きなんです。だから」

「へえ？　好きだから何」

語尾を切り捨てる勢いで言う僚平は、ひどく冷めきった顔をしている。投げやりにも見えるその表情にかすかな既視感を覚えて息を呑んでいると、叩きつけるように言った。

「ふざけんじゃねえよ。何がスキだって？　人を馬鹿にすんのもいい加減にしろよっ」

「野郎相手にふざけてその気になるほど、オレは節操なしじゃないっす！」

必死だった。その場で畳に手をついて、左右田は必死に言葉を探す。

「あの時、せんぱいに触って気がついたんです。オレは、たぶん高校ん時からそういう意味でせんぱいが好きでした。ただ、そういうのが想定外で気がつかなかっただけで」

一ずいぶん都合のいい言い分だよなあ。そんで？　スキだったら何をしていいって、だから許せとでも言う気かよ。斉藤まで使って、騙《だま》し打ちでこんなとこに連れ込んどいて？」

「いや、それは違うんです！　これはただ、斉藤さんが」

「おまえ、斉藤とはさほど親しくないよな。で？　その親しくもない斉藤が、おまえにおれの何を頼んだって？」

「ですからそれは」

「いい加減にしろよ」

左右田の返事を待たず、僚平は唸るような声を上げる。ゆっくりと腰を上げると、少し揺らつく足取りで近づいてきた。

「同情だか見栄だか面白ずくだか知らないけど、下手な理由捏造《ねつぞう》されんのは真っ平だ。正直に、興味があっただけだって言やいいだろ！」

叩きつけるように言うと、左右田の肩を押し退けた。

手を伸ばせばすぐに届く距離にいるのに、固まったように動けなかった。

狭い玄関スペースで靴に足を入れた僚平が、顔を顰めて傍の壁に寄りかかる。ふらつく様子に反射的に伸ばした手を、露骨にはたき落とされた。

青ざめた横顔の、頑《かたく》ななまでの冷ややかさに、それ以上動くことができなくなった。

「……触るな。二度と、おれに近寄るな」

「せんぱ、……」

左右田の声を最後まで聞かず、僚平は玄関から出ていってしまった。

音を立てて閉じたドアを見たまま、左右田はその場で棒立ちになる。

怒らせたことは、自覚していた。ろくでもない真似をしたことも、そう簡単に許してはもらえないだろうとも知っていた。

それでも、どこかで過信していたのだ。――自分なら大丈夫だと。自分にとって僚平が「特別」であるように、僚平にとっての自分も「特別」だと。後輩としてであっても、絶対に好かれているはずだ、と。

思い込んで――許してくれるだろうと、勝手に決め込んでいたのだ。

のろのろと腰を上げて、左右田は窓に近づいた。

部屋の窓は、そのまま表通りに面している。その眼下に、僚平が立っているのが見てとれた。戸惑うふうに周囲を見回して、とぼとぼと歩き出す。

そういえば、僚平が左右田のアパートに来たのはこれが二度目なのだ。しかも、初めての時も左右田の車でやってきたから、帰りのルートは知らないはずだった。

慌てて靴を引っかけて、外に飛び出した。せめて駅まで送ろうと通りに出て、歩道を歩く背中を見つける。前後して、左右田を見知った色のバスが追い抜いていった。

少し先の停留所で停まったバスに気づいたらしく、僚平が足を早める。ぎりぎりで乗り込んでいくのを目にして、左右田の足が半端に止まった。目をやったバスの行き先は最寄り駅前で、それなら大丈夫かと思う。

たぶん。あの見幕では、送ると言ったところで僚平は応じてはくれない。かえって、左右田を避けて道に迷うことになりかねない――。

「——……」

その場に突っ立って、左右田はバスを見送る。角を曲がった大型の車体が見えなくなってなお、その場から動けなかった。

■

物事というのは、もつれ始めると連鎖反応を起こすものらしい。

いわゆるドミノ倒しのようなものだ。ひとつ蹴躓《けつまず》いた結果、次から次へと事態が先に転がっていく。行き先は見えるのに、どこでどう止めればいいかがわからない。やっと止めたと思っても、枝分かれした先で次々と倒れていく。

「なあ。いったいどうしたん？　おまえと菅谷」

三コマ目が臨時休講になって時間がぽかりと空いた午後、図書館に行く気力もなく学生食堂のすみに座り込んでいたところに、斉藤が声をかけてきた。

前回の言い合いを根に持ってか、ここ数日の斉藤はとてもわかりやすく左右田を避けていたはずだ。目が合っても寄ってくるどころか、そそくさと背を向けて遠ざかっていく。

それがどうして話しかけてきたのかと言えば、あの後の左右田と僚平の様子を、一応は気にかけていたらしい。

「はあ。どうしたんでしょうねえ」

我ながら、わかりやすく腑抜《ふぬ》けた返事になった。もはや学生食堂の入り口を睨む気力もなく、左右田は半分以上中身の残った定食を持て余している。

インフルエンザにやられても食欲旺盛《おうせい》というのが左右田の身上だ。まさか「食欲がない」という感覚を我が身で思い知ろうとは、これまで考えてもみなかった。

斉藤は、露骨に訝《いぶか》しげな顔で左右田を眺めた。

「それ、こっちが訊いてんですけどー。ていうかおまえ、タマシイ抜けてないかー？」

「はあ。そーっすね、もしどっかでオレのたましいとやらを見つけた時には、ふん捕まえて連行していただければ助かります」

「いや、だからそうじゃなくて！　おまえら、何で前よりおかしくなってんだよ!?」

痺《しび》れを切らしたように斉藤が喚《わめ》く。

のろりと視線を動かして、左右田は斉藤に目を向けた。

――あの「お迎え事件」から、今日で四日目になる。

学内でも学外でも、左右田はろくに僚平の姿を見ない。僚平からの連絡も、もちろんない。

それだけなら前と同じだが、最後に別れた朝から今日に至っては、かけたはずの電話が留守番電話に繋がらない。もとい、留守番電話以前にまともに先方にかかっているかどうかも怪しくなった。公衆電話からかけてみたら留守番電話に繋がったから、左右田の携帯ナンバーそのものが着信拒否されている可能性が高い。

留守電のメッセージを受けることすら、真っ平だと思われているわけだ。

改めて思い出して、胸の奥がずんと重くなった。頬杖をついたまま、空いた指先でこめかみのあたりをがりがりと掻《か》いていると、もう一度、横から少し遠慮がちな声がする。

「なあ、おい……おまえら、マジで喧嘩してんの？　ていうか、菅谷の奴、何であそこまで腹立ててんだよ？」

珍しいことに本当に心配げに言われて、左右田はへらりと笑ってみせる。

「ま、いろいろあるってことっすよ。せんぱいは無事だったんだからいいんじゃないっすか？　――そうだ、オレ、まだ斉藤さんにお礼言ってなかったっすよね？」

「お礼っておまえさー」

「その節は、どうもありがとうございました。また何かせんぱいに危険があるようなら、オレにこっそりお知らせいただけると助かります」

言って、左右田はその場でぺこりと頭を下げる。ゆるりと顔を上げてすぐに、複雑怪奇な表情になった斉藤と目が合った。

「……いっけどさ。あんだけこじれててもおまえ、菅谷のためなら動くんだ？」

「はあ。自己満足みたいなもんですが」

結果的に決裂してしまったが、だから「もう関係ありません」と言えるほど諦めがよくできてはいないのだ。ついでに悪いのは全面的にこちらだから、無視されても仕方がない。

斉藤はしばらく無言だった。小首を傾げ、可愛らしい顔でじっと左右田を見下ろしている。

ややあって、ぽそりと言った。

「あのさあ……菅谷と話してて思ったんだけど。あいつ、全然わかってなくないかー？　おまえがこの前、助けてやったこととか」

「はあ。まあ、そんな感じですねえ」

わかっているもわかっていないも、あの時の僚平の認識では「酒を飲んで前後不覚になっている間に斉藤から連絡を受けた左右田が勝手に僚平を自宅に連れ込んでわけのわからない弁解をしてきた」で終わっているのは確定だ。決死の告白まで捏造扱いされ、「近寄るな」と宣言された日には、もはや弁解の余地はない。

「そんで？　おまえ、何でちゃんと説明しないわけ」

「はあ。説明なら、しようとはしたんですが。――あ。そういや斉藤さん。アンタ、何でオレの携帯のナンバーを知ってんです？」

あの時にも不審に思ったことを口にすると、斉藤は急に黙った。平然としたフリで目許が泳いでいるのを見て取って、左右田はさらに追及する。

「オレ、アンタにナンバーを教えた覚えはないんですけどね。ついでに、オレのナンバーそのものを知ってる奴も少ないんで」

左右田が携帯電話を持っている主な理由は、「バイト関係で連絡がつくものが必要だから」だ。バイト三昧で遊ぶ相手が限られていることと、大抵の相手とは大学で顔を合わせればすむため、ごく親しい相手にしか教えていない。

斉藤はもともと別の高校からの進学組で、大学で初めて顔を合わせた相手だ。しかも一学年上で学部も違っているため、僚平しか接点がない。

しかるに僚平は、本人に無断で携帯ナンバーを他人に教える人間ではなく――だからこそ、携帯に斉藤からの連絡があったという事実が、左右田への不信感とあの誤解へと繋がったのだろうと思う。

「斉藤さん？　ちょっとアンタ――」

「あ、そうだ！　例の女の子さあ、他に男ができたらしいな。今度こそ理想の相手を見つけたって大はしゃぎで、ＵＦＯ研に退部届け出したってさ。今度は彼氏と一緒のサークルに入るとかって」

「……さようですか。それはよかったっす」

もともとの始まりがその女の子だったことを思えば、非常に都合のいい話だ。つくづくほっとしながら、同じことならもっと早く理想の彼氏とやらを見つけてほしかったと思う。

「ところで、その彼女が退部ってことはどうなんです？　例の先輩方とやらは」

「あ、うん。それがさ――」

言いかけた斉藤が、半端に口を噤《つぐ》む。おやと思っていると、背後から肩を叩かれた。

「ああ、いたいた。こんなところに」

「何だよ。案外わかりやすいじゃんか」

耳に入った複数の声には聞き覚えがあるが、もれなく有り難くない記憶が付随している。どう反応したものかと考えていると、先に斉藤が声を上げた。

「あのー、何かこいつに用ですかー？　あいにく、今は俺が先約なんですけど」

「え、先約って何。斉藤ってこいつとどういう関係？」

「こいつ、斉藤まで誑《たら》し込んでんのかよ。金魚のフンのくせに生意気ー」

誰がフンだと思う以前に、あまりにも語彙《ごい》が少なすぎないかと呆れた。ついでに発想力の貧困さにも失笑する。

お迎え事件の時の、「先輩方」なのだ。いつの間にか、四人で左右田の周囲を固めるように立っている。

「どういうって、俺にとっても知り合いなんでー。それと、すみませんけどこいつに用ならまた後にしてもらえませんかー？」

口を挟んできた斉藤に、左右田はさらに意外な思いがした。

卑怯《ひきょう》なまでの逃げ足の早さと、薄情と紙一重の割り切りのよさが斉藤の身上のはずだ。先日、僚平の困窮に表向き知らん顔をしていたのもそれゆえで、自分が標的になるような真似はまずやらない。

「後って言われても、こっちにも都合があるからな」

「でもこいつ、これから講義があるんですよねー。教授に目をつけられてる問題児なんで、下手に休むわけにはいかないっていうかー」

これで、どうやら斉藤は左右田を庇っているつもりらしい。珍しい以前にあり得ないことが起きたと思っていると、その斉藤に「先輩方」は言う。

「すぐすむよ。この前はこいつに世話になったから、その礼をね」

「そうそう。いただいたものはちゃんと返さないとねー」

妙ににこやかな声とともに、肩を摑んでいた手に力が籠《こも》った。

暇な連中だと呆れたが、下手に逆らうと大騒ぎになりそうだ。雰囲気で察して、左右田はのんびりと振り返る。予想通り、見覚えのある面々を認めてにっこりと笑顔を作った。

「いっすよ。オレでよろしければおつきあいします。——ちなみにご招待いただくのはオレだけっすか？」

問いの意味に、ひとりはすぐに気がついたらしい。厭そうに顔を歪めてから言った。

「おまえだけだよ。菅谷はもうどうでもいい。結局、あいつもフラレたんだしな」

フラレたのはてめえらだけだろうと内心で笑いながら、左右田は神妙な顔で席を立った。

「了解です。んじゃあ、どこなりとおつきあいしましょう」

「え、ちょ、……左右田っ」

慌てたように、斉藤が袖を摑んでくる。その手を押し留《とど》めて、左右田は斉藤に負けないようににっこりと「可愛らしく」笑ってみせた。

「ちょっと行ってきますんで。ところでアンタは今現在、履修してる講義の真っ最中ですよね？　出るつもりがおありなんでしたら、急いだ方がいいっすよ」


誰が何と言おうが、左右田は原則平和主義者だ。

柔道場に通い始めたそもそものきっかけは、やたら周囲に「可愛い」扱いされたことだった。強くなって見返してやるつもりで通いつめ、それなりに昇段もしたが、そもそもの道場での教えが「無用な争いは避けること」だったのだ。曰く、道場での鍛錬にしろ試合にしろ、目的はあくまで自己修行であって、他人を叩きのめすことではない。道場や試合以外で力にものを言わせるのはただの喧嘩に過ぎず、それで満足するような器は卑小に過ぎる。

道場通いそのものは去年の夏でいったん終わらせたが、基本的に左右田は師匠のその教えに賛同している。なので、よほどのことがない限り――よほどのことがあったとしても、自分ひとりの時には手を出さないと決めている。

もとい。くだらない理由で絡んでくるような相手に拳を使った日には、過去にあの道場で重ねてきた鍛錬まで地に落としてしまう。

「ま、こんくらいで許してやるよ」

「何だ、こいつ。口ほどにもねえじゃん」

「案外弱えのー。見かけ倒しかよ」

足音とともに遠ざかっていく四人の嘲笑《ちょうしょう》を聞きながら、左右田は地べたに転がって青い空を見上げていた。

「先輩方」に連れて来られたのは、大学構内でも人影の少ない奥庭の、さらに奥に立てられた物置の裏だった。お誂《あつら》え向きに足許はコンクリートではなく少し湿った土で、ところどころに生えた短い草が身体の下でつぶれているのがわかる。

まだ午後も早いこの時刻、よく晴れた空に君臨しているはずの太陽は、寝転がった今の視界ではちょうど物置の陰になる。いつになくすっきりと見える空のてっぺんは雲ひとつない青で、澄んだ色が染みるように鮮やかだった。

地面に伸びたままで検分してみたが、顎に一発入れられた以外は脇腹だの肩だのを殴られた程度だ。壁際に追いつめられたおかげで微妙に受け身を取り損ねたとはいえ、それなりにうまく身体を逃がしたから打撲少々といったところだろう。

何より幸運だったのは、向こうが昼日中の大学構内で「仕返し」してやろうと考えるレベルであり、こちらの力量が読めない連中だったことだ。変に場慣れした相手では、こちらのフリに気づかれて本気でやりあわなければならなくなるところだった。

「……――」

そろそろ起き上がろうかと思いながら、何となくその気になれなかった。こうも堂々と地べたに寝ていられる機会はそうそうないし、まあいいかとそのまま空を眺めていると、こちらに駆けてくる足音がした。

もしかしたら、「先輩方」が様子を見に戻ってきたのだろうか。

だったらなおさら、動けないフリをしている方が得策だ。わざわざ顔を向けて確かめるのも面倒で動かずにいると、いきなり見知った顔が近く覗き込んでくる。

「おい左右田、大丈夫かよ⁉」

僚平だった。白くなった顔で地面に転がったままの左右田を見下ろしたかと思うと、いきなり肩を揺すってくる。

「どこをやられた？　どのあたりが痛いんだ、動けるのか？　あ、そうだ救急車っ……」

泡を食ったように離れかけた、その肘を思わず掴んでいた。え、と再び覗き込んできた顔をまじまじと見上げて、左右田は何度も瞬く。

「……えーと……？　菅谷、せんぱい？」

どうしてここに僚平がいるのかと思った。呆気に取られ、それでも掴んだ肘を離せずにいると、間近にあった僚平が露骨に顔を歪める。

「――、せ、んぱいじゃねえよ！　おまえなにやってんだよ、昼日中からっ！　難癖つけられたからって、いちいち真面目につきあって、あげく怪我してどうすんだっ」

「あ。いやその心配はご無用です。打撲少々ってとこですから」

「打撲、って……」

「適当に殴らせて、ついでに大袈裟《おおげさ》に転がってみせたんすよ。したら、十分に満足してくださったようでした」

地面に転がったままで「ね？」と笑ってみせると、僚平は力が抜けたように傍に座り込んだ。まじまじと左右田を見下ろしてから、思い出したように眦《まなじり》を吊《つ》り上げる。

「て、めえな！　何ともないんだったらとっとと起きろよっ。いつまでそんなところで倒れたフリしてやがるんだっ」

「あ、いや。空が、高いなあと」

え、と僚平が虚を衝かれたように黙る。左右田の視線を追いかけるように、真上の空を見上げた。

「せんぱい、高校ん時によく屋上から空のてっぺんを見てましたよね。それを、思い出してました」

「……――」

空を見ていた僚平が、ふっと左右田に視線を戻す。その気配を知っていて、左右田は上を見たままで続けた。

「初めてせんぱいと話したのが、屋上だったじゃないっすか。あの後でオレ、せんぱいの真似してみたんすよ。したら、空がすげえ高くて何とも言えない青だったんで――ああ、せんぱいはこれを見てたのかって納得したんす。そんで、ここに寝っ転がったらちょうど空が見えたんで」

僚平は、しばらく無言だった。ややあって、ため息まじりにぼそりと言う。

「――何だよ、それ……」

「せんぱい？」

「……気が抜けた。心配したおれが馬鹿みたいじゃねーか」

ため息混じりに言ったかと思うと、僚平がふいと腕を引く。つられて引っ張られて、ようやく左右田は自分がずっと僚平の肘を摑んでいたことに気がついた。

火傷《やけど》でもしたように、手を離していた。

とたんに、僚平が怪訝そうな顔になる。呆れた様子を隠さずに言う。

「とにかく、もう起きろよ。そのまんまだとシャツも汚れるだろ。それに、その面は一応でも手当しといた方がいいだろうし……って、おい？」

「あ、いやあの、すんません！　オレ、自力で平気ですんでっ」

伸ばされた僚平の手を避けるように、慌てて左右田は身を起こした。さらに胡乱そうな顔になった僚平に、言い訳のように言う。

「すんません、勝手にその、触っちまってて」

「――――」

謝罪がかえって気に障ったのか、僚平は露骨に眉を顰めた。いきなり左右田の頬を摑むと、少し切れた唇の端に、狙ったようにぐりぐりと親指を押しつけてきた。

目の前の視界が、一部歪んだ気がした。

切り傷とはいえ、一応打撲混じりだ。辛うじて声を押し殺したものの、ピンポイントでそんな真似をされた日には、相当に痛い。

「ひゃ……はろ……へんぱひ……？」

「何だよそれ。どういう意味だ。あぁ？　こっちにわかるように、ちゃんと説明しろ」

辛辣《しんらつ》な言葉とともに手を離してくれたが、僚平は睨むように左右田を見たままだ。

じんじんと痛む口許を押さえて、左右田はそろそろと言葉を探す。

「えー……その、オレが勝手にせんぱいに触るのは違うかな、と思ったんすけど」

「ふーん？　んじゃおれも勝手におまえに触っちゃいけないのか。そりゃ初耳だな」

「あ、いやっ！　せんぱいはいいんすよ、オレのどこにどう触ろうが、もうお好きにしていただいていいんです！　ただ、その」

言葉を探して視線をうろつかせていると、傍で僚平が長くて深いため息を吐いた。今度こそ、むんずとばかりに左右田の腕を摑む。決定事項のように言った。

「とにかく立てよ。移動するぞ」

■

駐車場まで左右田を引っ立てた僚平の主張は、「近いからおまえのアパートに行け」というものだった。

「あ、いや、でもあのせんぱい、講義の方は」

「誰かのおかげでぶっちする羽目になった。きっちり責任取らせるから、そのつもりでな」

その「誰か」というのはつまりきっと自分のことなのだろう——思いはしたが言い返せる状況でもなく、左右田は帰りついた自宅アパートのドアの鍵を開ける。

ずかずかと室内に上がり込んだ僚平が、振り返るなり「救急箱は？」と訊いてくる。押し入れの中ですと返すと、当然のように発掘してきた。お客さん状態で玄関先に突っ立っていた左右田に、「そこに座れ」と指示してくる。

逆らうのは得策ではなかろうと、左右田は素直にちゃぶ台の横に腰を下ろした。

怪我と言っても数か所の打撲以外は、唇の端を切った程度だ。あとは蹴られて服に泥がついたとか、せいぜいそのくらいでしかない。

口の端に絆創膏《ばんそうこう》を貼ってもらった後で、着替えるように言われた。素直に頷いてシャツを脱いでいると、ちゃぶ台に肘をついて見ていた僚平がぼそりと言う。

「——そんで？　向こうが満足したってことは、もう終わったのか」

「はあ。そのつもりで好きにさせましたんで」

「何だ、それ。どういう意味だよ」

じろりと左右田を見る僚平の目は、やはりいつもとは違っている。ありていに言うなら「据わっている」ように思えて、つい素直に白状してしまった。

「まともにやりあったら絶対に勝っちまうし、そうなったらいつまで経っても向こうのプライドが収まらないじゃないっすか。何度もつきあうのも面倒だし時間の無駄だし楽しくないし、だったら適当に殴られてこっちが負けたことにしておいた方が楽かなあと」

「楽っておまえな……馬鹿にされてんだけど、それはいいのかよ」

「馬鹿に、っすか？」

「されてんだよ。さっき、裏庭に行く途中でサークルの先輩とすれ違って」

僚平の顔を見るなり、例の四人はげらげらと馬鹿笑いしたのだそうだ。僚平を相手に、左右田は腑抜けだの見かけ倒しだのと揶揄しまくったらしい。

「いいんじゃないっすか？　言いたい人には言わせておけば」

「言わせてって、おまえね」

「菅谷せんぱいは、ちゃんとわかってくれてるじゃないっすか。だったら、オレはそれで十分っす」

「…………」

しばらく無言で左右田を見ていた僚平が、テーブルの上に散っていた薬や絆創膏を救急箱に押し込んでいく。丁寧に蓋《ふた》をする様子を眺めながら新しいシャツのボタンを嵌めて、左右田はふいに思う。

「あれ。そういやせんぱい、講義中だったんすよね？　なのに何で……っていうか、どうしてオレがあそこにいるってご存じだったんすか？」

「斉藤が、講義室に忍び込んできた」

「……は？」

即答に、左右田は思わず手を止める。思いきり複雑そうな顔をした僚平を、まじまじと見返した。

「忍び込んで、っすか……？」

「講師から見えないように、四つん這《ば》いで入ってきたからな。でもって、おまえがおれのとばっちりでリンチに遭ってると教えてきた」

「とばっちりで、りんち、っすか。それはまた」

確かに、そう言われてきれいに無視するのはかなり難しいに違いない。実際、微妙な気分になった僚平はそのまま講義室から連れ出され、廊下で斉藤から「お迎え事件」の全貌を知らされた。さらに斉藤はおまけと称して、左右田が件の「先輩方」に裏庭に連行され、殴る蹴るの暴行を受けていると注進したのだそうだ。

つまり要するに食堂で別れたはずの斉藤はそのまま左右田と先輩方の後をつけ、行き場を見届けてから僚平を呼びに行った、わけだ。

「そんで、追加サービスとかで斉藤から聞いたけど。おまえ、おれにまた何かあった時に、すぐ行くから連絡しろって言ったんだってな」

「あー……すんません。ストーカーみたくせんぱいの周りをうろつくよりはいいかなあと思っただけなんすけど……やっぱ、厭っすか」

反省し肩を縮めた左右田に、僚平は軽く眉を上げて言う。

「ストーカーとは言わねえよ。奇特な奴だとは思うけどさ」

「きとく、ですか」

「他に言いようがあるか。あんだけ無視されて言いたい放題言われて、しまいには助けにきたことまで誤解されて罵倒されりゃ、ふつうはわざわざ近づこうとは思わないだろ」

呆れ口調で言ったかと思うと、僚平はぐいと顔を上げた。真正面から、左右田を見て言う。

「先に謝っておく。――飲み会の件は、ちゃんと話を聞かずに勝手なことばっかり言って悪かった。それと、助けてくれてありがとう」

「いやあの、せんぱ……」

「けど、その前のことは謝らないからな。あの状況で、世迷い言をほざいたおまえが悪い」

ぴしゃりと言い切ったかと思うと、僚平はふいに視線を逸らした。少し俯いて、吐き出すように言う。

「先に余計なことを言ったのはこっちだし、誕生日の時のことは、お互いさまってことでなかったことにしてやる。おまえは、もう少し落ち着いて、よく考えろ」

敢えて即答を避けて、左右田はまくれあがっていたシャツの裾を直す。ちゃぶ台の向こうにいる僚平に、目を向けた。

「落ち着いて、というのはどういう意味っすか」

「……、人間、誰にでも一時の気の迷いはあるもんだろ。そんなもんに惑わされて、妙な方向に突っ走るなって話だ」

「それは、オレがせんぱいを好きだって言ったことに関して、ですか。だったら非常に申し訳ないんですが、そのご忠告は的外れですよ？」

直球で返すと、僚平は困惑したように眉を顰めた。それを真正面から見返して、左右田は言う。

「こないだお話ししたように、オレが気がついたのは確かについ最近です。ですが、それはあくまで『そうだったことを正確に認識した』という意味です。まともな認識がなかっただけで、オレは高校ン時からずっとせんぱいのことがそういう意味で好きだったんすよ。なので、迷うような前提は存在しないです」

「そういう意味って、おまえ」

「せんぱい、大学に入ってからかなり社交的になりましたよね。ご友人も増えたみたいだし。――実はオレ、それが面白くなかったんすよ」

　僚平が、意外そうに目を見開く。その表情を見据えて、左右田はゆっくりと続けた。

「高校ん時のせんぱいってひとりでいることが多くて、そうでない時は大抵オレと一緒だったですよね。そんで、せんぱいが大学に入った去年は外でふたりで会うばっかりで、他人が入る余地がなかったじゃないっすか。それが、オレにはすごく嬉しかったみたいなんです」

「うれしかった、って……おい、何だそれ」

「高校ん時もそうだったんすけど、せんぱいが他の誰よりオレと会うのを優先してくれるのが嬉しくて、一緒にいるのも楽しくて、それで勝手に思い込んでたみたいっす。その、……オレだけがせんぱいのことを理解できるんだ、とかそういう感じでですね。だからオレはせんぱいにとって特別のはずだ、とか」

　いったん言葉を切ってから、左右田は小さく肩を竦める。

「それって、結局は独占欲なんですよ。自分の近くにいてほしい、他の奴よりオレと一緒を選んでほしいって。そういうの、ふつうの先輩後輩や友達では思いませんよね」

「……そ、うとは限らないだろ？　独占欲なんか誰にだって大なり小なりあるもので」

「かもしれないっすね。けど、独占欲が高じたところで、野郎相手にその気になるってことはないんじゃないですか？」

左右田の言葉に、僚平は眦を吊り上げた。焦ったように言う。

「だ、から！　それはあの時、おれが妙なこと言ったからだろ!?　酒も結構入ってたし、そうなるとその場の雰囲気とか」

「あの時、飲んでたのはせんぱいだけじゃないっすか」

「だったらおれが誘ったってことだろ！　それで、おまえもちょっと好奇心があったとか、そういう」

「オレの方はともかく、せんぱいが誘ったってのはあり得ないっすね」

即答しながら、僚平の表情の追いつめられたような色が気になった。とはいえ黙っているわけにはいかず、左右田は整然と話を続ける。

「あの時のせんぱいは酔ってつぶれかけて、ちょっと個人的な愚痴をこぼしただけっす。ついでに、最中にもちゃんと抵抗と意思表示はされてました。あれで誘ったことになるんだったら、世の中誘ってる奴だらけになるじゃないですか」

「おい。待てよ、おまえ」

「いいっすか？　ここだけはしっかり訂正しておきますが、あれは単純に、おれがせんぱいを見てむらむらしたあげく手を出しただけなんですよ」

「だ、……でもおまえ、野郎相手にどうこうって質《たち》じゃないだろ!?」

「訂正します。せんぱいを見てその気になった以上、オレにはその素質があったんですよ」

「ミギタ、だけどっ」

まだ何か言いかける僚平を手振りで制して、左右田はわざと声を低くする。

「あの時、オレはせんぱいに触りたかったんです。触ったら離したくなくなって、だから強引に押さえつけて手を出しました。最初から最後まで素面だったし、自分がやったことも全部覚えてます。——そういうわけで、その件について全面的に悪いのはオレです」

だから、と左右田は改めて僚平を見た。

「今回は、最後まで言わせてください。まず、あの時はいきなりとんでもない真似をして申し訳ありませんでした」

その場で正座し直して、深く頭を下げた。

僚平が、慌てたように中腰になる。左右田の肩を摑んで、狼狽えたように言う。

「何でそうなるんだよ!? だから、それはおまえのせいじゃないって言っ……」

「ですが、オレはやっぱりせんぱいが好きです。それも、先輩後輩がどういうというのではなくて、ちゅーしたいとか触りたいとか、そっちの意味です」

言いながら顔を上げると、まともに僚平と視線が合った。

僚平が、狼狽えたように左右田の肩に置いていた手を離す。弱りきった顔で俯いたかと思うと、ぼそりと言った。

「だから、おまえのせいじゃないんだよ。おれだって、あの時はおかしかったんだから」

無理に絞り出すような言葉に、左右田は怪訝に瞬く。

「え……あの、せんぱい？」

「確かにおれは酔ってたし動けなくなってたけど、でも途中で逃げる気がなくなったんだよ！　他の奴だったら半殺しにしてでも逃げるけど、おまえだったらまあいいかって、思ったんだ。だから、途中から変におとなしかったろ!?」

そう言う僚平は、ひどく苦しそうな顔をしている。俯いたまま、声だけで続けた。

「そのくせ、朝になって横で寝こけてるおまえを見て――とんでもないことをやったって、思ったんだ。絶対、おまえは後悔するし、おれの顔なんか見たくもないだろうって」

「どうしてっすか？　オレはそんなこと、一言も」

「ゲイってだけで、こっちをバイキン扱いするようなのもいるからな。なかったことにしようって示し合わせたところで、起きたことはゼロには戻せないし。――正直、もうおまえとは前みたいにつきあえないだろうと思ってた」

面と向かって罵倒されるか、妙な色眼鏡で見られるか。どちらにしても想像しただけでぞっとしたのだ。左右田の変化を目《ま》の当たりにするのが、怖くなった。留守録のメッセージは聞かずに放置し、左右田と出くわしそうな場所は避けまくった。

そうこうしているうちに、あの「お迎え事件」が起きたのだ。あの朝、目を覚ましてすぐに自分がどこにいるかを知って、僚平はパニックに陥りかけた。玄関先で毛布にくるまって眠る左右田を見た時に一人分しかない布団を自分に譲ってくれたのはわかったのに、意図的な距離の取り方を「左右田は後悔している」と思ってしまった。直後に目を覚ました左右田の声を聞いた瞬間に、頭の中が疑問符と混乱で占領されて、あげくひどい暴言を吐いた。

「おまえは大事な後輩だよ。会えてよかったと思ってるし、これからも今まで通りつきあっていきたいと思ってる。だけど」

もう無理だと、覚悟を決めたのだ。何より、僚平は左右田を「あちら」に引き込みたくなかった。今度こそ縁を切るために、左右田の携帯電話のナンバーを着信拒否した。そこまですればもう追っては来ないだろうと――僚平のことなどすぐに忘れるだろうと、思った。

「何っすか、それ。どうしてそこまで」

「……『あっち』にいるのは、あまり楽なもんじゃないんだよ。できればそっちにいた方が、いろんな意味で人生が円滑に進む」

「でも、せんぱいは『あっち』ですよね？」

「戻ろうにも戻れなかったんだからしょうがねえよ。――こないだのでわかっただろ？　おれは男の方が好きな変態なんだよ」

僚平の声音は、自嘲を含んで低かった。

「せんぱいが変態なら、オレも一緒っすね。何しろ嬉しかったっすから」

え、と顔を上げた僚平に、左右田は言う。

「オレが触るたびにせんぱいが気持ちよくなってくれるのが、すげえ楽しかったんす。見てるだけでこっちも興奮したし、そんで歯止めが利かなくなっちまって、あれとかこれとか結構かなり無茶をした気がす……」

台詞が半端に途切れたのは、真っ赤になった僚平が両手で左右田の口にフタをしたからだ。じろりと睨みつけられて、その表情を「可愛い」と思ってしまった。

「て、めえなっ……何そういう台詞を、しゃあしゃあとっ――」

返事をしようにも、上下で重なった僚平の手のひらが邪魔で声が言葉にならない。それならと左右田は舌を出して、僚平の手のひらを舐《な》めてみる。

声にならない悲鳴を上げて、僚平が手を離す。その手首を掴んで、逃げられないよう近くに引き寄せた。

「あ、のなあ……おまえ」

「本当に、真面目に、真剣に言います。しつこいですが、本気です。――もし厭でなければ、オレをせんぱいのコイビトにしていただけませんか」

「……、だ、から！　そういうことは簡単に言うなって言っ……」

「簡単に言ってません。せんぱいの誕生日からずっと、オレはせんぱいのことばっかり考えてました。その上で言いますが、まだ足りないっす」

意味がわからなかったのか、僚平が眉を寄せる。それへ、左右田は堂々と言い切った。

「オレは、まだせんぱいに触りたいんです。その、……前の時は余裕もなくて、かなり無茶したと思うんで、今後はリベンジってことでゆっくりじっくり——って、せんぱいっ？」

語尾と同時に、摑んでいたはずの手で無造作にぐいぐいと顔を押された。つい先ほど絆創膏を貼ってもらったばかりの唇の端をぐにぐにと摘《つま》まれて、やっとの思いで悲鳴を飲み込む。

僚平が口を開いたのは、それから一分が経った頃だ。無言の仕返しを甘んじて受けていた左右田を眺めて、ゆっくりと言う。

「てめえの頭は鶏並みか。前に言ったよな？　おれは当分、そういうのはいらないんだよ。だいたい、野郎同士でコイビトもあるか」

「さようですか。了解しました。——ですが、オレは諦めませんので、また折を見てお誘いさせていただきます」

予想通りの反応だったから、怯《ひる》む気はなかった。用意していた返事をさらりと口にすると、僚平はひどく胡乱そうな顔になる。それへ、急いで付け加えた。

「ちなみにその間もその後も、オレがせんぱいの後輩だということに変わりはありませんので。引き続き、せんぱいの傍にいさせていただきます。ということで、ご了承ください」

「おい」

僚平の表情が、戸惑ったように揺れる。それへ、左右田はにっこりと笑ってみせた。

僚平にどんな理由や事情があるのかを左右田は知らない。ただ、――あの夜に口にした「以前」の事情が絡んでいるのだろうとは、簡単に予想がついた。

人が、過去の話をしたがらない理由は、いくつかある。ただの過去でしかないから、言ってもどうにもならないことだから、言ったところで理解してもらえないから。――あるいは、その頃の傷がまだ癒えていないから、だ。

もちろん、その事情を知りたいと左右田は思う。僚平のことなら何でも聞きたいし、できる範囲でわかることは知っていたい。

けれど、本人が言いたくないものを無理に聞き出すつもりはないのだ。ただ、……もしも叶《かな》うことであるなら、いつか僚平の方から聞かせてくれたらいいと思う。

「ああ、それでですね。コイビトが無理でもご要望があれば、オレはいつでもセフレ代行いたしますんで、ご遠慮なく声をかけていただければと」

「ご、……てめえ、自分が何言ってるかわかってんのか!?」

「間違って他の奴がせんぱいに触ったりしたら、すげえ厭ですから」

即答に、僚平が絶句する。それに軽く顔を寄せて、左右田はにっこりと笑ってみせる。

「立候補一号としては、当然の権利っすね。とにかく、せんぱいが『そういうのはいらない』間は、その権利を行使させていただきます。あ、だからってもちろん無理に何かする気はありませんので、そのへんはご心配なくっ」

畳みかけるように言うと、僚平はぐったりした顔でじろじろと左右田を見た。

「おまえねえ……そういうの、自分で言ってて空しくならないか？」

「なりませんねえ。せんぱい、ご存じないっすか？　よく言うじゃないすか、チャンスには前髪しかないって」

殴られそうだから僚平本人には言わないが、情より先に「身体で落とす」という手もあるのだ。都合のいいことに、「僚平の傍に左右田がいるのは当たり前」の状況も定着しつつある。後は僚平の、頑固なくせに押しに弱い――つまりは意外と隙だらけなところにうまくつけ込んでいくだけだ。

頭の中で算段しながら、どうやら左右田は満面の笑顔になっていたらしい。うんざりしたような顔で見ていた僚平が、諦めたようにぼそりと言う。

「……もういいから、おまえの好きにしろ。おれは関知しない」

「あーりがとうございまっす！　じゃあお近づきってことで、ちゅーさせてもらってもいいっすか？」

口にした、その勢いでずりずりと僚平ににじり寄った。

「な、……待てって、何だそれ！」

思わず、といった様子で後じさった僚平を、そのまま壁際まで追いつめる。気圧《けお》されたように動かなくなったのを囲い込むように壁に両手をついて視線を合わせ、できるだけ可愛らしくにっこりと笑ってみせた。

これはこれで、かなり正確な判定法だ。逃げられたら失恋と玉砕リスクが高い難易度満点コースだが、逃げずにいてくれるならこの先両思いの可能性が非常に高くなる。

「ちょっと待てミギタ！　おまえ、何なんださっきのしおらしい物言い――……っ」

反論を最後まで聞かずに、顔を寄せて顎を摑んだ。怯んだように硬直した隙に呼吸を塞ぐと、僚平が一瞬息を呑むのが伝わってくる。

張り倒されるのも覚悟の上だったが、僚平の手は左右とも畳に爪を立てたままだった。左右田に縋ることがない代わり、明確な拒否もない。

僚平の唇は、そのまま溶け落ちるかと思うほど柔らかかった。伸ばした舌先でその唇の合間を探っていると、摑んでいた顎が逃げるように動く。逃がさないよう力ずくで固定したついでに指先に力を込めて、閉じたままの顎を開くよう促してみた。

「……ン、――ぁ、……っ」

かすかに耳に届いた声に、腰のあたりがずんと重くなった。わずかな隙間から押し込んだ舌で僚平の唇の奥を探りながら、これなら当分の間はキスだけでも欲求不満にならずにすみそうだと、僚平に聞かれたら殴られること確実なことを思う。

どうせなら押し退けられるまでと決めたキスは、ずいぶん長く続いた。さすがに辟易《へきえき》したらしい僚平にぐいと押されて、唇は呆気なく離れていく。それが名残惜しくてつい僚平の唇のラインを舌先でなぞっていると、今度は手のひらで顔面をブロックされてしまった。

「——……この前も、思ったけどな。てめえ、いったいどこでキスを覚えた？」

やけに剣呑《けんのん》に響く声音に、ほんの少しぎくりとする。顔には出さず、のほほんと言った。

「別に、どこでってことは。まあ、オレにもちょっとした伝はありますんで」

「何の伝だ。てめえ去年まで可愛子ちゃんだったくせして、何でこうも慣れてやが——？」

左右田の鼻を捻りながら言いかけた僚平が、こちらを見るなり半端に黙る。それへ、にんまりと笑って言った。

「せんぱい。それ、もしかしてヤキモチっすかー？　だったらすげえ嬉しいんすけどっ」

「……はあ？　馬鹿かてめえ、何考えてやがるっ」

とたんに顔を顰めた僚平にぎりぎりと頬を引っ張られながら、左右田は話題の矛先が逸れたことに安堵した。同時に、どうにも頬が緩むのを自覚する。

——ずいぶん先の話になるかもしれないが。それが果たして今年か来年か、はたまた卒業後まで延びるのかは定かでないが。

とりあえず、この勝負には勝算ありと見た。

■

「何だよー。何で今日も左右田ひとりでいるわけー？」

翌日、いつものように学生食堂にいた左右田を見つけて寄ってきた斉藤の、第一声がそれだった。

白々と、左右田は一応は「先輩」になる小柄な可愛い顔を眺めた。

「オレがひとりだと、アンタに迷惑でもかかりますか」

「うん、迷惑。ていうかさー、あんだけお膳《ぜん》立《だ》てしてやったのに仲直りできないってどうよ。菅谷が頑固一徹すぎるか、左右田がよっぽどどろくでもない真似をやったか、どっちさ？」

「……どっちだろうが、アンタには関係ないと思いますが？」

「何でー。関係なら大ありじゃんよ。昨日、菅谷におまえの窮状知らせてやった俺の親切、まんまと無にしやがってさあ」

最初から恩に着せるつもりでやっておいて「親切」と口にするというのも、なかなか大した神経だ。ついでにそれで終わらないのが「守銭奴」の異名の所以《ゆえん》でもある。

案の定、斉藤は「じゃあこれ」と左右田にぺらりとした紙片を突きつけてきた。

「一応、今回は俺も悪かったしー？　かーなり色つけてやったから感謝しろよ？　今回だけの特別料金だかんな？」

ちなみに紙片は請求書、兼、明細書だ。内訳としては「情報提供料、敵情視察料、行動実行料」に加えて「迷惑料」と、ご丁寧にも「消費税」まで明記されている。

「これは、あれっすか。昨日、菅谷せんぱいが駆けつけてくださった奴っすか？」

「だよ。よく見てみな、ちゃんと書いてあるだろ？　お友達割引つき」

確かにその項目もあるにはあるし、結構な額が引かれてはいる。だがしかし、そもそもの請求額がとんでもないため、割引がついても立派な金額だ。果たしてバイト料何日分になるだろうかとしみじみ考えてから、左右田はおもむろに言う。

「ところで消費税も取っておいでのようですが、ってことはアンタはちゃんと確定申告の上で税金を払っておいでのわけですね？」

「う」

口にした、そのとたんに斉藤が返答に詰まる。三秒後、唇を歪めて笑った。

「んなもん、どうでもいいだろ！　おまえさあ、図体がでかい割に細かくない？」

「お褒めいただきましてありがとうございます。ところで、斉藤さん。二重取りはまずいんじゃないっすか？　信用失いますよ？」

「は？　何だよそれ。俺が何したって言っ……」

言いかけた斉藤に、用意しておいた領収書のコピーを突きつけた。ついでに準備していたセロテープで、そのまま額に貼りつけてやる。

額からひっぺがした紙を眺めて、斉藤が「げ」とぼやく。左右田を見上げて、非常に厭な顔になった。

「あのさあ、何でおまえがこれ持ってんの？　おまえら、仲違《なかたが》いしたまんまなんじゃ――」

「菅谷せんぱいからの伝言です。これ以上阿漕な真似を始めるんだったら、今度こそ二度とノートは貸してやらないそうですよ」

「え、嘘っ！　そりゃないだろー⁉」

とたんに情けない声を上げた斉藤に馬鹿丁寧なお辞儀をしてやって、左右田は大股に学生食堂を出た。

今日の昼食は、僚平が奢ってくれることになっている。それも、安い学生食堂常駐の左右田にはふだん縁のない、大学敷地内では割高になるカフェレストランで、だ。

（その前に、おまえ学生食堂で斉藤と話つけて来な）

斉藤がやってくる二十分前に顔を合わせた時、僚平はいつになく重々しい顔でそう言った。

昨日の件で、斉藤が料金請求してくるはずだと言い出したのは僚平だったが、それには左右田も同意見だった。もっとも一年ほどつきあいが長いだけあって、僚平の方が見極めは正確で容赦がない。

（たぶん、おれとおまえの両方から料金二重取りしようとするはずだ。けど、ご丁寧にそこまで払ってやる義理はないしな）

（二重取り、すか。そこまでしますかー？）

（あいつならやる。今回は確かに世話になってるから、ある程度払うのは仕方ない。けど、ものには限度ってもんがあるからな）

まずは僚平が先に交渉し、できるだけ値切って払うものは払う。その後で左右田のところに来た時にはきれいに追い返してやれ、という話になったのだ。

ちなみに僚平が斉藤からもぎとった領収証の備考欄には、手書き文字でしっかりと「菅谷、左右田両名分」と記されていた。その場で備考欄に記入させた僚平も手慣れているが、その「両名分」の倍以上の金額を左右田ひとり分として請求してきた斉藤は本気でがめつい守銭奴だとつくづく思う。

（それと、おまえの携帯電話のナンバーが斉藤に流れたルートもわかったぞ。おまえ、中田《なかた》って友達いるだろ？）

同じ大学の別学部に入学した中田は中学からの悪友だが、どうやら入学早々、斉藤に「仕事」を頼んだようなのだ。その報酬として、料金と「左右田の携帯番号」を請求された。先輩には逆らいきれずに、渋々教える羽目になった、らしい。

そういえば、二週間前に中田から突然「電話番号を教えてしまった、ごめん」と謝られ、焼肉を奢られたのだ。あれがそうだったのかと、その時に思い出したていたらくだった。

初めて立ったカフェレストランの入り口は、女の子受けを考えてかやたら可愛らしい。もっともこの店が大学構内で生き残っているのはそのためではなく、料理の評判が上々だからなのだそうだ。

「おい。ミギタ、こっち」

入り口を入ってすぐに、奥の方から声がした。案内に出ていたウェイターと待合に並んだ人の合間を抜けて、左右田は大股にそちらへと向かう。

「ランチでいいんだろ？　日替わり、どっちにする？」

先に席についていた僚平は、いつも通りすっきりした顔をしている。——さらに言うなら「いつも通り」過ぎて、左右田には少し物足りない。

「せんぱいは、どうなさるんすか。ていうか、オススメはどっちっすか？」

「どっちも旨《うま》いぞ。もっとも、おれも去年に来たっきりなんだけどさ」

とにかく、今は焦らないことだ。メニューを眺めて、左右田はのんびりとそう思う。

自慢ではないが、気は長い。さらに言うなら、簡単に諦めないだけの根性もある。

だったら、ゆっくり待つことだ。いつかこの人が自分を見てくれるまで——ずっと近くで待っていられるなら、それはきっと楽しいに違いない。しみじみと、そう思った。

四年目の告白

■

結婚披露パーティーは、なかなかの盛況だった。

会場になったのは町中にある瀟洒《しょうしゃ》なカフェで、ビュッフェを使っての立食形式だ。知人らしいグループが、それぞれに固まって談笑している。

その輪の中心にいる義姉――今日で葉村《はむら》いずみと名を変えた人を、菅谷《すがや》僚平《りょうへい》は眩《まぶ》しいような気持ちで見つめていた。

「僚平？　食事は取ったのかな。それで足りるのか？」

「あ、うん大丈夫。お義父《とう》さんこそ、顎《あご》にソースついてるよ」

後半の台詞《せりふ》はこっそりと口にすると、いずみの父でありかつて僚平の義父でもあった石原《いしはら》は少し慌てたように指先で顎を探った。それへ、僚平は持っていたナプキンを差し出す。

「おお、ありがとう。助かったよ」

ソースを拭《ぬぐ》ってにこやかに笑う石原と、顔を合わせるのは六年振りだ。この機会がなければ二度と会うことはなかったはずだが、僚平を見つけてかけてくれた「元気だったか」という声には、かつてと同じ「父親」の気配があった。それを聞いて、僚平は自分がこの「義理の父親」を結構好きだったことを思い出したのだ。

「でも、よかったね。いずみちゃん、いい人が見つかって」

「そうだなあ……これで一安心だ」

そう言う石原の声音には、しみじみとした響きがある。

離婚したいずみが翔太《しょうた》を引き取ってから、三年半が過ぎた。その間にもちらちらと入っていた再婚話を、いずみはきれいに断り続けていたのだ。

（一度きりのことで言うのはどうかと思うけど、もう懲りたのよ）

そう言った義姉が二度目に選んだ相手は、カフェのオーナーであり、市内に系列店舗を複数持つ葉村という人だ。出会ったきっかけは、近くでオープンした雑貨店の責任者となったいずみがここの常連になったことだったという。

もっとも、いずみは任された店や翔太のことで頭がいっぱいで、葉村に対する認識はあくまで「行きつけのカフェの店主さん」でしかなかったらしい。去年の末に交際を申し込まれた時にはかなり驚いて、当初は自身の離婚歴や翔太の存在を理由に断ったのだそうだ。それでもめげずにアプローチしてくる葉村の熱意に押され、友人としてつきあっているうちに――という経緯だという。

話に聞いてはいたが、葉村本人に会うのはこれが初めてだ。葉村もいずみから僚平のことを聞いていたらしく、じきに夫婦揃《そろ》って声をかけてきた。

「よろしく。新しい弟ができて嬉しいよ。よかったら、たびたび遊びに来てほしいな」

笑顔で言う葉村はいずみよりふたつ年下で、これが初婚なのだという。どちらかと言えば柔和で物腰の柔らかい、つまり高階《たかしな》とは真逆に近いタイプだ。もっとも見た目と中身が同じとは限らないのはよくあることで、僚平を見る目には意志の強そうな色が見え隠れしている。

「ありがとうございます。また、機会があれば寄らせていただきます。——義姉と甥《おい》を、よろしくお願いします」

「確かに引き受けた。そのうちゆっくり話したいね」

人懐こく言った葉村は、じきに横から誰かに呼ばれて「失礼」と離れていった。忙しそうな背中を見送って、僚平は傍《そば》に残ったいずみを見下ろす。

「いずみちゃんは？　一緒に行かなくていいの？」

「少し休憩。そうでもしないと、僚ちゃんと話す時間がなくなっちゃうでしょう？」

さらりと言った義姉は、淡いブルーで裾《すそ》の長いワンピース姿だ。アップにした髪と胸許《むなもと》に飾った薔薇《ばら》の花が、花嫁らしく似合っている。改まったように、僚平を見上げて言った。

「遠いところ、来てくれてありがとう。せっかくの旅行なのに、ごめんなさいね」

「気にしないでよ。どのみち、いずみちゃんたちには会いに来るつもりだったしさ」

「そう？」と首を傾《かし》げたいずみが、ふと手を伸ばしてくる。え、と思う間もなくネクタイの位置を直された。それから、悪戯《いたずら》っぽく笑う。

「スーツとネクタイ、似合うようになったわね。格好いいわよ」

「着慣れただけじゃないかな。仕事着だからね」

会社員としてスーツを着るようになってから、もうじき一年になるのだ。それで似合っていないと言われたら、かなり悲惨だという気もする。

「それはそうと、左右田《そうだ》くん、ここにきてからずっと翔太についてくれてるでしょう。あのままだとゆっくりできないから、僚ちゃんから声をかけてみてくれないかしら」

困り顔のいずみが示したのは、会場のすみに作られた子どもスペースだ。見れば、カーペットが敷かれたそこに、大柄なスーツ姿――僚平の高校からの後輩であり「コイビト」でもある左右田幹彦《みきひこ》が、大の字で転がっていた。その両腕両足を周囲に群がったお子さまたちがてんでばらばらに引っ張るという、ガリバー旅行記もどきの様相を呈している。

「わたしも声をかけてみたんだけど、大丈夫ですって笑うばかりなのよ。翔太が喜んでるから、遠慮してくれてるんだと思うの」

「あー……翔太、あいつのこと気に入ってるもんなあ」

年に一度会うか会わないかなのに、顔を合わせた数分後には自分から左右田の懐に突撃していく。傍目にも感心するほどに、翔太はあの後輩が大好きなのだ。

子どもに埋もれて全開の笑顔を振りまいている男から目を逸らして、僚平は言う。

「放っておけばいいよ。腹が減ったら自力で逃げるだろ」

いずみが子連れ再婚なのに加えて招待客にも子連れが多いため、世話を頼むためのシッターも雇ってあるのだ。それを承知で翔太に引っ張られていって、あげくあの有り様なのだから本人が楽しんでいるのに間違いはないだろう。

「でも、僚ちゃん」

僚平はもう一度いずみを見た。

「それより、いい人が見つかってよかったね。いずみちゃん、前より顔が優しくなったよ」

え、と目を見開いたいずみが、ほんのりと目許を染める。少し照れたように笑った。

「そう、かもしれないわね。お父さんもお義母《かあ》さんも、安心したみたいだし」

義姉の表情は、以前よりも柔らかく落ち着いている。その様子に、本当に安堵《あんど》した。

「わたしも声をかけてみるけど、僚ちゃんも左右田くんにお食事を勧めてね？　お願いよ」

最後まで左右田を気にかけながら、いずみは葉村と連れ立って友人への挨拶《あいさつ》に向かった。

今回の結婚披露パーティーは人前式も兼ねていて、身内とごく親しい友人のみを招待して開いたものなのだそうだ。そのせいか場は始終和やかで笑い声が絶えない。適当にひとりで飲食していた僚平も、たちまち顔見知りの女性たちの輪の中に引っ張り込まれてしまった。

いずみの親しい友人も、招待されていたのだ。高校生だった頃の僚平を何かといじりまわしていた彼女らは六年振りに会っても相変わらずで、逆らう機会も逃げる隙もなかった。

招待客がほろ酔いになりそろそろお開きかという頃合いに、いずみが僚平を探しに来た。腕を引っ張られ会場のすみに連れて行かれて、改まったふうに訊《き》かれる。

「僚ちゃん、もしかして左右田くんと喧嘩した？」

直球の問いに、僚平は一瞬返答に詰まる。

「……そういうわけじゃないよ。どうして？」

「パーティーが始まってから、一度も話してないでしょう？　左右田くんはムキになったみたいに翔太と遊んでるし、僚ちゃんは左右田くんを気にしてるくせに近づかないし」

心配げにじっと見上げられたら、もうお手上げだ。あっさり白旗を上げて、僚平は言う。

「……一週間前に、ちょっと言い合いになったんだよ。たぶん、そのせいだと思う」

「一週間も？　その間、ずっとこんな感じなの？」

「都合がつかなくて、ずっと会ってなかったんだよ。今朝の出発前に顔を合わせた時にはもう、無視されてた。いろいろ考えてみたけど、他に心当たりがなくて」

今度こそ、いずみは不審そうな顔になった。片隅の子どもスペースに目を向ける。

左右田は、いつの間にかスーツの上着を脱ぎネクタイも外してしまっていた。背中から肩から複数の子どもにかじりつかれても平然と笑っている様子は、僚平が――そしておそらくいずみが知る「いつもの左右田」と少しも変わりない。

「だけど、明日からはふたりで旅行でしょう？　早く仲直りした方がいいわよ？」

もっともな言葉に、僚平は「うん」と頷《うなず》く。ため息混じりに言った。

「わかってる。ホテルに帰ったら、ちゃんと話すよ」

左右田と僚平が、いわゆるきちんとした「コイビト同士」になってから、もうじき四年目に入る。その間に僚平は大学を卒業し社会人となり、左右田もこの旅行から帰ってまもなく卒業式を迎え、四月からは会社員になることが決まった。

（ですから、今のうちに一緒に旅行でもしませんか？）

あの後輩が言い出したのは、就職の内定が出て落ち着いた去年の秋のことだ。曰《いわ》く、揃って社会人になってしまったら、泊まりの予定はなかなか押さえづらくなる。左右田が学生の身分でいる間に、僚平の都合に合わせて長めの旅に出てみないか、という誘いだった。

少し考えて、僚平は「休みが確保できたら」と返事をした。

とはいえ、入社一年目で連休の希望となると、なかなかに言い出しづらいものがある。どうしたものかと思っていた十一月の半ばに、職場の朝礼で上司から年末年始に勤務できる者は申し出るように、という話があったのだ。

僚平の勤務先は工業機械の斡旋《あっせん》、仲介を主な業種とする。基本的に土日祝日年末年始とも休日だが、サポート対応は三百六十五日体制と決まっている。そのため、部署責任者や技術者は当番制で携帯電話を持つことが義務づけられていた。

顧客からの連絡を受けて、該当部署に振り分けるのは営業の仕事だ。そのため、営業部では日曜祝日年末年始を問わずで必ず誰かが出社することになっている。当然ながら志願者はまずいないため、積極的に受けた者には「土日祝日年末年始盆休み以外であれば」希望休と有給休暇を合わせて取れるという優遇処置があるのだそうだ。

　ふむ、と最後まで聞き終えて、僚平はその日のうちに上司のところに話しに行った。年末年始全日に出勤する代わりに、二月のどこかでまとまった連休がほしいと申し出ると、上司は「本気か」と顎を落とした。呆《あき》れ顔で僚平を見た後で具体的な希望を聞いてくれ、話しあった結果、二月下旬の土日を含んだ一週間ほどを連休として確保できたのだ。

　旅行先をどうするかという件では、揉《も》めることなくあっさりと「車を使って行けるところまで」と決まった。どうせならいずみと翔太の顔も見て行こうということになって、じゃあ連絡をと思った矢先にいずみの再婚とこのパーティーの知らせが入った。

　数日後、僚平と左右田それぞれに正式に届いた招待状の日取りは旅行初日の午後になっていて、好都合だと揃って「出席」の返事をした。左右田は車を点検に出して旅行ルートを確認し、僚平は宿泊先のホテルに予約を入れ行き先の情報を仕入れた。

　そうして準備万端となった一週間前に、「ちょっと言い合い」をしたのだ。ただし、僚平にとってそれは日常の些細《ささい》なことでしかなかった。

　だからこそ、出発日未明に合流した時の左右田の態度の変化に困惑したのだ。

　半分崩れた敬語喋《しゃべ》りは変わらないが、声や言葉のニュアンスが明らかに違う。いずみが住むこの町までの半日近いドライブでも必要最低限しか口を開かず、まともに僚平を見ようともしない。こちらから話題を振っても反応は鈍く、車内は不気味にしんとするばかりだった。

そして、肝心の結婚パーティーではああだったわけだ。明らかに――露骨なまでに、左右田は僚平に対して距離を置いていた。

「――……」

ホテルでふたりきりになるのが、どうにも気が重かった。二次会への誘いがあったのを幸いに、僚平はそこに混ぜてもらうことにする。

意外にも、左右田は「じゃあオレも行きます」と言い出した。どういうつもりかと思っていれば、当然のように葉村とその友人にくっついて楽しげに話し込んでいる。葉村といずみが早めに引き上げていってからも、同じ輪の中で如才のない笑顔を見せていた。

非常に、面白くない気分になった。僚平自身はいずみの友人の女性陣に構われていたが、少々ヤケになっていたらしい。勧められるまま飲んで喋って三次会四次会と重ねてしまい、気がついた時にはずいぶん遅い時刻になってしまっていた。

四次会場になったバーを出た通りで、流しのタクシーを拾って乗り込む。そのまま別行動するかと思っていた左右田は、しかし当然のように僚平について後部座席に乗り込んできた。

「せんぱい、歩けますか？」

「あ？　ああ、大丈夫」

一定量以上飲むと足腰が立たなくなるのは学習済みだ。とはいえ少しばかり過ぎたのも確かで、帰り着いたホテルのロビーで足許がもつれそうになった。転ぶかと思った一拍後に左右田の腕に引き戻され、そのまま半分抱えられる格好でエレベーターに乗り込んだ。いつもと変わらない体温に、安心したままでは覚えている。次に気がついた時、僚平は広いベッドに転がって暗い天井を見上げていた。

誰かがバスを使っているらしく、近くで水が流れる音がした。ぼんやりとそれを聞きながら、僚平は左右田に手を借りてこの部屋に戻った時のことを思い出す。

(せんぱい、上だけ脱ぎますよ？　はい、手ぇ上げてください)

ベッドの上でスーツの上着を脱がされ、ネクタイを抜かれた。ワイシャツの襟《えり》を緩められ、スラックスの腰からベルトを取られて、仕上げのように上から布団を被《かぶ》せられたのだ。

(水、ここに置きますからね。喉《のど》が渇いたら飲んでくださいね？)

「……――」

顔だけ起こして目を向けた先のサイドテーブルには、ペットボトルがひとつ置かれている。隣のベッドはメイクされた状態のままで、おまけに室内に人影は見あたらない。

サイドテーブルに嵌《は》め込まれた時計は、とうに午後二時を回っていた。

こんな時刻にどこに行ったのかと思った時、ドアが開く音とともに室内に明かりが差した。頭を枕につけ、身体《からだ》ごと横を向いて眠ったフリをする。閉じた瞼《まぶた》越しにも、室内がまた暗くなるのがわかった。

左右田が、湯を使っていたのだ。寝入ってしまった僚平のために、浴室以外の明かりを落としていたらしい。

そのまま耳を澄ましていると、近くなった足音が僚平のベッドの真横で止まった。それきり、物音ひとつしなくなる。

人の五感は大したもので、聴覚と気配だけでもわかることは多い。——今、左右田は僚平のベッドの傍に立って、横になった僚平をじっと見下ろしている。そう確信した。

ずいぶん長くそうしていた気がするが、実際には数秒のことだったのかもしれない。気配が離れたと思った後で、隣のベッドが軋《きし》む音がした。がさがさという衣ずれが続いた後で、ふいに静かになる。

……いつもの左右田なら、寝込みを狙《ねら》ってキスくらい仕掛けてきたはずだ。妙なところで子どもじみた真似《まね》をするあの後輩は、何かと口実をつけては僚平にくっつきたがる。あの図体で平然と僚平に甘えてきて、おまえはいくつだと言いたくなるような駄々を捏《こ》ねるのだ。

(左右田って、つくづく菅谷に弱いよなあ)

悪友の斉藤《さいとう》が言う通り、左右田は僚平にはとことん甘い。その証拠にふたりの間で言い合いや喧嘩になっても、せいぜい数時間か長くとも半日で終わる。その理由は明白で、事の原因が何であれ——明らかに僚平に問題がある時ですら、早々に左右田が折れるのだ。

鷹揚《おうよう》で明るくて人懐こい。周囲にそう評されるくせ、左右田ははっきり物を言う。仲間内にも結構シビアで、誰彼構わず甘い顔を見せることはない。

あの男が完全降伏するのは、僚平に対してだけだ。それは知っていたし、だからこそ、そうある間は大丈夫だと安心していた。

それが、丸一日僚平といたのに――しかも半日は車中でふたりきりだったのに、キスすら仕掛けてこない。抱きつくどころか、まともな雑談すらしようとせず、視線も合わせない。そのくせ、僚平が余所《よそ》を向いている時に限ってじっとこちらを見つめていたりする。

意図的にやっているなら、その理由も答えも知れたことだ。

ぐっと奥歯を噛《か》んで、僚平はわざとベッドから飛び起きた。暗闇の中、パーティーに行く前にバッグの上に準備しておいた着替え一式を手さぐりで掴《つか》んで浴室へと向かう。

とたん、眠っているとばかり思っていた隣のベッドから声がした。

「せんぱい？　酒入ってるし、風呂なら朝にした方がいいんじゃ……」

「シャワー浴びるだけだ。いいからてめえは寝てろ」

言い捨てて、僚平は浴室に入った。閉じたドアに凭《もた》れてそのまま一分ほど待ったが、耳を澄ませても何の物音もしない。それを確かめてから服を脱ぎ捨て、頭からシャワーを浴びた。まだ酒が残っていたらしく軽い目眩《めまい》がしたが、壁に凭れてどうにかやり過ごす。

ユニットバスの壁は、思いの外冷たかった。その壁に額を押しつけた格好で、僚平は一週間前のあの「言い合い」を思い出していた。

■

ことの起こりは、旅行の打ち合わせを兼ねて久しぶりに遊びにきた左右田の一言だった。

（せんぱい、もしかして家を出る予定でもあるんすか？）

僚平の部屋を一目見るなりの台詞に、どうしてわかるんだと呆気《あっけ》に取られた。

父親からその話が出たのが二日前で、その後はいつもの片づけのついでに少し部屋の整理をしただけなのだ。さらに言うなら、左右田が僚平の部屋に来るのは二か月ぶりだった。

（でも、ここって分譲でしたよね？　もしかして売却するとかですか）

（売却じゃねえよ。親父が再婚するって言うから、この機会におれが家を出るだけだ）

（再婚、っすか。めでたくていいですけど、続く時は続くもんですねえ。——けど、せんぱいがいなくなると親父さんが困ったりしません？）

窺《うかが》うような左右田の問いに、僚平は苦笑した。

僚平が、就職後にも自宅にいる理由はふたつある。ひとつは通勤に不便がないことで、もうひとつは一昨年に長期出張から帰っていた父親の身の回りの世話があるからだ。

僚平の父親は、かなりずぼらでぐうたらなのだ。「いくら何でもコレを置いて出ていくわけにはいくまい」と思わせるには十分だった。

けれど、その父親に奥さんができるとなれば話は別だ。

（新婚家庭に瘤《こぶ》はいらないだろ。学生ならともかく、とっくに成人して稼いでんだし）

それで、左右田も納得したらしい。少し身を乗り出すようにして訊いてきた。

（親父さんの式はいつになるんです？　引っ越しって、それに合わせるんですよね？）

（来月くらいに式なしで籍だけ入れるんだってさ。引っ越しは部屋が見つかり次第だな）

（なるほどー。で、場所はどのあたりを考えてるんすか？）

（通勤三十分圏内で南向きでキッチンがまともで、バスとトイレが別、ってとこかな）

興味津々の問いに正直に答えたのが間違いだった。　　とは、後になって思ったことだ。

（じゃあせんぱい、ヒトツ提案があるんすけど）

満面の笑顔を目にした瞬間に、厭《いや》な予感がした。期待に満ち満ちた笑顔に気圧《けお》されながら、僚平は渋々言う。

（……どういう提案か、言ってみな）

（どうせだったらオレと一緒に部屋を借りて、楽しいドウセイセイカツとかいかがっすか？）

よもやまさかやっぱりそれを言うのかと、その時、僚平は心底呆れたのだ。

意図的に無言でじっと見上げてやると、左右田の笑顔が少しずつ萎《しぼ》んでいく。それをじっくり観察してから、おもむろに言ってやった。

(おまえ、馬鹿？　そんな真似、できるわけがないだろ)

(どうしてっすか？　友達同士が同居ってよくある話じゃないですか。もちろん部屋はせんぱいの会社寄りで探しましょう。せんぱい、接待で遅くなることもあるみたいだし)

(却下。おれはその気はないから、誰かとドウセイしたいなら他当たれば)

自分でも素っ気ない言い方になったとは思ったが、他に言いようがなかったのだ。むしろ、その時の呆れや苛立《いらだ》ちを思えばずいぶん優しい言い方ができたと思う。

悄然《しょうぜん》とした左右田は、その後も物言いたげな顔で僚平を見ていた。

心当たりがあるとしたら、それだけだ。どうあっても、明日には左右田を問いつめよう。決めてしまうと、少しだけ楽になった。シャワーを止めて額に張りつく髪をかき上げてから、僚平はシャワーカーテンを開く。洗面台の上のバスタオルに手を伸ばしかけて、その横に見覚えのないハンガーを見つけた。

強引に持ち直しかけた気分が、ぐらりと大きく傾くのがわかった。

新調したスーツは仕事着には華やかだが、今後の慶事にも使うつもりでそこそこいいものを買った。それなりの扱いや手入れをしなければならないのもわかっている。

けれど、どうして「ハンガーだけ」がここに置いてあるのか。

「……ずいぶんとまた、ご親切なことで」

つぶやく声は、自分の耳にも不明瞭《ふめいりょう》に聞こえた。

もちろん、左右田の仕業に違いない。しかし、いつものあの男ならカーテン越しに僚平に声をかけて、スラックスをハンガーにかけてクロゼットに納めてしまうはずだ。

そこまで世話されるのは過保護だと思うし、当然だと思っているわけでもない。しかし、わざわざ「ハンガーだけ」置いて行かれた意味を思うと苦い気分になる。

「――……」

備え付けの浴衣《ゆかた》に着替えて客室に戻り、手探りでハンガーをクロゼットに納める。足音を殺して奥に戻ったが、その間も隣のベッドはしんとして物音ひとつない。

今すぐ叩き起こして問い詰めてやろうかと思ったが、さすがにやめておいた。すべて明日だと思い決めて、僚平はベッドの上で布団を被った。

■

翌朝の目覚めは、最悪だった。

酒に弱いとは言わないが、飲み方次第で二日酔いに近い状態に陥ることがある。今回がそれだったようで、ベッドから頭を起こしただけで全身がぐらんぐらんと揺れた。

「あ。おはようございます」

「……はよ」

とっくに起き出していたらしく、左右田はユニットバスの洗面所にいた。歯ブラシを咥《くわ》えたままでのそのそと移動し、洗面所を明け渡してきた。

表情だけは平然と保って、僚平は洗面台の前に立つ。少しばかりむくんだ自分の顔にうんざりしながら、手早く洗顔をすませて歯ブラシを口に突っ込んだ。

通常なら、「眠れましたか気分はどうですか二日酔いはありませんか介抱しますよご遠慮なく」と暑苦しいまでにつきまとってくる状況だ。けれど、今の左右田はそっぽ向いて歯磨きを続けたまま、僚平をまともに見ようともしない。

身支度をすませた後は無言のまま荷造りをして、揃って客室を出た。フロントに向かう途中、乗り込んだエレベーターの中で思いついたように左右田が言う。

「ここ素泊まりでしたよね。せんぱい、朝メシどうします?」

「おれはいらねね。おまえは好きにしろよ。近くにファストフードもコンビニもあったろ」

「じゃあ、途中でコンビニに寄りましょう。せんぱいも、買うだけ買っておいた方がいいっす。すぐ食べなくてもいいんで」

さくさくと決めてしまった左右田は、チェックアウトを終えた後は取り上げるように荷物を持ってくれた。車に乗り込み、途中のコンビニエンスストアで買い物をして、そのまま二日目の目的地となる某国宝建造物がある町へと向かう。

空は雲ひとつない上天気だったが、車内の空気はどんよりと重い。左右田はナビを眺めながら無言でハンドルを握っているし、僚平は僚平でだんだんと面倒になってきている。

基本的に、陰にこもった真似は好きじゃないのだ。言いたいことがあるのなら、うだうだしてないでとっとと言え。心底思ったその瞬間に、言葉が口からこぼれていた。

「……おまえさ。厭なら厭でいいからはっきり言えよな」

「は？」

間の抜けた返事をした後輩は、ちらりと僚平を見たもののすぐに視線を前に戻してしまった。横顔でも惚《ほ》れ惚《ぼ》れするような男ぶりに、この四年間で本当にいい男になったと思う。

大学入学前にいきなりタテヨコに伸びた時には「冗談だろう」と思ったが、今の左右田には泰然とした落ち着きがプラスされている。大柄で引き締まった体軀《たいく》は何を着てもさまになるし、僚平が大学に在籍していた頃から同期生の間で何かと頼りにされてもいた。

この後輩に思いを寄せる女の子は、かなりの数いたはずだ。気さくで話しやすいのにどうにも告白のタイミングが摑めない男だと、噂に聞いた覚えもある。

そういう女の子を「コイビト」にした方が左右田にとっては自然で望ましいのだと、四年前のあの時からわかっていたのだ。

（オレはやっぱりせんぱいが好きです）

（ちゅーしたいとか触りたいとか、そっちの意味です）

左右田のあの告白を、疑うつもりはない。一週間前まで当然のようにあった「コイビト同士」としての時間を、否定するつもりもない。

ただ、人は変わっていくものなのだ。どんなに「その時」好きでいても、考えや好みが変化すれば――立場や環境が変わってしまえば、傍にいる相手への感情も色を移していく。その上で寄り添っていける場合もあれば、離れていくこともある。それが男同士の関係であればなおさら、そう長く続くはずがないとも思う。

いつか飽きるそのうち飽きる絶対に飽きる。四年前のあの時から、僚平は密《ひそ》かにそれを覚悟してきた。一年前に僚平自身が大学卒業した時に「そろそろかな」と覚悟を決めた、その心地は去年の暮れから今に至るまで変わらず、むしろ強くなっている。

左右田を「こちら」に引き込んだのは、他でもない僚平自身だ。だからこそ、離れる時には気持ちよく離してやりたいと思っていた――。

「おまえ。何かおれに言いたいことでもあるんだろ」

繰り返す自分の声は、いつも以上に横柄に聞こえた。

……曖昧《あいまい》なままで、離れることはしたくなかったのだ。同じ終わるのなら「何となく」ではなく、はっきりと区切りをつけたかった。

そうでなければ、きっと自分が諦《あきら》められなくなる。この四年、ずっと当然のように傍にいてくれた存在に、みっともなく縋《すが》りついてしまう――。

「別に、これといってないっすね。せんぱいの方こそ、何かあるんじゃないすか？」

ハンドルを握ったままの左右田の返答は、ある意味では予想通りだ。それなのに――それだからこそ、昨日の朝からどうにか堪《こら》えてきた堪忍袋の尾がぶつりと切れた。

「あ、そ。んじゃもういいや。――車、停めな」

「はあ？」

「車、停めろ。そこ、待避所があるだろ」

腹の底から出た声は、我ながら恐ろしく不穏に響いた。

不承不承、という顔で左右田が車を路肩に寄せる。待避所に乗り入れるのを待たず、僚平は無造作にシートベルトを外した。身を乗り出し、後部座席に載せていた自分の荷物を引っ張り寄せる。とたん、左右田がぎょっとしたような声を上げた。

「え、ぅえっ⁉　せんぱい、何す――」

「おれはここで降りる。旅行はてめえひとりで好きなところに行って来い」

言うなり、車が完全に停まるのを待たず助手席のドアに手をかけた。

「いや、待ってくださいって！　どうしてそうなるんすかっ⁉」

悲鳴のような声を上げたかと思うと、いきなり左右田は車を加速させた。待避所に入りかけた車を、強引に車線に戻す。直後、背後からけたたましいクラクションが聞こえてきた。

「ば、てめ、何やってんだよ！　車停めろって言ったろうが！」

「冗談でしょう⁉　いきなり何仰《おっしゃ》るんすかっ？　宿だって全部二人分で取ってあって」

そう言う左右田は、前を向いたまま横目でこちらを見るという器用な芸当を見せている。

必死な声音に、かえって白けた気分になった。

「心配すんな。おれの分くらい、餞別《せんべつ》代わりに出してやるよ」

「何ですかその餞別って！　どういう」

ハンドルを握ったままで言う左右田を、僚平は冷ややかにじろりと見やる。

「おまえ、おれと別れたいんだろ？　だったらとっとと別れてやるって言ってんだよ」

「……――はあ⁉　やめてくださいよっ、冗談にしたって笑えないじゃないっすか！」

「じゃあ何なんだよ、昨日から！」

言い放つと、左右田はわかりやすく返答に詰まった。それを、僚平はさらに追及する。

「思わせぶりな面してわざとらしく避けやがって、いったいどういうつもりだ？　やめたいならはっきりそう言いやがれ、こっちはいつでも――」

「いやそれは違いますっ！　おれはせんぱいと別れたいなんてこれっぽっちも思ってませんっ。ていうか、どうしてそうなるんすかっ？」

言うなり、左右田はいきなりハンドルを左に切った。大きく体勢を崩した僚平が助手席のドアに張り付くのをよそに乗り入れた場所――スーパーの駐車場に車を停め、おもむろに向き直る。僚平の肩を摑んで、悲鳴のような声で言った。

「あのですねえ！　オレは、ただ拗《す》ねてるだけなんですけど！」

「…………………………はあ……？」

一瞬、何を言われたのかわからなかった。助手席のシートに寄りかかってぽかんとした僚平を、左右田はやけに真面目な顔で見下ろしてくる。

「だーかーら、オレは拗ねてるんです！　それで、せんぱいがいつ構ってくれるかってずっと待ちかまえてたんですっ」

「……おまえ、年いくつだよ……？」

翔太のような子どもならともかく、もうじき社会人になろうという、しかも熊のようなでかい図体の野郎が堂々と「拗ねた」だの言うなと思った。

「年は関係ないっすよ。自信を持って言いますが、オレはせんぱいが絡んだらいくらでも情けなくなれます」

「……それ、威張って言うことか？」

「威張っていけませんか？　まあ、いけなくてもオレは威張りますけどね」

堂々と胸を張る様子に目眩を覚えて、僚平は額を押さえる。

「……そんで？　何に拗ねてたんだよ。だいたい、ここ一週間は会ってなかっただろうが」

「理由なら山盛りにあります。先週引っ越しの話をした時に、オレは一緒に住みませんかと言いましたよね。決死の思いで言ったのに、せんぱいはあっさり却下しましたよね？　あれでオレがどんだけ落ち込んだか、ご存じないでしょうっ」

「知っててたまるか。おまえ、落ち込んだなんて一言も言わなかっただろうが」

即答しながら、この目眩は昨夜のアルコールの名残か、それとも今の会話によるものかと無意味なことを考えてみる。

「自分で言ってどうすんですかっ。オレは、せんぱいに察して慰めてほしかったんですよっ？　なのに、何でいきなり別れ話ですか！　やめてくださいよ、そんなオソロシイことをあっさりとっ」

「……別に恐ろしかないだろ。一緒に住むって話はもう終わったんだし」

だから、てっきり「別れ話」の方だと思ったのだ。さらりとそう続けると、左右田はさらに絶望したような顔になった。

「いつ、どこで終わったんすかっ。オレはですねえ、あれからずーっとそれだけを考えてですね……もとい、それじゃせんぱいは、オレがどういうつもりでせんぱいと一緒に旅行しようとしてたとお思いで!?」

「おまえにとっては卒業旅行だろ。学生時代最後とおれとのつきあい最後を兼ねて、思い出作りでもする気かと」

「はあ？　何っすか、それ!?　せんぱいは、それでどうして昨日か今朝の段階で帰らなかったんすかっ？」

「今言ったのと同じ。おまえとの最後の思い出作りってのもありかなーと」

「せんぱいいいいいいいいいいいいい」

僚平の肩からその背後のシートに手を移して、左右田が前にがっくりと首を折る。

半分左右田に抱き着かれた格好で、何とも拍子抜けした気分になった。同時に、胸の底で確かに安堵しているのを自覚する。

「——……とりあえず、場所を変えていいっすか」

左右田が言い出したのは、そのまたっぷり一分が経《た》った頃だった。のろりと身を起こしたかと思うと、何とも悲しそうな顔で僚平を見下ろしてくる。

「場所変えてどうすんだよ」

「ゆっくりじっくりお話しする必要性があると思いまして。ちょうどこの先に、邪魔が入らない静かな場所がありますから」

やけに低い声とともに、シートベルトを締められた。再度ハンドルを握った左右田が入った横道の先に派手な看板と煌《きら》びやかな建物を見つけて、僚平は眉《まゆ》を顰《ひそ》めてしまう。

見るからに、疑いようもなく、明らかに——ラブホテルの類《たぐい》なのだ。

無言でじろりと目をやった僚平に、運転席の男は真面目な顔で言う。

「ヨコシマな気持ちは、誓ってありません。ちゃんと、静かなところでお話しさせていただきたいだけです。信じてください」

■

平日の昼間だけあって、ホテルの部屋はがらあきだった。

不機嫌顔の僚平を慮《おもんぱか》ってか、左右田が部屋を決めるのは早かった。入り口を入って三分後には鍵を受け取り、さらに二分後には室内で、向かい合ってソファに腰を下ろしている。

話すも何も、車中で聞いたことが全部だ。つまり要するに結局、一週間前に僚平のあの即答での断りを聞いて以降、左右田はずっと拗ねていたのだという。

「駄目だと仰るものを無理強いするつもりは、オレにはありません。ですが、どうして駄目なのか、納得できる理由を聞きたいっす」

「理由も何も、おれとおまえじゃ勤め先も職種も違うだろ。おれはずっと親父とふたりだったし、おまえはこれから社会人で、どっちも自分の生活リズムが摑めてないだろうが。そんな状況で同居してどうすんだよ。せめて、おまえが会社に慣れるまで待ってからだろ」

「それ、逆っすよ。本末転倒です」

即答は、あらかじめ用意していたように早かった。

「同じことなら、環境は一度に変わった方がいいんです。といいますか、せんぱい、それ口だけですよね。実際にオレが慣れたら、別の理由つけて断るつもりですね？」

返事に詰まった僚平を真正面から見据えて、左右田は言う。

「今だから言いますけど！　オレは一昨年にせんぱいの親父さんが帰って来られてからずっと、我慢してたんですよ⁉」

「一昨年？　我慢、って」

「会う機会が、思いっきり減ったじゃないっすか！　せんぱいが学生のうちは仕方ないかと思ってましたけど、就職してからは忙しいって何度誘っても断られて！　こっちがどんだけお預け食らわされたか、ちょっとは考えていただけませんかっ」

立て板に水とばかりにまくしたてられた内容の、最後に付け加えられた結論にくらくらと目眩がした。指先でこめかみを押さえて、僚平は言う。

「……今頃言うか？　それ」

「今頃だから言うんです。一年半、オレは黙って辛抱したんすよ？　少しくらい褒めてくれてもいいじゃないっすかー」

子どものように、唇を尖《とが》らせてしまった。

何とも言えない気分で、僚平は正面に座る左右田を眺めた。

「だから同居って、おまえそれは短絡的すぎないか？　あのなあ、一緒に住むってのはウチに帰ったら四六時中相手が傍にいるってことなんだよ。それ、ちゃんとわかってんのか？」

「おれは、できるだけせんぱいと一緒にいたいっすよ？　そりゃもう二十四時間でも！」

「……二十四時間て、おまえね」

「懐かしのアニメ特番で見たじゃないっすか。四六時中誰かにおんぶしてもらってる、ちっこい妖怪のヤツ。あの時も言いましたけど、あれ、本気で羨《うらや》ましかったんすよ」

「……よく覚えてるよな、そんなもん」

大真面目な後輩に言い返しながら、僚平は脱力する。

言われてみれば、去年確かにそんな番組を見た覚えはある。もっとも件《くだん》のアニメは時間にして二、三分しか扱われておらず、正式タイトルすら覚えていない。

「あいにくだけど却下だ。おまえなんかおんぶした日には、こっちが潰《つぶ》れるに決まってる」

「例えですってば。といいますか、真面目にお訊きしていいっすか？　せんぱいは、オレと一緒に住むのは厭ですか。四六時中顔を見ていたくないほど鬱陶《うっとう》しいっすか？」

真剣に言う左右田と、顔を合わせているのが苦しくなった。目の前の巨大熊から視線を逸らして、僚平はぼそりと言う。

「……顔も見たくないような奴と、コイビトづきあいする人間はいないんじゃねえの」

「せんぱい。それだと返事になってないっすよ」

「厭ってことはねえよ。おまえといると気楽だし、それなりにうまくやっていけると思う」

「ですよねえっ!?　だったらっ」

「けど、やめておいた方がいい。……おれは、こう見えても諦めが悪いんだよ」

ゆっくりと顔を上げて、僚平は目の前の後輩兼コイビトを睨《にら》むように見据えた。

「四年前に、高階さんといずみちゃんがうちに来た時。おれの態度が煮えきらなかったの、覚えてるよな」

「……？」

いきなり過去の話を持ち出したせいか、左右田は露骨に怪訝《けげん》そうな顔をした。それへ、構わず続ける。

「あの時点で、おれと高階さんが別れて三年だ。そんだけ経っても、おれはちゃんと吹っ切れてなかった。そのくらい、おれは往生際も諦めも悪いんだよ。相手が自分のだと思ったらみっともないくらい執着するし、納得して別れたつもりでも年単位で引きずるんだ」

「あの、せんぱい？」

「それでも、高階さんの時はまだよかったんだ。こっちも無理に背伸びしてたし、実際にコイビトづきあいしたのも半年かそこらだった。——だけど、おまえとはコイビトになって四年で、高校ん時も含めたら六年半だろ」

「せんぱい」ともう一度呼ぶ声を聞いてから、いつのまにかまた自分が俯《うつむ》いていたことを知った。顔を上げられないまま、僚平は喉の奥から声を押し出す。

「四年前は、大丈夫だと思ったんだ。コイビトづきあいしたところでいずれ終わるのはわかってるし、その時にはただの先輩後輩に戻れると思ってた。だけど、おれは今の時点で割り切るのが難しくなってる。一緒に住んだりしたら、もう」

今すぐに別れたとしても、たぶん簡単には割り切れない。この上、同居したりしたら――

一緒にいるのが当たり前の時間を重ねてしまったら、きっと後戻りがきかなくなる。

左右田がいつか望む時がきても、……快く離してやることができなくなってしまう――。

俯いた視界の中で、左右田が動くのがわかった。図体に似合わない空気を乱さない動作で傍に来たかと思うと、床に膝《ひざ》をついた格好で僚平を見上げてくる。反射的に背けた顎を取られて、下から掬《すく》い上げるように唇を塞《ふさ》がれた。

「……っ」

一週間と一日ぶりのキスに、自分でも驚くほど狼狽《うろた》えた。咄嗟《とっさ》に反応できずにいるうちに、濡《ぬ》れた体温に歯列を割られて舌先を搦《から》め捕られる。

反射的に押し退《の》けようとしたものの、いつの間にか腰を抱き込まれていた。首の後ろは大きな手のひらに固定されて、完全に逃げ場を失っている。この男に腕力で敵《かな》わないのは最初から知れたことで、腹いせ代わりに背中を引っかいてやるのがせいぜいだ。

「てめ、何考え……何で、笑ってやがんだよ……っ」

ようやく呼吸が自由になった後、怒鳴りつけたはずの声は息切れが混じって細かった。それでも必死に睨みつけていると、鼻先が触れる距離で左右田がやけに嬉しそうに笑う。

「え、だってせんぱい、今のって告白っすよね？　オレのことが好きで好きで離れたくなくて、だからかえって一緒に住むのが怖いっていう」

「……おいコラ。てめえ、人の言うことを真面目に聞いてるか」

頬《ほお》に血が上ったのは、思い切り意訳されたとはいえ、それが間違っているとは言い切れないからだ。仕返しとばかりに口の端をぎりぎりと引っ張ってやっても、腰を抱く腕は緩む気配がない。おまけにかなり痛いはずなのに、目の前の後輩の顔は笑ったままだ。

「聞いてますよー。へへ、何か儲《もう》けた気分っすねえ」

「……――何が儲けだ」

期待に満ちた顔で言われて、厭々ながらに聞き返す。すると、目の前の顔がさらにだらしなく緩むのがわかった。

「海老で鯛《たい》を釣った気分っす。向こう十年分の幸せといいますか」

「てめえなあ」

呆れ顔で頬を抓《つね》ってやると、ふいに左右田が真顔になった。正面から僚平を抱き込んだまま、額同士をくっつけるようにして囁《ささや》いてくる。

「万一の備えは、確かに大事だと思います。けど、備えだけに必死になってたら、本末転倒になったりしませんか」

「本末転倒……？」

「石橋を叩いて叩いてぶっ壊したら、渡れなくなるじゃないっすか。それより、石橋が落ちても泳げるようにお揃いの水着で渡りませんか、というお誘いですね」

からりと笑って、続けた。

「四年前にも言いましたけど、オレはせんぱいとのことがバレても構わないんですよ」

「……学生と、社会人だと違うだろ。それに、おまえだっていずれは結婚するだろうし」

「今のところ、オレの中にそういう選択肢はないですよ？」

即答に、僚平はぎょっとした。まじまじと見返した先で、左右田は穏やかに続ける。

「せんぱいと、事実婚状態になれるんだったら大歓迎ですが。――真面目な話、せんぱいとおつきあいしている間にそういうことを考えるつもりはないんで」

「何言っ……そういうわけにはいかないだろ？　親兄弟とか世間体とか、そういう」

「お義姉《ねえ》さんの元旦那《だんな》が、そういう人だったんですよね。けど、オレはあの人とは違います。

――それも、あの時にお話ししましたよね？」

瞬《まばた》いた僚平を見下ろす左右田の表情は、どきりとするほど優しかった。うまい返事が見つからず俯きかけた頬を両手で包まれて、僚平は視線を逸らすことすらできなくなる。

「せんぱいはまだご存じないようなので、お伝えしておきますが。オレは親兄弟が呆れるほど凝り性で執念深いんですよ。特に五年以上続いたものは、そう簡単には飽きません」

「五年って、おれとはまだ四年だろ」

「初めて会った高校ん時からでカウントして、六年半です。前に言いましたよね？　オレはあの頃から、せんぱいに対してヨコシマな感情があったんですよ、っと」

語尾に被せるように、いきなりソファに転がされた。

上からのしかかられ、完全に囲い込まれた格好で、今度は顎の下に顔を突っ込まれる。喉からさかのぼったキスに耳朶《じだ》を齧《かじ》られて、勝手に背すじがぞくりと震えた。

「後のことは、その時にまた考えましょうよ」

囁く声は、低くて静かだった。吐息が触れる距離で僚平を覗《のぞ》き込んで、左右田は言う。

「せんぱいが仰ったように、いつかは終わることだと思います。でも、その『いつか』が今日や明日とは限りませんよね？　もしかしたら四、五十年後かもしれないじゃないっすか。それを今から諦めるのは、丸損だと思いませんか」

「丸損っておまえね」

「自慢しますが、オレはそこそこ優良物件なんですよ？　丈夫で長持ち力持ちですし、せんぱいのことがすごく好きです。それと、今、せんぱいに捨てられたら失意のあまり身投げするかもしれないっす。若い身空でそれって、もったいないとお思いになりませんか？」

にっと笑ったかと思うと、上唇を齧るようなキスをしてきた。やんわりと歯列を割った体温に舌先を搦め捕られて、じんとした感覚が背すじを走る。小さく身震いした腰を強く抱かれ、押しつぶす勢いでぎゅうぎゅうに抱き込まれた。

「……おまえ、本気で馬鹿だろ」

心底呆れたはずだったのに、どういうわけだか勝手に語尾が滲《にじ》んだ。

左右田が、さらに近く顔を寄せてくる。僚平の額に額を押しつけて、けろりと言った。

「馬鹿っすよ？　ただし、せんぱいが絡んだ時限定と言わせていただきますが」

「そういうこと言うから、馬鹿だって言われるんだよっ。だいたい――……っ」

言葉の続きは、わざとのように呼吸を塞いだキスに呑《の》まれた。最初は啄《ついば》むようだったキスがやがて上唇を齧り、下唇をなぞって歯列を舐める。強引に来ることなく、宥《なだ》めるように何度も唇の合間を辿《たど》られて、僚平はそろりと腕を伸ばした。

久しぶりに触れた背中の厚みを確かめるように、手のひらで撫《な》でてみる。器用な指にこめかみや頬を辿られ、舌先にやんわりと歯を立てられて、泣きたいような気持ちになった。

（後のことは、その時にまた考えましょうよ）

「後」の存在を信じていなければ――僚平との未来を考えていなかったら、出てくるはずのない言葉だ。そう思い、それならまだ諦めなくていいのかと考えて、胸が苦しくなる。けれど、その苦しさは先ほどまであったものとはまるで違っていた。

飽かず唇の奥を探っていたキスが、顎を啄んで喉へと落ちる。敢《あ》えて咎《とが》めずにいると執拗《しつよう》に顎の裏側から耳朶を辿って、またしても喉へと戻っていった。ほぼ同時に腰を抱き込んでいた腕が動いて、そろりそろりと襟許を探ってくる。

その指が僚平のシャツの一番上のボタンを外すのを気配だけで悟って、僚平は小さく息を吐く。次のボタンにかかった手をぐいと摑んで、無造作に捻《ひね》ってやった。

「えーとー……せんぱい、オレの手、痛いんすけど……」

「そりゃそうだろうな。痛いようにやってるし」

言いざま、僚平は上に乗っていた胸板を押し返す。

明らかに僚平より腕力があるコイビトは、しかし押されるままにあっさりと離れていった。とはいえ未練はたらたらのようで、とても不満そうにこちらを見ている。

「あの、せんぱい？　どうするんですかー？」

「時間切れ。いいかげん出発しないと予定が流れる。おまえが行きたかった場所だろ？」

シャツのボタンを嵌めながら言うと、左右田は本気で情けなさそうな顔になった。

「いやあのそれはそうなんですが！　しかしですね、たまにはイレギュラーということで、今日の予定はお流れでも別にオレはちっとも構わな――」

「却下。おまえ、ここでは話すだけって言ったよな？」

「えええええええ、マジっすかー？　せっかくこんないい雰囲気なのにい」

大音声で上がった嘆きに、僚平はけろりと笑ってみせる。

「雰囲気より予定優先だ。こんなところで時間を潰せるか、もったいない」

「えーでもオレには雰囲気の方がもったいないっすー。だって、もう八日もせんぱいに触ってないんすよー？　オレもう限界なんですけどっ」

左右田の声音は拝む勢いだ。実際に、カーペット敷きの床に正座して両手を合わせている。それをゆったりと見下ろして、僚平はわざと満面の笑顔を浮かべてやった。

「知るか。妙なことで拗ねてたおまえが悪い」

「えー。そんなー、ひどいっすよー。ちょっとくらいいいじゃないっすかー」

しつこく続くブーイングに、さすがに面倒になってきた。笑みを納め真顔を作って、僚平はじろりと後輩兼コイビトを見下ろす。地を這《は》うような声で言ってやった。

「言い忘れてたが、おれは昨日から今朝までずっと、気分が悪かったんだ。――誰かに、意味不明に無視されてたんでな」

とたんに、左右田は「しまった」という顔で黙り込んだ。

「ほら行くぞ。とっとと運転しろ」

腰を上げ、床に座ったままのコイビトの耳朶を摑む。「痛て」と呻《うめ》いた声をきれいに無視してぐいぐいと引っ張り起こし、そのままの格好で客室を出た。ちょうど行き会った見知らぬカップルが、その光景に目を剝《む》いている。

「せんぱい……手を離していただくわけにはいきませんかー？　その、人目が」

「旅の恥だろ。そのへんに捨てとけ」

左右田が気にしているのは「男ふたりでラブホテル」ではなく、「耳朶で牽引《けんいん》されている自分がどう見えるか」だ。知った上で、駐車道まで耳朶を引っ張ってやった。

車に乗り込むに至って、ようやく左右田も諦めたらしい。カーナビの画面を確かめて車を出し、先ほどの車線に合流する。目的地までの距離はおよそ百六十キロだ。適当なところで休憩して、運転を代わった方がいいだろう。

地図帳を開いて長距離ルートを確認していると、ふいに脚に何かが触れた。広げた地図越しに見下ろすと、運転席から伸びたごつい手がさわさわと僚平の太股《ふともも》を撫でている。

「……――」

聞こえよがしのため息をついて、僚平は地図帳から手を離した。自由落下したそれが落ちる衝撃を、上の乗っていた腕越しに実感する。ほぼ同時に、隣で潰れたような悲鳴がした。

「せんぱい、痛いんすけどー……」

「そりゃそうだろうな。コレ、全ページカラーだし。さぞかし重いだろ」

わざとにっこり笑って、僚平は地図帳をフロントガラスの前に置いた。しつこく脚の上にあったごつい手首を摑んで、ぐいぐいと運転席に押し込んでやる。

「忠告しておくが、運転中のセクハラは禁止だ。それ以上やったらどっかに埋めるからな」

「ちぇー。せんぱいのけちー。ちょっとくらい触らしてくれたっていいのにー」

ぶつぶつと文句を言うくせ、左右田の横顔は嬉しそうだ。それへ、僚平はさらりと言う。

「条件つきでいいなら、好きに触らせてやるけど？」

「えええええっ！　何ですかどういうんですかその条件というのはっ」

動き出した左右田の手が今しも伸びてこようとするのへ、さらりと言ってやった。

「運転中、左手だけなら好きに触っていい。その代わり、それ以外で触るのは一切禁止。もちろんホテルでも、だ」

ぎょっとしたように、左右田が左手を引っ込める。それを、寸前で掴んで引っ張ってみた。ちょうど赤信号で車が停まったのをいいことに、一分ほど無言の引っ張りあいになる。

「何だよ。おまえ、触りたかったんじゃねえの？」

「触りたいっすけど、その条件はきついっすー。いくら何でも保ちませんよおおお」

聞くも哀れな声に、とうとう僚平は吹き出した。恨みがましげな顔になった後輩の左手を解放し、「信号、青だぞ」と促す。走り出した車中で、前を見たまま世間話のように言った。

「ところでおまえ、今の部屋から引っ越すって言ってたよな。もう、部屋決まったのか」

「現在進行形で探してるところっすね。なかなか条件が折り合わないんですよ。防音さえしっかりしていれば、今の部屋と同じようなところで構わないんすけどねえ」

「今と同じで防音って、そりゃ無茶だろ。ていうか、何で防音なんだよ？」

ちなみに現在の左右田の住まいは、築四十年を越える四畳半一間に風呂トイレ共同の学生向け格安物件だ。それで防音がしっかりしている方がおかしい。怪訝に問い返した僚平に、左右田はさらりと言う。

「せんぱい、ホテルとかあまり好きじゃないでしょう。なのでこう、いくらでもそのお声が聞けるような部屋にしようかと――」

続く言葉を聞く前に、運転席の太股を容赦なく抓ってやった。「痛てっ」と声を上げた顔が平然としているのには腹が立ったが、運転中なので後々に倍で懲らしめてやることにする。

「セクハラはやめろと言ったよな？ ――ついでに条件を追加しろ。リビングは南向きでまともなキッチンがあって、バスとトイレは共同じゃなくて間取りも別だ」

「了解っす。え、じゃあせんぱい、たまには遊びに来てくださるんすか？ 手料理作ってくれたりお泊まりしたりとか？ だったら喜んでダブルベッド新調しますがっ」

「馬鹿抜かせ。食事は当番制に決まってる。――危ないだろ、前見てろ！」

とたんにばっとこちらに顔を向けた後輩に、ぴしゃりと言い渡した。泡を食ったように前を向いた左右田は、しかしやけにそわそわとこちらを気にして言う。

「え、あのでもそのー、当番制というのは」

「ダブルベッドもいらねえよ。暑苦しくて一緒に寝てらんねーだろ。もちろん部屋も別だから、間取りは振り分けに拘《こだわ》って探せよ。その方がお互い気楽だろ」

「え、え、え？ じゃああの、せんぱいっ？」

あわあわと言う左右田を敢えて見ずに、僚平はつけつけと続けた。

「家賃はひとり頭五万前後ってとこだな。築年数にこだわらなければ見つかるだろ。駅から遠すぎても困るけど、そのへんは条件を見て考える。――ってことで、目ぼしい物件の情報を集めとけ。おれも近くの不動産屋に当たってみる。後は応相談ってことで」

「え、あのじゃあっ！」

「あくまで前向きに考えるだけだ。条件が折り合わなければ同居は却下」

意図的に太い釘を刺してやったのに、運転席のコイビトは跳ねるような歓声を上げた。

「了解っす！　帰ったら早々に不動産屋巡りをしましょう」

上機嫌で言う左右田を眺めながら、僚平はこっそり笑う。

(石橋が落ちても泳げるようにお揃いの水着で渡りませんか、というお誘いですね)

こういう男だからこそ、好きになったのだ。まっすぐに前を見据えて、欲しいものを「欲しい」と言える。過去に囚《とら》われて未来を縛るのではなく、「今」のベストで「これから」を考える。それを、今さらに思い知った気がした。

(もしかしたら四、五十年後かもしれないじゃないっすか)

その通り、「いつか」の期限は目には見えない。今夜かもしれないし明日かもしれない代わり、もしかしたら五十年以上先になるかもしれない。

だったら、その可能性に賭《か》けてみるのも悪くはないはずだ。

――五十年後にも、この男と一緒にいるために。

アトガキ

おつきあいいただき、ありがとうございます。椎崎夕です。

今回は大昔の文庫の新装版になります。具体的な発行年数を見直してみたらまんまと十年以上前の日付になっていて、そんなに前のことだったかとしみじみいたしました。さらに番外編を書くため本編を読み返して、前二冊とは別の意味で悶絶する結果となりました。

たぶん一番直しが難航する、という根拠のない自信のもとにこの本を後回しにしたわけですが、それにしても暗いというか粘いというか、……な話だと再認識しました。某人物の最低さ加減はアレなのですが、一応ラストは勧善懲悪？的に酷い目に遭っておりますので、少しは溜飲を下げていただけ……たらいいな、と願っております。


「今回はなるべく手を入れません」と、当初担当さまに宣言したにもかかわらず、本編には結構な加筆修正が入っております。何といいますか、他二冊の真ん中に出たはずなのに、コレだけ妙に文章に違和感があったのですね。それがやたら目についたので、ざくざくと修正させていただきました。内容そのものについても拙い部分が目につきはしたのですが、修正し始めると展開やラストそのものが変わってしまいそうだったので、そのあたりは敢えていじらずに残しております。

内容と言えば、実はこの原稿、×年前の初稿段階では後半の展開及びラストが今とはまったく違っておりました。具体的には主人公は熊とハッピーエンドにはなっていなかったわけです。それをもとに当時の担当さまと相談の上で改稿していった結果、こういう話になったわけですが――あの時に直しておいてよかったと、今さらに当時の担当さまに心底感謝した昨今です。


番外編については、一本が「本編以前」、もう一本が「本編その後」です。「以前」の話は以前の本が出た時からあったのですが機を逃して据え置きだったので、今回、喜々として書かせていただきました。それで終わった気になっていたら、現担当さまから「その後の話を」とのお言葉をいただき、某友人には「そういう時は『その前』じゃなくて『その後』の話を書くものだ」と叱り飛ばされた――という経緯です。全体に雰囲気がアレなので、番外では少しは甘い感じに……と思うのは思ったのですが、果たしてどんなものでしょうか。

いずれにしても、番外二本と一緒にまとめていただくことで、やっと『コイビト』という話がきちんと終わってくれたような気がします。

というわけで、今回の機会と助言を下さった担当さまに、心よりの感謝を。毎度、ご面倒ばかりおかけしてしまって申し訳ありません。そして、ありがとうございました。

それから、挿絵をくださった三池ろむこさまに。いただいたラフはもちろん、仕上がったカバーの主人公×2の表情の対比がイメージ通りで、とても嬉しかったです。本当にありがとうございました。本の出来上がりを楽しみにしています。

そして、旧版からおつきあいくださっている方に。引き続きありがとうございます。このふたりはこういう経緯でああなって、その後ああいうことになりました。後々もたぶんああんな感じではなかろうかと思います。

今回、初めてこの本を手に取った方にも、お礼申し上げます。時系列では番外の一本が「本編以前」となっていますが、個人的には本編から収録順に読んでいただけると嬉しいです。

最後になりましたが、この本を手に取ってくださったすべての方に。

ありがとうございました。少しでも、楽しんでいただければ幸いです。

✦初出 『コイビト』……………………花丸文庫『コイビト』(1999年3月刊)
ゼニス・ブルー……………書き下ろし
四年目の告白………………書き下ろし

椎崎夕先生、三池ろむこ先生へのお便り、本作品に関するご意見、ご感想などは
〒151-0051 東京都渋谷区千駄ヶ谷4-9-7
幻冬舎コミックス ルチル文庫「『コイビト』」係まで。

幻冬舎ルチル文庫

『コイビト』

2011年6月20日 第1刷発行

✦著者	椎崎 夕 しいざき ゆう
✦発行人	伊藤嘉彦
✦発行元	株式会社 幻冬舎コミックス 〒151-0051 東京都渋谷区千駄ヶ谷4-9-7 電話 03(5411)6432[編集]
✦発売元	株式会社 幻冬舎 〒151-0051 東京都渋谷区千駄ヶ谷4-9-7 電話 03(5411)6222[営業] 振替 00120-8-767643
✦印刷・製本所	中央精版印刷株式会社

✦検印廃止

ISBN978-4-344-82260-3 C0193 Printed in Japan